Barbara Dobrick

Aber sprich nur ein Wort

ORLANDA Die Edition

Herausgegeben von Ingeborg Mues

Barbara Dobrick

Aber sprich nur ein Wort

Eine katholische Kindheit · Roman

Die Deutsche Bibliothek – CIP-Einheitsaufnahme
Dobrick, Barbara : Aber Sprich nur ein Wort : Eine katholische Kindheit : Roman /
Barbara Dobrick. – Berlin : Orlanda, 2006
ISBN 3-936937-37-0

1. Auflage 2006

Lektorat: Ingeborg Mues
Umschlaggestaltung: Ulrike Wewerke
Umschlagbild: Hulton Archive
Autorinnenfoto: Britta Henningsen
Layout & Satz: Marc Berger, Berlin
Herstellung: Anna Weber
Druck: Motiv Offset, Berlin – Istanbul

*Meiner Mutter, meinem Vater, meinem Bruder
und meinen Schwestern gewidmet*

Mit wem aber soll ich dieses Geschlecht vergleichen? Kindern gleicht es, die auf den Marktplätzen sitzen und den anderen zurufen: »Wir haben euch aufgespielt, und ihr habt nicht getanzt! Wir haben Klagelieder gesungen, und ihr habt nicht an die Brust geschlagen!«
Matthäusevangelium 11,16

1

Es tut nicht mehr weh. Der Schorf auf meinen Knien ist ein hartes Kissen. Mutti hat sich die Hände vors Gesicht gelegt. Nur ihre Nasenspitze ist zu sehen, die Spitze einer kleinen Nase.

Herr, ich bin nicht würdig, dass du eingehst unter mein Dach.

Der Schorf juckt. Ich bin nicht würdig, den Herrn zu empfangen, denn auf ihn muss ich mich konzentrieren und kann es nicht. Was soll Muttis Nase in meinen Gedanken, meine Knie? Jesu Füße sind durchbohrt, er blutet auch aus den Händen. Im Angesicht seiner Dornenkrone, seines Schmerzes zählt mein Hunger nicht.

Aber sprich nur ein Wort, so wird meine Seele gesund.

Beim Aufstehen stützt sich Mutti mit beiden Händen ab. Das Baby ist schwer. Morgens im Schlafzimmer führt sie meine Hand und sagt: »Hier sind die Füße. Spürst du, wie es strampelt?« Ich darf ein Ohr auf ihren Bauch legen. Hat sie sich aufgebläht, um den Nabel auszuspucken, so wie wir die Backen aufblasen, damit der Kirschkern bis in den Holunder fliegt? Das Kind ist viel größer als eine Kirsche, es spricht nicht, es singt nicht, es gluckst leise.

Die Messdiener sehen sich an, denn sie müssen gleichzeitig mit den Glöckchen klingeln. Es ist ein hoher, vergnügter Ton. Das Geräusch passt zu einem Baby. Vielleicht bewegt sich das Kind, wenn es das Bimmeln hört. Ich darf Mutti jetzt nichts fragen.

Ich verstehe nicht, dass Matthias kein Messdiener werden möchte. Roter Rock bis zu den Füßen, weißes Spitzenhemd, roter Kragen. Zu gern würde ich so nah beim Altar sein wie die Messdiener. Ich könnte mich besser konzentrieren. Ich wäre dem Kreuz näher und dem Allerheiligsten. Für Mädchen ist an der Kommunionbank Schluss, dort, wo roter Samt die Knie streichelt, dort, wo wir knien, um den Leib Christi zu empfangen, mit geöffnetem Mund, geschlossenen Augen und gefalteten Händen.

Man darf den Leib des Herrn nicht kauen. Auf keinen Fall dürfen meine Zähne ihn berühren. Er muss in mir zergehen. Wieder knien wir und legen die Hände vor unsere Gesichter. In uns breitet sich Freude aus über Jesu Einkehr in unsere Körper, dafür danken wir ihm und konzentrieren uns aufs Glück. Aber ich schaffe es nicht, denn der Herr klebt an meinem Gaumen, er hat alle Spucke aufgesogen. Das ist kein Glück, das ist ein Problem.

Pastor Nieblich wischt den goldenen Kelch aus, und ich bin immer noch nicht fertig, als er den Kelch bedeckt. Erst kommt der goldene Teller, auf dem war die große Hostie, die er uns bei der Wandlung gezeigt hat, dann ein kleines Tablett, dann ein Stück Stoff. Er stellt das Allerheiligste in den Tabernakel. Das ewige Licht leuchtet. Es sagt uns: Der Heiland ist anwesend im Gotteshaus.

Der Herr macht mich ungeduldig. Ich helfe ihm mit der Zunge auf die Sprünge. Nun hat er sich doch an einem Zahn gestoßen. Mir wird heiß vor Schreck. Ich lasse ihn in Ruhe. Geschlossene Augen, Hände vor dem Gesicht, das ist das Zeichen, dass der Herr sich noch nicht aufgelöst hat. Ich höre, dass die Zeit dafür vorbei ist. Pastor Nieblich spricht schon wieder. Bis zum nächsten Lied müssen Gott und ich fertig werden. Ich sammle Spucke, aber es ist nicht genug. Ich habe Durst und Hunger.

Als Jesus am Kreuz Durst hatte, gab man ihm Essig auf einem Schwamm. An ein Stück Brot war gar nicht zu denken. Für uns dauert es nur eine kleine Weile – *eine kleine Weile, und ich werde bei euch sein* –, bis wir nicht mehr hungern und dürsten. Nach dem Segen gehen wir nach Hause und decken den Frühstückstisch. Eine kleine Weile, das klingt schön.

Das Kreuz und Quer der Gedanken nennt meine Lehrerin abschweifen. Während man abschweift, geschieht etwas, was man nicht merkt. So ist es auch jetzt: Die Hostie in meinem Mund hat sich aufgelöst. Eine kleine Weile ist das Gegenteil von Ewigkeit.

Pastor Nieblich schaut zur Empore, und Herr Paulsen fängt an zu spielen, stimmt an, stimmt uns ein. *Großer Gott, wir loben dich, Herr, wir preisen deine Stärke.*

Jetzt ist sie da die Freude, endlich spüre ich sie. Der Herr hat mir meine Sünden vergeben, er ist eingegangen unter mein Dach, hat sich in mir aufgelöst. Ich bin ein Kind Gottes, und es ist Sonntag.

Es ist wunderschön, wenn meine Stimme und Muttis Stimme zusammen mit allen anderen Stimmen und den Orgeltönen ein Wohlgesang werden. Alle Stimmen werden zu einer. Das kann keiner allein.

Cherubim und Seraphinen stimmen dir ein Loblied an. Ich weiß nicht genau, was Cherubim und Seraphinen sind, aber dass sie singen können, wundert mich nicht, denn ihre Namen sind ja schon Musik.

Heilig, Herr Gott Sabaoth. In der Kirche gibt es Worte, die nirgendwo sonst gesagt werden. Geheimnisvolle Worte. *Sabaoth.* Manchmal sage ich meine Lieblingsworte vor mich hin, auf dem Schulweg oder im Garten. Aber am schönsten sind sie in einem Lied, das alle singen.

Der Blutzeugen lichte Schar lobt und preist dich immerdar. Ich weiß, was das bedeutet. Lichte Schar heißt helle Schar. Sind Blutzeugen die, die bei Jesus am Kreuz standen? Oder sind es die Märtyrer?

Auf dich hoffen wir allein, lass uns nicht verloren sein!

Pastor Nieblich sagt: *Gehet hin in alle Welt und predigt das Evangelium allen Geschöpfen.* Dass das nicht klappt, weiß ich und kenne den Kummer.

Großmutti hört nicht zu, wenn ich ihr sagen will, wie wichtig es ist, ein Gotteskind zu sein. Aber warum es bei Herrn Paulsen nicht klappt, obwohl er jeden Tag in der Kirche ist und alles hört, was Pastor Nieblich sagt, verstehe ich nicht. Herr Paulsen muss sehr traurig sein, denn er darf die heiligen Sakramente nicht mehr empfangen. Er hat sich scheiden lassen. Mutti weiß nicht, warum er das getan hat.

Es dauert lange, bis wir die hohe Tür erreichen. Wie jeden Sonntag ist die Kirche so voll, dass viele stehen müssen. Herr Paulsen kommt erst von der Empore, wenn alle gegangen sind. Wahrscheinlich möchte er nicht angeschaut werden, weil er ein Sünder ist. Oder er möchte nicht sehen, wie glücklich wir sind.

»Musik kann ein großer Trost sein«, sagt Großmutti. Aber sie kennt Herrn Paulsen nicht, und ich erzähle ihr auch nicht von ihm. Wir sprechen zu Hause über manches nicht mit ihr. Ich spreche auch in der Schule nicht darüber, dass wir katholisch sind. Wir leben in der Diaspora. Die kleine Diaspora ist unser Haus; im Erdgeschoss ist niemand katholisch. Die große Diaspora ist die Stadt, denn fast alle Hamburger sind evangelisch.

In der Diaspora muss der Glaube stark sein, sich behaupten gegen die Ungläubigen, die Verführungen Luzifers. Wenn wir vom Glauben abfallen, hat er gewonnen, und wir sind für immer verloren. Aber das kann auf keinen Fall passieren. Wenn der Teufel uns in Versuchung führen will, lassen wir ihn abblitzen. Es ist ein gutes Gefühl, zu den Auserwählten zu gehören, bei denen die Frohe Botschaft angekommen ist. Der liebe Gott lässt uns bestimmt in der Diaspora wohnen, damit wir uns besonders viel Mühe für ihn geben können. Er weiß, wie gern wir das tun.

Wenn ich groß bin, kann es schwer werden, in der Diaspora den richtigen Mann zu finden. Er muss katholisch sein. In unserer Gemeinde gibt es keinen Jungen, der in Frage kommt. Ausgeschlossen. Die sind entweder eingebildet oder hässlich oder dumm. Eine kleine Hintertür bleibt zur Not. Ich könnte einen evangelischen Mann heiraten, aber nur, wenn er sich mit mir in einer katholischen Kirche trauen lässt und einverstanden ist, dass ich unsere Kinder im katholischen Glauben erziehe. Verstehen tue ich das nicht. Entweder ich kann ihn überzeugen, dann will er sowieso katholisch werden, oder nicht, dann muss er dagegen sein, dass seine Kinder einer Kirche angehören, in deren Schoß er selbst nicht aufgenommen werden möchte. Das hieße, er wäre verlogen. Wie sollte er da in Frage kommen? Das schlimmste Unglück ist, sich in einen geschiedenen Mann zu verlieben. Aber das mache ich bestimmt nicht, denn die sind alle viel zu alt.

Ich tippe auf Jürgen. Er geht in die vierte Klasse. Wenn ich nicht einschlafen kann, überlege ich, womit ich anfangen soll, um ihm zu erklären, was für ein Glück es ist, katholisch zu sein, was für ein furchtbares Unglück es ist, nicht katholisch zu sein. Ich werde seine Seele retten. Dann bete ich: Aber sprich nur ein Wort, dann wird auch seine Seele gesund. Mir wird warm von der Vorfreude, und in der Schule muss ich lächeln, wenn ich ihn sehe, weil er noch nichts weiß von seinem Glück und von unserem.

Für Mutti war es leicht. »Den hat mir der liebe Gott vor die Füße geworfen«, sagt sie, wenn sie uns erzählt, wie sie Vati kennen gelernt hat. Plötzlich war er da, saß hinten in ihrer Berufsschulklasse, als sie ihre Fotografenlehre machte. Er wollte beim Film arbeiten und war ein Flüchtling aus Danzig.

Der Käse darf nicht zu dick geschnitten sein, und er darf nicht über das Brot hinausragen. Die Hauptsache ist das Brot. Die Margarine dünn streichen, sie soll nur Brot und Belag verbinden. Wer gute Butter auf eine Scheibe schmiert, nimmt nichts weiter, sonst schmeckt man die Butter ja nicht. Es muss für alle reichen. Man darf nicht gierig sein.

»Teil dir den Saft ein«, sagt Mutti, »mehr gibt es nicht.«

Das mit dem Einteilen ist sinnlos. Ganz gleich, ob ich schnell oder langsam trinke, ich habe noch Durst. *Mich dürstet.* Leitungswasser dürfen wir nicht trinken. Wenn ich beim Zähneputzen versehentlich etwas runterschlucke, bekomme ich Angst. Wer Wasser aus der Leitung trinkt, kann sterben. Als Großmutti und ihre Geschwister Kinder waren, hat es viele Tote in der Stadt gegeben, nur in unserer Familie nicht, weil alle wussten, dass man Wasser abkochen muss, bevor man es trinkt. Die Krankheit, die aus dem Wasser kam, hieß Cholera. Man kriegt sie durch unsichtbare Bazillen. Es kann auch unsichtbares Blei im Wasser sein von den Rohren. Vieles Wichtige ist unsichtbar. Im Orangensirup werden Bazillen und Blei unwirksam, denn der darf mit Leitungswasser zu Saft verdünnt werden.

Nach der heiligen Messe sind wir besonders hungrig, weil wir so lange nüchtern bleiben mussten. Wer nicht nüchtern ist, darf die heilige Kommunion nicht empfangen. Der Körper soll sich nur auf den Leib Christi freuen. Wenn man bedenkt, was die Märtyrer durchgemacht haben, ist das ein Klacks.

Großmutti sagt: »Es ist ungesund, Kinder ohne Frühstück aus dem Haus gehen zu lassen.« Und sie belacht das Wort nüchtern, aber nicht so, wie sie sonst lacht. »Nüchtern, nüchtern«, sagt sie, lässt die Worte in der Mitte zischen und verdreht die Augen. Dann sagt Großmutti nur zu sich, aber so, dass ich jedes Wort verstehe: »Ein kleiner Cognac am Morgen wäre erheblich bekömmlicher als das dauernde In-die-Kirche-Gerenne.«

»Morgens wie ein Kaiser, mittags wie ein König, abends wie ein Bettelmann«, sagt Tante Gertrud, die sich jeden Abend, kurz bevor sie zu Bett geht, mit einem Obstmesser einen Apfel zerteilt, das Kerngehäuse herausschneidet und allein am großen Esstisch sitzt und in aller Ruhe den Apfel isst, Spalte für Spalte. Ich glaube nicht, dass Bettler Geld für Äpfel haben.

Wenn Tante Irene mich mit in die Stadt nimmt, sehen wir Bettler. Sie sitzen auf dem Boden, ihnen fehlt alles, meistens sogar ein Bein oder ein Arm. Tante Irene gibt mir ein Geldstück, und das werfe ich dem Mann in den Hut, so schnell es geht und ohne ihn weiter anzusehen, weil es so traurig ist, wie er da kauert auf dem schönen Jungfernstieg mit all den Geschäften, in denen er sich nichts zu essen kaufen kann.

Die Bettler haben ihre Arme oder Beine im Krieg verloren. Sie wurden ihnen abgeschossen. In mir zieht sich alles zusammen, und ich gebe mir Mühe, an etwas anderes zu denken, denn ich weiß, dass Tante Irene mit mir einkehren wird in ein Café. Das ist das Schönste am In-die-Stadt-Gehen. Wahrscheinlich ist es eine Sünde, absichtlich nicht mehr an den Bettler zu denken, damit einem der Kuchen schmeckt. Bei meiner nächsten Gewissenserforschung muss ich genau darüber nachdenken.

Lazarus, jetzt fällt mir Lazarus ein. Ich weiß nicht, ob ich gleich weinen muss, weil die Bettler mir so leid tun oder weil Lazarus so ein wunderschöner Name ist oder weil Jesus Lazarus von den Toten erweckt hat. Wenn ich mit Jürgen einen Sohn bekomme, soll er Lazarus heißen.

Manchmal klingeln Kriegsversehrte bei uns. Sie bieten Bürsten oder Postkarten an, und wir kaufen immer etwas. Wenn sie blind sind, tragen sie am Oberarm eine gelbe Binde mit schwarzen Punkten. Kriegsblind.

Der Krieg ist schon lange her, aber man kann ihn schlecht vergessen. Wenn die Angst vor einem neuen Krieg wächst, wachsen auch die Vorräte im Keller. Butter und Salz, Eier und Schmalz, Zucker und Mehl, Safran macht den Kuchen gehl. Ich weiß nicht, wie Safran aussieht. Auf den Holzregalen habe ich keinen entdeckt. Die Bretter sind mit Schrankpapier bezogen, das an den Stirnseiten mit Heftzwecken befestigt ist. Die Zwecken rosten, denn es ist kalt und feucht im Keller. Konserven stehen dort, Weinflaschen liegen. Die Tanten haben kostbare Getränke: Mineralwasser und Himbeersirup, Holunderbeersaft. Aus dem Kartoffelsack auf dem Fußboden riecht es muffig. Auch die Milchkannen stehen unten, manchmal, wie ein Kind daneben, das Sahnekännchen.

Bei Tangermann war der Zucker ausverkauft, auch Mehl, Milchpulver und Dosenfleisch. Brausepulver gab es noch und Bonbons, aber auch die Schokolade war alle. Das hatte etwas mit Ungarn zu tun und dem Warschauer Pakt, der ein Land nach dem anderen packen will, vielleicht auch uns.

Für mich ist klar, dass ich nicht in den Keller laufen werde, wenn ein neuer Krieg kommt. Ich suche mir einen Unterschlupf in der Heide. Den Weg kenne ich. Mit der Bahn bis Marxen, dann ein Stück zu Fuß. Bomben fallen nur in der Stadt, denn sie sollen

Häuser kaputtmachen. Im Wald wären sie vergeudet. Ich verstehe nicht, warum sich im letzten Krieg alle in der Stadt im Keller versteckt haben, genau da, wo die Bomben runterkommen.

»Der Krieg hat sehr lange gedauert«, sagt Mutti. »Als es ganz schlimm wurde mit den Bomben, war heißer Sommer, aber als der Winter kam, war längst noch nicht Schluss. Da wären wir im Wald erfroren.« Ihre Hand ist warm. Die Haut rau und rot von der vielen Wäsche, die sie in der Badewanne gespült hat und gewrungen und wieder gespült und gewrungen. Auf dem Herd steht der große Wäschetopf. Mutti dükert mit dem Holzlöffel die Windeln unter Wasser. Es riecht gut, wenn sie Wäsche kocht. Abends trägt sie mit Vati zusammen den Topf ins Badezimmer, und sie kippen ihn in der Wanne aus.

»Komm«, sagt sie, »lass uns zusammen beten, dass es nie wieder einen Krieg gibt.« Nach dem Amen malt sie mir mit ihrem Daumen ein Kreuz auf die Stirn und sagt: »Gott schütze dich!«

Das Kreuz auf meiner Stirn ist unsichtbar, es ist ja nicht mit Asche gemalt wie am Aschermittwoch. Ich spüre trotzdem, wie es wirkt. Aber nicht lange. Dann ist die Angst wieder da. Ich kann nicht schon wieder mit Mutti beten, sie füttert Dorothea, die kaum noch Platz auf ihrem Schoß hat, so kurz ist er geworden durch den dicken Bauch.

Wenn ich im Bett liege und Angst habe, dann male ich mir aus, wie Matthias und ich uns einrichten im Wald, wie wir uns eine Höhle graben und auspolstern für den Winter. Wie wir Holz sammeln und Kienäppel, um ein Feuer zu machen, damit wir nicht frieren. Matthias friert schnell. Wenn ihm kalt ist, will er nach Hause. Wir werden allerlei mitnehmen müssen.

Unsere Wintermäntel, Stiefel und Streichhölzer, für den Sommer Spielhosen.

***

Als ich ein Kind war, redete ich wie ein Kind, dachte wie ein Kind, urteilte wie ein Kind.

So fremd wird das eigene Leben, wenn Zeit nicht bloß vergeht, wenn wir Jahrzehnte schon mit der Zeit gegangen sind. Wir haben sie verändert und sie uns.

Führt die Erinnerung heraus aus dem Anekdotischen? Wartet sie mit etwas Neuem auf? Stellt sie Verbindungen her, die Sinn erschließen? Tut sie das auf zulässige Weise? Oder führt sie bloß in Nostalgie, ins Lachen und Weinen von gestern, das in kein Heute reicht?

Ich weiß nicht mehr, welches Kleid die Mutter trug an jenem Sonntag. Ich erfinde das verschorfte Knie, obwohl etwas ganz anderes bemerkenswert gewesen sein könnte, vielleicht eine tote Elster im Rinnstein, das stumpfe Gefieder vom Wind bewegt. Ich weiß, es war eine Amsel, die Elster ist ausgedacht, weil ihr Schwarzweiß dramatischer ist. Bloß nicht übertreiben! Das muss mein Vorsatz sein.

Wenn die Sirenen heulten, heulte ich nicht, wurde starr vor Angst und sah, dass die Erwachsenen einen Moment innehielten mit ihrer Arbeit, ihre Gespräche unterbrachen und sie ein klein wenig verändert fortführten. Begleitet von einem Seufzen oder einer kurzen Bemerkung. Sie mussten sich darauf besinnen, dass der Krieg vorbei war und kein neuer begonnen hatte. Manchmal dauerte das, bis die Sirenen wieder losgingen, bis zur Entwarnung. Die Sirenen kreischten oft. Ihr dramatisches Crescendo zerriss die Alltäglichkeit – weil es brannte, weit häufiger aber, weil geübt wurde, weil man nicht aus der Übung kommen durfte. Probealarm. Manchmal war mir so, als sei ich dabei gewesen in den Bombennächten. Das sagte mir mein Körper. Der Schrecken selbst war vollkommen still, selbst wenn die Mutter schrie, denn über das Eigentliche wurde nicht gesprochen. Wer Metaphern sucht, wird in der Bibel fündig. Gomorrha.

Mit klammen Händen schreiben, weil der Winter kommt. Weil der Schrecken still ist, aber im Körper, der ihn umschließt und bewahrt, Laut gibt. Manchmal treibt er zu Bewegungen, die keiner versteht: Das Kind, das sich selbst in den Schlaf wiegt, das das Kissen umschlingt und hin und her rollt in einem stummen Lied, einem Rhythmus, der beruhigt. Das Kind, das an seinen Fingernägeln kaut, weil es etwas zerstören will und nur bei sich selbst damit anfangen kann. Das Kind, das immer weiter beißt, bis ins empfindliche Fleisch, weil es einen konkreten Schmerz sucht im diffusen. Das Kind, das sich Wärme verschafft, indem es ins Bett pinkelt, aber dann in feuchter Kälte erwacht. Verbunden mit Scham verweisen die blutigen Fingerkuppen und die Kälte nur auf das Kind selbst. Es konnte sich nicht beherrschen. Etwas anderes herrscht in ihm.

Die Zeigefinger liegen auf den Tasten F und J, auf den erhabenen Strichen. Zur Orientierung. Blind schreiben. Wenn ich zurückschaue, schreibe ich nicht blind, aber verankert im Jetzt – an den kurzen Tagen einer Erwachsenen und in Nächten, deren Dunkel mir vertraut ist. Ich denke an die Kinder, von denen ich erzähle. Dann werden meine Hände warm, und ich vergesse die Nacht und den Tag. Selbstvergessen will ich nicht sein. Im Gegenteil.

Die verblüffende Aufforderung, uns auf unsere christlichen Wurzeln zu besinnen, nehme ich ernst und persönlich. Deshalb suche ich nach dem katholischen Kind, das ich einst war. Deshalb habe ich mich aufgemacht zu einem Besuch in meiner christlichen Kindheit, da, wo die Erinnerungen schon zuverlässig aussehen, ich aber erst sechs, sieben, acht Jahre alt war.

Zuverlässig? Weit über tausendmal habe ich laut gebetet: *Herr, ich bin nicht würdig, dass du eingehst unter mein Dach.* Meine Erinnerung sagt: Das Wort Dach hat mir gefallen in diesem Satz. Nicht würdig zu sein habe ich vielleicht nie ernstlich mit mir selbst in Verbindung gebracht, denn niemand in meiner Familie hat mich je unwürdig genannt. Alles Gefühl galt dem zweiten Teil: *Aber sprich nur ein Wort, so wird meine Seele gesund.*

Heute habe ich den ganzen Tag mit niemandem gesprochen, nicht mal die Postbotin hat geklingelt. Das Haus steht im kalten Ostwind. Vor meinem Fenster klebt ein vertrocknetes Buchenblatt am Rahmen. Der Wind bewegt es, aber reißt es nicht ab.

2

Schwester Ursula ist eine Nonne, die nicht aussieht wie eine Nonne. Sie trägt einen braunen Rock und ein Twinset. Die Jacke hängt über ihren Schultern, die Ärmel baumeln leer herunter und schlackern, wenn sie geht. Zum Glück hat sie ihre Arme nicht im Krieg verloren. Sie bewegt sich vorsichtig, damit ihre Jacke nicht runterfällt, und wenn sie doch ins Rutschen kommt, zieht sie sie wieder hoch. Schwester Ursula spricht anders als wir, denn sie kommt aus dem Süden. Dorthin braucht die Bahn einen ganzen Tag, sagt Mutti. Schwester Ursula ist aus Süddeutschland nach Hamburg gekommen, um uns in der Diaspora beizustehen. Nachmittags gibt sie Religionsunterricht im Gemeindesaal, weil der Religionsunterricht in der Schule evangelisch ist.

»Wozu sind wir auf Erden?«, fragt sie.

»Wir sind auf Erden, um den Willen Gottes zu tun und dadurch in den Himmel zu kommen«, antworte ich in Windeseile.

»Das hast du dir gut gemerkt, Johanna«, sagt Schwester Ursula und lächelt lieb. »Aber denk daran, dass auch die anderen eine Antwort geben möchten. Melde dich, ja?«

Ich nicke. Und sie fragt: »Warum müssen wir die göttlichen Offenbarungen fest für wahr halten? Thomas, weißt du das?«

»Weil sie von Gott kommen«, sagt Thomas. Er hat wieder mal keine Ahnung.

»Cornelia?«

Cornelia sagt nichts und bekommt einen roten Kopf. Ich melde mich, melde mich als Einzige. Deshalb muss Schwester Ursula mich fragen.

»Weil Gott nicht irren und nicht lügen kann«, sage ich und gebe mir Mühe, meinen Stolz nicht zu zeigen.

Jetzt fragt Schwester Ursula nach dem, was wir in der vergangenen Woche gelernt haben: »Warum gibt es nur eine wahre Kirche?«

»Es gibt nur eine wahre Kirche, weil Jesus nur eine Kirche gestiftet hat«, antwortet Ludger.

»Welche Eigenschaften muss die wahre Kirche Christi haben?«

Niemand meldet sich. Es sind vier Eigenschaften. Mir fallen nur drei ein.

»An welche Eigenschaften erinnert ihr euch?«

»Einig, katholisch, heilig«, flüstere ich. Schwester Ursula hat es gehört.

»Ja, die wahre Kirche Christi muss einig, heilig, katholisch sein, und? Was fehlt noch?«

Schwester Ursula wartet. Dann sagt sie: »Apostolisch. Das könnt ihr euch merken, indem ihr an die Apostel denkt. Um sie geht es dabei. Wenn wir sagen, die wahre Kirche Christi ist apostolisch, dann bedeutet das, der Oberhirte unserer Kirche ist der rechtmäßige Nachfolger des Apostels Petrus. Und der Papst ist der einzige rechtmäßige Nachfolger von Petrus.«

Thomas darf die vier Eigenschaften noch einmal in der richtigen Reihenfolge aufsagen.

»Warum wird die katholische Kirche die allein selig machende genannt?«

Heute stellt Schwester Ursula wirklich schwere Fragen. Sie weiß das, denn sie sagt: »Keine Sorge, wir wiederholen das, bis ihr es euch ganz leicht merken könnt. Die Antwort ist: *Die katholische Kirche wird die allein selig machende genannt, weil sie allein von Christus den Auftrag und die Mittel empfangen hat, die Menschen zur ewigen Seligkeit zu führen.«*

Jetzt kommt etwas Neues. Vorher singen wir ein Lied. Schwester Ursula kann sehr schön singen und fast so gut erzählen wie Mutti. Heute erzählt sie uns, wie Jesus im Jordan getauft wurde. Auf dem Bild, das Schwester Ursula uns zeigt, ist Johannes der Täufer, ein schöner, großer Mann mit einem gewaltigen Bart. Mein Name bedeutet genau wie seiner »Gott ist gnädig«.

Ich frage, warum er keine Badehose trägt, obwohl er doch immerzu im Wasser steht und tauft.

»Badehosen gab es damals noch nicht«, sagt Schwester Ursula. »Jesu Taufe hat ja vor mehr als eintausendneunhundert Jahren stattgefunden. Das sind neunzehn mal hundert Jahre. Eine sehr, sehr lange Zeit.«

Johannes – der Name klingt goldig. Mein erstes Kind soll so heißen: Johannes, Johannisbeere. Wenn's ein Mädchen wird, heißt sie Anna, wie die Mutter von Maria. Die Anna von Johanna.

Schwester Ursula erklärt uns, dass alle Menschen mit der Erbsünde geboren werden, die Taufe uns aber reinwäscht von jeder Schuld, deshalb haben wir bei der Taufe ein weißes Kleid getragen, zum Zeichen unserer Reinheit und Unschuld. Die Taufe hat uns zu Kindern Gottes gemacht, zu Christen, und deswegen können wir in den Himmel kommen.

Schwester Ursula blättert im Katechismus und liest uns die richtige Stelle vor: »*Die Taufe ist das notwendigste Sakrament, weil Jesus gesagt hat: ›Wenn jemand nicht wiedergeboren wird aus dem Wasser und dem Heiligen Geiste, so kann er in das Reich Gottes nicht eingehen.‹*

Ich muss alle Kraft zusammennehmen. »Und wenn jemand nicht getauft ist?«, frage ich.

»Dann behält er die Erbsünde und kann nicht in den Himmel kommen«, sagt Schwester Ursula.

Ich glaube, ich falle um, aber ich bleibe sitzen.

Schwester Ursula schickt die anderen Kinder nach Hause. Sie zieht mich auf ihren Schoß. Sie streichelt mich und wartet, dass ich ihr sage, was los ist mit mir. Sie fragt und hört meinem Weinen zu. Sie putzt mir die Nase. Sie fragt wieder, ganz leise. Bis ich sagen kann: »Großmutti ist nicht getauft.«

Schwester Ursula hält meinen linken Zopf fest. »Das ist wirklich schrecklich«, sagt sie. »Aber du weißt doch, dass Jesus jeden Menschen nach seinem Willen führt. Jesus hilft uns immer. Lass uns mal sehen, was er uns sagt.«

Sie greift nach dem Katechismus, der neben ihr auf dem Tisch liegt. Sie blättert und liest mir vor: »*Wer das Sakrament der Taufe ohne seine Schuld nicht empfängt, kann auch selig werden durch die Begierdetaufe oder durch die Bluttaufe. Unter der Begierdetaufe versteht man eine vollkommene Reue mit dem ernsten Verlangen, in allen Punkten den Willen Gottes zu erfüllen. Unter Bluttaufe versteht man den Märtyrertod um Christi willen.* Verstehst du das?«

»Nein.«

Schwester Ursula erklärt mir die Begierdetaufe. Die kommt nicht in Frage. Die Bluttaufe auch nicht.

»Könnte es nicht sein, dass deine Großmutter sich taufen lässt, wenn du ihr erklärst, wie sehr du dir wünschst, dass auch ihre Seele in den Himmel kommt?«

Ich überlege. Auf jeden Fall kann ich es versuchen. Muss ich es versuchen.

»Deine Großmutter wird bestimmt glücklich sein, wenn sie sieht, dass du sie so liebst, dass du sie in der Ewigkeit bei dir haben möchtest.«

Das stimmt.

»Auf jeden Fall gibt es ja etwas, was wir, was du jeden Tag tun kannst: beten. Du kannst für deine Großmutter beten. Wollen wir das jetzt zusammen tun?«

Meine Nase ist geschwollen. Ich kann nur durch den Mund atmen. Schwester Ursula nimmt meine Hand. Wir verlassen den Saal. Wir gehen in ihr Zimmer am Ende des langen, flachen Gebäudes. Sie gibt mir ein trockenes Taschentuch und schenkt roten Tee in zwei Gläser. Der Tee ist kalt. Vor dem Spiegel streicht sie sich mit beiden Händen über ihr Haar und fühlt, ob ihr Dutt noch hält. Wir trinken die Gläser leer und gehen Hand in Hand rüber zur Kirche. Drinnen lässt sie mich los, damit wir uns bekreuzigen können. Wir machen eine Kniebeuge, um das Allerheiligste zu grüßen. Schwester Ursula geht nach vorn. In der ersten Bankreihe knien wir uns hin und falten die Hände: »Herr, wir bitten dich für die Seele von Johannas Großmutter. Erleuchte sie, damit sie den Weg zu dir findet, damit sie den Weg zum ewigen Leben findet. Wir bitten dich, erhöre uns.«

»Amen«, sage ich.

Dann setzen wir uns auf die Bank, und je länger wir sitzen, umso mehr spüre ich die Ruhe Gottes überall, auch in mir. Die Sonne scheint durch die bunten Fenster und malt zappelige Muster auf das weiße Altartuch. Das ewige Licht leuchtet rot. Jesus ist da, wie immer, liegt als Oblate im Tabernakel, wie an jedem Tag. Das ist ein großer Trost. Er geht nie weg, und ich kann immer zu ihm kommen.

Schwester Ursula schaut mich an. Sie lächelt und nickt mir zu. Wir erheben uns. *Erhebet die Herzen und danket wie sie.* Wieder machen wir unsere Kniebeuge, wieder bekreuzigen wir uns mit Weihwasser. Schwester Ursula öffnet die schwere Tür mit dem geschwungenen Metallgriff. Es dauert nicht mehr lange, dann bin ich groß genug, um sie allein zu öffnen. Dann kann ich jederzeit in die Kirche gehen und dort für Großmutti beten.

»Ich bringe dich nach Hause«, sagt Schwester Ursula.

***

Schwester Ursula hatte uns noch nie besucht. Meine Mutter war überrascht und erfreut, aber nicht vorbereitet auf einen Gast. Sie trug ein verschwitztes Kittelkleid. Im Esszimmer lag überall Spielzeug, auf dem Tisch stand Geschirr, im Wohnzimmer türmte sich Wäsche auf den Sesseln. Meine Mutter führte Schwester Ursula ins

Wohnzimmer, bat sie, auf dem Sofa Platz zu nehmen, und setzte sich selbst zwischen Windeln und Handtücher, Unterwäsche und Laken.

»Haben Sie gar keine Hilfe?«, fragte Schwester Ursula.

Da schloss meine Mutter die Zimmertür.

***

Großmutti räumt auf. Sie räumt nicht gern auf, aber sie tut es wieder und wieder und wird nie fertig. Alles, was herumliegt, alles, was sie nicht braucht, all die Stapel mit Büchern, Briefen, Zetteln und Zeitungen trägt sie aus ihrem Schlafzimmer die neun Stufen meiner Lieblingstreppe runter in ihr Wohnzimmer, wo schon reichlich andere Sachen rumliegen. Auf dem Sofa türmt sich so viel Papier, dass nur noch eine kleine Ecke zum Sitzen frei ist. Auf dem Tisch ist gar kein Platz mehr, auch nicht auf ihrem Schreibtisch oder auf der grauen Marmorplatte über dem Heizkörper; sogar auf dem Fußboden häuft es sich. Wenn sie ihr Schlafzimmer aufgeräumt hat, sortiert sie all ihre Papiere in ihrem Wohnzimmer, macht neue Stapel, die sie in ihr Schlafzimmer trägt, damit ihr Wohnzimmer ordentlich wird.

Ihr Schlafzimmer sieht picobello aus, nur ein paar Kleider liegen auf dem Bett. Sie sucht ihre Brille, um im Wohnzimmer anzufangen.

»Na, Johanna«, sagt sie. »Guck mal!« Sie hält ein Buch hoch. »Endlich habe ich ›Zäpfelkern‹ gefunden, den ich euch schon lange vorlesen will.«

Auf der Fensterbank zwischen ihren Blumentöpfen leuchtet eine Silberschale mit Schokoladenstücken.

»Wenn das keine Stielaugen sind.« Sie lacht und greift nach dem Schälchen und hält es mir vor die Nase.

Bisher habe ich alles richtig gemacht. Ich habe geklopft und ihr »Herein« abgewartet. Ich habe nicht das größte Stück Schokolade genommen und »Danke« gesagt. Nun will ich nicht mit vollem Mund sprechen und warte, dass sich die köstliche braune Süße verabschiedet.

Ich weiß nicht, wie ich anfangen soll, und schaue auf die Fotos über dem vollgepackten Sofa. Der junge Mann ist Großmuttis

Sohn. Von ihm gibt es die meisten Fotos, mal trägt er eine Uniform, mal nicht. Auf dem größten Foto ist er noch ein kleiner Junge und sitzt auf dem Schoß des alten Mannes, der sein Großvater ist und der Vater von Großmutti. Sie hat mir die Bilder schon oft erklärt. Zum Schluss sagt sie immer: »Das sind meine liebsten Lieblinge«, und pocht mit dem Fingernagel auf das Glas über dem Foto mit ihrem Vater und ihrem Sohn. Dann gibt es noch ein kleines Foto von einem Mann in Uniform, das ist mein Großvater, das ist Großmuttis Mann, Muttis Vater. Von dem wird fast nie erzählt. Die Männer in den Bilderrahmen sind alle tot.

»Sind Urgroßvater, Großvater und Uwe im Paradies?«, frage ich.

»Ja«, sagt sie. »Das weißt du doch.«

»Dann waren sie getauft«, sage ich und schaue sie vorsichtshalber nicht an.

»Ach, du lieber Himmel!« Sie seufzt und schiebt sich mit dem Handrücken Haare aus der Stirn.

Ich spüre, dass sie mich versteht, aber doch nicht richtig verstehen will. In meiner Kehle ist noch ein kleiner Rest Schokoladengeschmack. Ich schlucke, ich schlucke noch mal. Dann denke ich an die Missionare, die den Heidenkindern die Frohe Botschaft bringen. Das ist viel schwerer als meine Aufgabe.

»Du musst dich unbedingt taufen lassen«, sage ich, »damit du auch ins Paradies kommst.«

»Soso«, sagt Großmutti. »Wer hat dir das denn erzählt, deine Mutter?«

»Nein. Schwester Ursula.«

»Tja. Das gehört wohl zu ihrem Beruf.«

Ihre Antwort zeigt, dass ich weiter vorn anfangen muss. Ich erkläre ihr genau, was ich gelernt habe und dass ich auf keinen Fall möchte, dass sie die Ewigkeit im Fegefeuer verbringen muss, das ein Reinigungsort ist, in dem man durch Reue und Leiden geläutert wird fürs Paradies, für Ungetaufte aber auch nach dem Jüngsten Tag das Zuhause bleibt.

»Bei dir nützt das Warten auf Erlösung nichts. Alles ist verloren, und wir bleiben auch nach der Auferstehung für alle Zeit getrennt. Deshalb musst du dich taufen lassen. Dann verlierst du die Erbschuld und gewinnst das ewige Leben.«

»Du hast mich so lieb, dass du mich dabei haben möchtest im Himmel?«

»Ja«, sage ich erleichtert und drücke mich ganz fest an sie. Schwester Ursula hat also wieder mal Recht gehabt.

»Da wird uns schon eine Lösung einfallen. *Im Hause meines Vaters sind viele Zimmer.*«

»Aber du musst dich beeilen. Wenn du tot bist, ist es zu spät.«

»Vielen Dank«, sagt sie, aber es klingt nicht schön.

Ich will schnell wieder nach oben, damit sie sich alles in Ruhe überlegen kann. Ich gebe mir Mühe, nicht mit der Tür zu knallen. Während ich sie vorsichtig zumache, sagt Großmutti: »Ich lach mich tot!« Sie ist böse. Das höre ich genau.

***

Wegen der Dringlichkeit der Sache wartete meine Großmutter nicht bis zum Abend, um sich meine Mutter vorzuknöpfen. Schwester Ursula war gegangen, die Wäsche immer noch nicht zusammengelegt, da stapfte meine Großmutter die Treppe hinauf, wütend und wie zur Probe zu sich selbst sprechend. Ich verstand »verpatzte Ewigkeit«, »Reinigung« und »so ein Schwachsinn«. Sie trat ein, ohne anzuklopfen.

»Ich muss dich sprechen«, sagte sie. »Allein.«

Meine Mutter gab mir den Löffel, mit dem sie gerade Dorothea gefüttert hatte, und verschwand mit meiner Großmutter im Wohnzimmer. Wieder schloss sie die Tür. Ich stand neben dem Hochstuhl und stupste meiner jüngsten Schwester den Plastiklöffel mit Bananen-Haferflocken-Brei gegen die Lippen.

Durch die geschlossene Tür drang die erregte Stimme meiner Großmutter. Sie wurde lauter und lauter. Ich hörte genau, dass sie sagte: »Paradies? Besten Dank! Da sind doch nur solche Langweiler wie du. Ich ziehe die Hölle vor. Alle interessanten Leute treffen sich dort.«

Was meine Mutter antwortete, war nicht zu verstehen.

»Du bist ja nicht bei Trost! Du vergiftest die Seelen deiner Kinder. Deine älteste Tochter glaubt, dass ich nach meinem Tod in die Reinigung gehöre. Wenn es nicht so idiotisch wäre, wäre es zum Schreien«, schrie meine Großmutter. Sie riss die Tür auf, ging wortlos und mit gesenktem Blick an uns vorbei. Im Treppenhaus setzte sie ihre Suada fort, die mit jeder Stufe abwärts leiser klang, aber sicher nicht leiser wurde, und die mit dem Knallen ihrer eigenen Zimmertür wenigstens für uns und heute einen deutlichen Schlusspunkt fand.

Dorothea schüttelte den Kopf. Sie öffnete den Mund nicht mehr, stieg an ihrem Stuhl wie an einem Klettergerüst auf den Fußboden und rannte zur Mutter, die mutlos zwischen Wäschebergen auf einem Sessel hockte und sich mit einer der frisch gewaschenen Windeln das tränennasse Gesicht rieb.

Das, was meine Großmutter für Seelengift hielt, war ein Gegengift, lebensrettend, aber keineswegs frei von Nebenwirkungen. Meine Mutter wusste darum, bestritt aber einen wesentlichen Teil der Nebenwirkungen. Meine Großmutter hielt jede Art von Gegengift für vollkommen überflüssig, weil sie das Gift negierte, an dem die Familie fast vollständig zugrunde gegangen war. Für sie war der 8. Mai 1945 nicht Tag der Befreiung gewesen, sondern Tag der Niederlage, des Zusammenbruchs.

Sechs Jahre nach Kriegsende war ich in ein Totenhaus geboren worden, in dem immer noch fast alle Spiegel verhängt waren, die Uhren zwar tickten, aber nichts zu messen hatten, denn die Zeit hatte stillgestanden. Es bedurfte vieler Kinder, um dem Leben, der Zukunft mehr Gewicht zu geben als der Zerstörung, als der Vergangenheit.

Die Überlebenden, die uns empfingen, waren gezeichnet – von Entsetzen, Trauer, Einsamkeit, Wut und von Schuld. Meine Großmutter schwankte zwischen Wut und Angst. Sie flüchtete in Trotz und Vorwürfe, so wie sie es immer tat, wenn es nicht nach ihrem Willen ging, und nachts stärkte sie sich mit Wermut oder Rum. Ihre jüngste Tochter nahm mehr Schuld auf sich, als sie tragen konnte.

Meine Mutter, bei Kriegsende ein siebzehnjähriges Mädchen im hellen Sommerkleid, doch in schwarzen Gewändern, ohne Ehestand verwitwet, war ein Sündenbock, den niemand treiben musste. Es zog sie in die Wüste. Sie war bereit, zu verdursten und zu verhungern, bereit nachzusterben, erfüllt von Sehnsucht nach ewiger Stille, nach Schlaf im Schnee, der aus Kälte in eine Wärme führt, die unvergänglich ist.

Glaube, Liebe, Hoffnung, diese drei waren ihr so vollständig abhanden gekommen, dass der Mangel an Lebensmitteln und Brennstoff ein vergleichsweise kleines Übel war, dass der grüne Mai, den ihre ältere Schwester mit unbändiger Freude begrüßte, für sie unsichtbar blieb.

Durch meine Schuld, durch meine Schuld, durch meine übergroße Schuld – dieses Bekenntnis, verbunden mit dem dreimaligen Klopfen der Faust an die eigene Brust, muss gewirkt haben wie vorbereitet nur für sie.

Was mag sie empfunden haben, als sie zum ersten Mal den Satz hörte: *Aber sprich nur ein Wort, so wird meine Seele gesund?*

Die Idee, dass ein Mensch die Sünden aller auf sich nimmt, um sie zu erlösen, traf sich vollkommen selbstverständlich mit ihrem eigenen Empfinden. Sich bedingungslos hinzugeben an einen Glauben hatte sie früh und gründlich gelernt. Die Gewissheit der Märtyrer wurde ihre Gewissheit. *Glaube, Liebe, Hoffnung.* Und so ist auch zu verstehen, dass sie sich nicht wehrte gegen die Beschimpfungen und Verhöhnungen ihrer Mutter, die ihre zum Katholizismus konvertierte Tochter für verrückt geworden hielt, vor allem aber für abtrünnig, für treulos. Meine Mutter ertrug alle Anwürfe stoisch, oft verzweifelt. Sie akzeptierte sie als berechtigte Strafe und als Prüfung ihrer Festigkeit im Glauben. *Ertrag geduldig Leiden und Widerwärtigkeiten. Denke daran: Christus, mein Meister, hat unschuldig für mich gelitten. Durch das Leid gibt uns Gott Gelegenheit, mit Christus zu sühnen.*

Uns Kinder wollte sie jedoch freihalten von Angriffen, von Seelenpein, von Angst. Und so übernahm sie es nach dem Gespräch mit Schwester Ursula selbst, mir die *Frohe Botschaft* mitzuteilen und mich auf meine Erstkommunion vorzubereiten. Ein Jahr vor den anderen Kindern meines Jahrgangs sollte mir dieses Glück zuteil werden. Dafür galt es zu lernen, was im Katechismus stand, zu beten, zum ersten Mal zu beichten und die Seele vorfreudig zu stimmen auf die Kommunion und das Reich Gottes: *Und Gott wird alle Tränen von ihren Augen abwischen. Es wird keinen Tod mehr geben, keine Trauer, keine Klage, keine Mühsal; denn das Frühere ist vergangen. Und der auf dem Throne saß, sprach: ›Siehe, ich mache alles neu.‹*

Wie wirkt all das auf Protestanten, auf später Geborene? Welche Gebote, Glaubenssätze und Lieder sind ihnen aus ihrer Kirche in

Erinnerung? Mir ist all das, was ich aufschreibe, so fremd geworden, dass es mir ausgedacht klingt, selbst wenn ich meiner Erinnerung sicher bin.

Ich hätte nie gedacht, dass ich Anlass bekommen würde, mich zurückzuversetzen in die religiösen Gefühle meiner Kindheit. Das ist bei aller Fremdheit aber doch leichter als vermutet. Der Glaubenskrieg zwischen Mutter und Großmutter ist gegenwärtiger als mein gestriges Abendessen. Dieser Kampf endete nicht in einer Versöhnung, sondern mit dem Tod der mehr als hundertjährigen Greisin. Sie wusste, dass ihr Tod eine Kapitulation war, und ich stelle mir vor, dass sie auch deshalb nicht sterben wollte, lange nicht sterben konnte.

Ich bin empfindlicher als sonst, weil ich mich jeden Tag verwandle in ein Kind, dessen schutzbedürftige Seele letztendlich an Gott verwiesen wird statt an Menschen aus Fleisch und Blut. Ich bin überrascht, wie beklommen mich das macht.

Als Kind habe ich nach einer Verwandlung meines Kummers gesucht in Geschichten, erst in fremden, dann in eigenen. Als junge Frau habe ich den Kummer gesucht als Grund, als Grund, der Halt gibt. Irgendwann bedurfte es seiner nicht mehr.

So wie man ruhig werden kann beim Laufen oder Holzhacken, werde ich es beim Schreiben. Dabei will ich mir Mühe geben, denn es sind ja nicht nur die Geschichten selbst, mit denen man sich tröstet. Es ist die Aktivität, die Schutz bietet. Und die Verwandlung besteht darin, dass man sich, während das Unwetter schon tobt, gegen Regen und Sturm stemmt und, so gut es geht, eine Hütte zimmert. In der hockt man dann erbärmlich durchnässt, aber gut durchblutet von der Anstrengung und erleichtert, weil man sich zu helfen wusste.

Es ist ein schiefes Bild, denn seit dem Tsunami ist allen bewusst, dass es Fluten gibt, die einen fortspülen für immer, bevor man sich auch nur einmal hat umschauen können nach Brettern und Werkzeug. Abertausende sind von einer Minute auf die andere ums Leben gekommen. Beim Fernsehen habe ich gedacht, wie gut, dass wenigstens dieses Unglück nicht von Menschen gemacht wurde. Aber sofort kam das menschengemachte Unglück ins Bild: Ein Paar, offenkundig unverletzt, das die erste Maschine nach Hause genommen hatte, ohne länger nach seinem verstörten, verletzten oder toten Kind zu suchen. Ein Mann und eine Frau, die abgereist waren, ohne zu wissen, wo ihr Kind geblieben ist, und sich dennoch erleichtert zeigten über ihre eigene Rettung. Vier Tage nach Weihnachten habe ich alles weggepackt, was feierlich hätte stimmen sollen.

Auf die Flut folgt eine Spendenflut. Der Wunsch zu helfen ist riesig und wird gelobt, als ob er nicht selbstverständlich wäre, als sei man überrascht über normale menschliche Regungen. Der Bundespräsident hat sich an diejenigen gewandt, die Angehörige verloren haben oder noch suchen, und ihnen gesagt: »Viele Menschen in Deutschland beten für Sie. Das tue ich auch.«

Sollte ein Politiker für mich beten – unter keinen Umständen möchte ich davon erfahren. Solche Zudringlichkeiten, solche privaten Geständnisse von Unbekannten verbitte ich mir.

Von der Sintflut wird gesprochen, die frühere Generationen nur verstehen konnten als Gottesstrafe für sündiges Tun. Die Kirchen bieten Bittgottesdienste an für die Flutopfer. Katastrophen sorgen für gefüllte Gotteshäuser. Ausnahmsweise. Das ist eine sichere Bank.

Meine Familie mag in mancher Hinsicht nicht sonderlich typisch gewesen sein, aber dass die Frage nach der Weltanschauung existenziell blieb nach Kriegsende, das dürfte verallgemeinerbar sein. Der Wunsch, sich durch Unterwerfung zu stärken, war auch typisch. Führer, Volk und Vaterland. Das Reich. Das Himmelreich. Gott. Ohne höchste Instanz kam man nicht aus. Damit brüstete man sich. Man war kein schnöder Materialist, man hatte Überzeugungen, Ideale. Gründlich befragen wollte man sie nicht. Das hätte man sich als Schwäche ausgelegt. Man wollte wieder wer sein. Wer war man? Man war Mann. Die Frauen stimmten freudig zu, denn ihr Ansehen, ihre Ansichten hingen ab von denen der Männer.

Alle sollten zu Opfern bereit sein. Vor allem die anderen. Sie mussten mehr Opfer bringen als sie erwartet hatten und verkraften konnten. Die Städte in Feuerstürmen geschleift, waren die Menschen untergegangen in der Sündflut. Sie kapitulierten vor übermächtiger Gewalt wie vor Naturgewalten. So gut sie konnten, verbargen sie die eigene Verantwortung. Das gelang weitgehend und lange. Aber die Seelen blieben krank.

Was es bedeutet, einem Glauben zu folgen, für einen Glauben zu sterben, scheint aus unserer Erinnerung gefallen zu sein. Jedenfalls höre ich keine Empörung, wenn unser Bundespräsident öffentlich Auskunft gibt über seine Gebete oder seine Reden beschließt mit der Formulierung: »Gott segne unser Vaterland.« Wer hätte so etwas vor ein paar Jahren für möglich gehalten?

Die öffentliche Debatte kreist um jene, die uns bedrohen, die sich Rechtgläubige nennen und uns Ungläubige, die es zu bekämpfen gilt. Wir sind entsetzt, als hätten wir nicht selbst erfahren, warum man glaubt, glauben muss und will. Dieser Überraschung folgt eine weitere: Statt darüber zu sprechen, was uns überzeugt hat, endlich Leben und Würde jedes Menschen schützen zu wollen, uns auf ein für alle gleiches Recht zu verpflichten und die eigene Verantwortung mit all ihren Konsequenzen als Notwendigkeit gemeinsamen Lebens zu akzeptieren, wird geklagt, uns seien unsere Werte abhanden gekommen, sehe ich Leute nach den alten Tampen greifen und erleichtert rufen: Hier gibt's Halt.

Um was handelt es sich? Um eine Renaissance des Christentums zur Abwehr frei flottierender Ängste vor islamischen Horden? Mich beunruhigt, wie widerspruchslos plötzlich Gott und Staat verknüpft werden, auch bei uns. Dass niemand darauf hinweist, dass wir uns ein Maß an Freiheit und Gewaltlosigkeit erarbeitet haben, die es nie zuvor gab in diesem Land. Vom Wohlstand ganz zu schweigen.

Wenn mir jemand nach dem Leben trachtet, mich bestiehlt oder mein Haus ansteckt, reicht es vollkommen aus, wenn ich mich mit allen rechtmäßigen Mitteln wehre und der Verbrecher hinter Gitter gebracht wird. Warum sollte ich zusätzlich betonen, dass ich Christin bin? Wohin führt es, wenn ich das betone? Zu größerer Wehrhaftigkeit, die ich mir sonst nicht zutraue?

Ist die letzthin so häufig zu hörende Aufforderung, wir sollten uns auf unsere christlichen Wurzeln besinnen, der Appell, islamischen Rechtsbrechern mit Kreuz und Bibel entgegenzutreten statt mit Polizisten? Wenn es nicht so ernst wäre, könnte man sagen, es fehlt nur noch der Knoblauch, und schon wären wir mitten in Transsylvanien und bei den Vampiren.

Islamische Frauen in Deutschland sprechen darüber, wie lange und gründlich wir sie allein gelassen und unser Recht verraten haben, indem wir die Religion der Männer schützenswerter fanden als den Anspruch der Kinder und Frauen auf Gleichheit und Unversehrtheit. Die Antwort kann nicht sein, dass wir über die Kraft christlicher Gebete schwadronieren.

Ich bin weit abgeschweift, so sehr rege ich mich auf, so allein fühle ich mich in meiner Empörung.

3

Das Haus meiner Familie ist ein Geisterschloss. In den Zimmern wird geraunt, gewispert, Klavier gespielt, gelacht, geweint und geschrien. In den Betten im Erdgeschoss liegen Frauen allein. An Nebeltagen klingt dumpfes Tuten von der Elbe her über die Wipfel alter Bäume.

Andere Menschen ziehen um, wir wechseln nur Räume und Aussicht, verteilen die Zimmer neu, je nach Familienstand, staatlichen Bestimmungen und finanzieller Lage.

Der Garten ist weitläufig: Ein kleines Kind kann sich verlaufen. Er wird gern bestellt, und an den Rändern ist er wild. Ein großes Kind kann hier oder da im Verborgenen hocken, um ungestört für sich zu sein. In Haus und Garten gibt es Plätze, an denen man allein ist und bleibt.

Im Haus wechseln die Gerüche, Wärme und Kälte, Helligkeit und Dunkel, vertrautes und beunruhigendes Terrain. Die Treppen haben Namen und führen die Kinder ins Glück oder in Angst.

Wie die Familie ist das Haus: groß und unübersichtlich, herrschaftlich und heruntergekommen, gutbürgerlich und stillos. Es steckt voller Geschichten und macht es schwer, sich loszureißen aus dem Überkommenen. Man braucht Kraft, um seinem Sog zu widerstehen, um fortzugehen, ohne wiederkommen zu wollen.

Gebaut wurde es 1888 für eine Familie, die es sich leisten konnte, keines der fünf großen Zimmer im Erdgeschoss zum Schlafen zu nutzen. Wer die hohe Haustür öffnet, betritt das unbeheizbare Vestibül mit ornamentiertem Terrazzoboden, Spiegel und Garderobenhaken. Die nächste Tür führt in einen quadratischen Flur.

Die jüngsten Familienmitglieder wissen heute nicht mehr, wie es aussah, als sich meine Urgroßeltern mit ihren fünf Kindern 1903 eingerichtet hatten in dem noch ziemlich neuen Haus: Die erste Tür vom Flur links führt in den Salon, die zweite ins Esszimmer, beide sind mit einer breiten Schiebetür verbunden. Vom Esszimmer geht es in die Bibliothek, fast so groß wie Esszimmer und Salon zusammen. Meine Urgroßeltern ließen sie anbauen. Am Schreibtisch in der Bibliothek wurde Geld verdient. Der Urgroßvater war Schriftsteller und als Theaterautor zu so viel Geld gekommen, dass er den Lehrerberuf an den Nagel hängen und umziehen konnte aus einer Mietwohnung in Eimsbüttel in ein eigenes großes Haus in Flottbek.

Rechts des Flurs liegt das Wohnzimmer mit einer Terrassentür auf einen hüfthoch ummauerten und gepflasterten Platz vor Rhododendren. Aus dem Wohnzimmer führt meine Lieblingstreppe zierlich, geschwungen und sich verjüngend ins Billardzimmer. Vom Billardzimmer geht eine Tür in den Garten, eine ins Treppenhaus. Die Treppe dort ist unterteilt durch zwei Absätze, der zweite Absatz heißt halbe Höhe, obwohl die Treppe hier noch nicht die halbe Geschosshöhe erreicht, aber hier wechselt man die Richtung, von Nord nach Süd.

Im ersten Stock schlief die Familie in drei großen und einem kleinen Schlafzimmer, und im Zentrum, über der Haustür, gen Süden, lag ein verblüffend kleines Bad.

Der zweite Stock ist halbiert in Bodenraum und zwei Zimmer fürs Personal. Mädchenzimmer wurden sie genannt, was weit romantischer klingt, als es tatsächlich war. Auf dem kleinen Flur vor den Zimmern gibt es ein Waschbecken und hinter einer Tür, die wie eine Stalltür aus Latten gearbeitet ist, eine Toilette. Ein Badezimmer hatten die Dienstmädchen nicht.

Im Keller liegt die große Küche mit drei Souterrainfenstern gen Norden. Noch zwei Stufen tiefer geht es in die dunkle Unterwelt des Hauses mit einer weiteren Toilette und verzweigten Kellerräumen für Speisen, Getränke, für Kohlen und den großen Ofen.

1903 war all das sehr gediegen und durchaus luxuriös, technisch modern, mit einer Zentralheizung, fließendem Wasser, elektrischem Licht.

In meiner Kindheit in den fünfziger Jahren konnte man sich wieder breiter machen im eigenen Haus. Als die Wohnraumbewirtschaftung aufgehoben wurde, zogen nach und nach all die einquartierten Ausgebombten und Flüchtlinge aus. Dann wohnten die drei Schwestern im Erdgeschoss: Tante Irene und Tante Gertrud in den drei Zimmern links, meine Großmutter in den beiden Räumen rechts und meine Eltern mit uns Kindern im ersten Stock. Als das Kinderzimmer dort aus allen Nähten platzte, bekamen mein Bruder und ich eigene Zimmer im zweiten Stock.

Es ist ein Haus voller Geschichten und Legenden. In mehreren Zimmern ist geboren worden, in etlichen gestorben. Unglaubliches soll sich zugetragen haben, als es vom Dachboden bis zum Keller voller Fremder war, die anders sprachen, sich anders benahmen. Zwei Schwule, die um den schönen Mann im zweiten Stock buhlten, prügelten sich die Treppen hinunter. Eine junge Frau legte ihre Monatsbinden auf dem Vorderrasen zum Trocknen in die Sonne. Ein Junge wurde regelmäßig von seinen Eltern schwer geschlagen. Schlimme Geschichten und komische, wie die vom späten Ehemann von Tante Gertrud, der 1946 morgens im Pyjama, aber mit Hut vor der Toilette im Keller anstand, geduldig wartete und alle mit einem freundlichen »Guten Morgen« begrüßte, dazu artig den Hut lüpfte und sich verbeugte. Diese Geschichten waren noch frisch, als ich sie zu hören bekam.

Bei allem, was geschah, beharrten meine Großmutter und ihre Schwestern darauf, wenn es durch all das Unglück schon nicht so bleiben konnte, wie es einmal war, dann müsse es möglichst bald wieder so werden. Das wurde illustriert durch Erzählungen aus einer Zeit des Wohlstands, des besonderen gesellschaftlichen Ansehens, mit Erzählungen aus ihrer Kindheit und Jugend am Anfang des Jahrhunderts.

Tante Irene und Tante Gertrud wohnten in seit ihren Kindertagen nahezu unverändert möblierten Zimmern, kochten die Gerichte, die ihre Mutter zubereitet hatte, lasen die Bücher aus der Bibliothek ihres Vaters und hörten die Musik, die sie seit Kindesbeinen kannten. Die Räume meiner Großmutter waren bestimmt von einem Kuddelmuddel aus schönen alten und scheußlichen neuen Dingen. Sie wollte anders leben, wusste aber nicht wie. Alle drei hatten schon als Dreißigjährige damit begonnen, auf die Vergangenheit zu warten. Was wäre aus ihnen geworden, wenn sie das Haus verloren hätten? Wohin hätte meine Mutter sich gewandt, wenn sie fortgegangen wäre?

Wir alle waren eine Familie, meine Eltern ein Ehepaar ohne Trennungsabsichten. Meine Großmutter und ihre Schwestern wohnten seit über fünfzig Jahren in ihrem Elternhaus. Sie hatten Vater und Mutter nie verlassen. Ihre Ehemänner waren zu ihnen gezogen, so wie unser Vater zu unserer Mutter gezogen war. Ich wusste, in welchem Zimmer meine Mutter geboren worden war, in welchem sie als Kind geschlafen hatte. Nichts wäre mir abwegiger vorgekommen als die Vorstellung, meine Eltern könnten mit uns eine Wohnung andernorts beziehen, meine Großmutter würde nicht mehr mit ihren Schwestern unter einem Dach leben.

Das Familienhaus hielt alle und alles zusammen. In Bombennächten hatten seine roten Backsteinmauern gebebt, Risse bekommen, aber standgehalten. Trutzburg nach außen und innen. »In diesem Hause«, sagte meine Großmutter und meinte damit nicht das Gebäude, sondern ein Familienideal: In Liebe und Güte verbunden, einander helfend, heiter durch Übereinstimmung in der Weltanschauung, durch liebgewonnene Traditionen und Freude an Natur und Geselligkeit. Streit, Aggressionen jeder Art galten als fehl am Platze, Sexualität sollte keine Rolle spielen.

Wer weggegangen war, gehörte nicht mehr wirklich zur Familie, selbst wenn er Briefe schrieb und zu Besuch kam. Er roch anders, sprach anders. Dauerhaft fortgehen zu müssen kam einem Fluch gleich.

Das Haus war mehr als ein Haus. Ich liebte es sehr und wusste früh, ich würde es mir aus dem Sinn schlagen müssen; und fast immer gab ich unvernünftig viel Geld aus, um schön zu wohnen.

4

Einmal mit dem Finger durch den Rahm. Nur einmal. Ich kann mich nicht beherrschen. Zu lieblich schmilzt die Sahne auf der Zunge. Wenn ich weitermache, sieht Mutti am weißen Rand, dass ich an der Milchkanne war. Manchmal sieht sie es, manchmal sieht sie es nicht. Der liebe Gott sieht alles.

Ich habe nicht gehorcht. Ich habe genascht. Ich habe gelogen. Ich habe mich mit meinen Geschwistern gezankt. Wenn ich nasche, habe ich zwei Sünden begangen, denn ich habe ja auch nicht gehorcht. Und wenn Mutti mich fragt, ob ich an der Milch war, muss ich ja sagen, sonst kommt noch Lügen dazu. Naschen ist in der Fastenzeit eine größere Sünde als sonst, denn wir sollen uns ja zusammennehmen in Gedanken an das Leiden unseres Herrn am Kreuz. Er ist hungrig und durstig gestorben. *Und der Himmel verdüsterte sich.*

Warum nasche ich immer wieder, obwohl ich es dann bereue? Matthias nascht nicht so oft wie ich. Aber er bekommt auch jeden Tag ein Joghurt, ein Sahnejoghurt sogar, weil er so dünn ist.

Er gehorcht schlechter als ich. Und er bekommt Wutanfälle. Dann kann er sich nicht beherrschen. Sich beherrschen heißt, etwas zu tun, was man nicht tun möchte. In der Fastenzeit keine Süßigkeiten essen, obwohl Frau Lehmann und Frau Knappe uns welche mitgebracht haben, als sie die Tanten besuchten. Nicht petzen, obwohl man sich wild geärgert hat.

Mutti sagt: »Alles, was einem leicht fällt, ist kein Opfer.« Ich will ein Opfer bringen, etwas tun, was mir schwer fällt. Am schwersten fällt es mir, nicht mit Elisabeth zu streiten. Sie fährt ihre Puppe im Puppenwagen durch den Garten.

»Wollen wir was spielen?«, frage ich. »Du darfst bestimmen.«

»Mutter und Kind, und ich bin die Mutter.«

Sie wundert sich gar nicht, dass ich ganz lieb sage: »Meinetwegen.«

Ich soll den Puppenwagen schieben.

»Holper nicht so«, sagt Elisabeth. »Dem Kind wird ja schwindlig.«

»Ich bin doch das Kind.«

»Deine Haut sieht ja wieder schrecklich aus. Kratz nicht! Nimm dich zusammen!«

»Ich bin ein Kind ohne Ekzem«, sage ich.

»Du bist ein Kind mit Ekzem«, antwortet sie und stampft mit dem Fuß auf.

Ich spiele trotzdem weiter und freue mich, dass Gott alles sieht.

»Jetzt verbinde ich dich, damit du endlich aufhörst zu kratzen. So geht das ja nicht weiter.«

Ich halte ihr meine Arme hin, und sie tut so, als würde sie sie mit einer Mullbinde umwickeln.

»Wo ist die Schere? Die hast du wieder verschludert. Zur Strafe gehst du heute ohne Abendbrot ins Bett.«

»Du musst doch lieb zu deinem kranken Kind sein«, sage ich.

»Ich denk ja gar nicht dran, wenn mein krankes Kind so ungezogen ist«, antwortet sie. »Und jetzt üben wir. Damit du endlich nicht mehr lispelst. Susi, sag mal saure Sahne.«

»Susi, sag mal saure Sahne.«

Gut sein ist fast so schön wie süße Sahne naschen.

***

Verwirrend war die Widersprüchlichkeit, mit der die immer wieder auftauchenden Fragen nach Gut und Böse, Richtig und Falsch beantwortet wurden. Meine Großmutter war anderer Meinung als meine Mutter. Mein Vater machte alles richtig. Nur so war zu erklären, weshalb er so gut wie nie zur Beichte ging.

Wenn die Frauen sich gegenseitig anschrien, dann zankten sie sich nicht, sondern hatten eine Meinungsverschiedenheit, und eine solche könne immer mal vorkommen, sagten sie.

Ihre Lügen waren Notlügen. Die meiner Großmutter geschahen ausschließlich, um andere zu schonen, also im Namen der Nächstenliebe. Die Drohungen und Strafen der Erwachsenen waren keine Gemeinheiten, sondern gerecht und notwendig. Mein Vertrauen in sie war grenzenlos. Ich war vollkommen in ihrer Hand und wollte selbst im Unglück nirgendwo anders sein.

Heute war ich in der Kirche. Sie war nicht abgeschlossen, aber menschenleer. Ich habe mich gefreut, dass es die alten Weihwasserbecken noch gibt, habe die Finger eingetaucht, mich bekreuzigt und gewartet, welches Gefühl darauf antwortet. Es kam mir vor, als hätte ich es kürzlich erst getan und nicht zuletzt vor über dreißig Jahren.

Das, was im Kirchenraum verändert worden ist, gefiel mir nicht. Am stärksten allerdings war der Eindruck, er sei viel kleiner als damals. Ich wollte den roten Samtvorhang lüpfen und in den Beichtstuhl treten, mich hinknien und mir das Holzgitter anschauen, hinter dem Pastor Nieblich saß, während ich ihm meine Sünden beichtete. Ich habe genascht. Ich habe meine Schwester geärgert. Ich habe meiner Mutter nicht gehorcht. Merkwürdigerweise presste er beim Zuhören ein weißes Taschentuch, ordentlich gebügelt und zum Quadrat gefaltet, an seine Schläfe. Wovor wollte er sich schützen? Oder war das Tuch ein weicher Trost, so wie für kleine Kinder eine Schmusedecke?

Der Beichtstuhl von damals ist nicht mehr da. Der neue passt nicht zu dem alten Gemäuer und den alten Bänken. Er hat richtige Türen; es braucht nicht mehr geflüstert zu werden.

In meinem Katechismus gibt es viele Seiten, die mich lehrten, wie ich mich vorzubereiten hatte auf das Sakrament der Beichte: *Wir betrachten den leidenden Heiland und bedenken: Meine Sünden sind an seinem Leiden schuld. Wie habe ich sein heiliges Herz verwundet!*

Meine Mutter hat mich heute begleitet. Es war schön, noch einmal mit ihr vor der Holzmadonna und dem Kind zu stehen, jetzt, wo meine Mutter klein ist und ich schon lange groß bin. Wir haben in normaler Lautstärke geredet, nicht andächtig leise wie früher. Alles haben wir in Ruhe angeschaut und die Veränderungen besprochen: das neue Kreuz, den modernen Tabernakel, die fehlende Kommunionbank. Über die Veränderungen in uns haben wir nicht geredet. Das hatten wir am Abend zuvor getan, wie schon so oft. Und wie so oft konnten wir kein Ende finden, bevor die Nacht fast um war.

5

Ich mag schöne Kleider. Mein schönstes Kleid ist kein Kleid, sondern mein Pilzröckchen. Es hat einen Latz und Träger. In den Latz und unten rundherum sind rote Pilze gestrickt. Ich ziehe es sonntags an. Wenn ich zur Schule gehe, darf ich es auch an Wochentagen anziehen, hat Mutti gesagt.

Ich steige auf einen Stuhl, öffne den Badezimmerschrank und hole die spitze Nagelschere raus. Wenn wir allein sind, dürfen wir keine Schere und keine Streichhölzer haben. Messer, Gabel, Schere, Licht, sind für kleine Kinder nicht.

Mutti sieht mich nicht. Sie ist mit den Kleinen zu Dr. Brockmöller und zum Einkaufen gegangen.

Matthias sagt: »Das würde ich nicht machen«, aber ich höre nicht auf ihn, sondern piekse mit der Nagelschere in mein Pilzröckchen. Es ist nicht leicht, die Pilze auszuschneiden. Da, wo die Schere ein Loch macht, ribbeln die Maschen, wenn ich nicht schnell und fest schneide. Ich schneide schnell und fest und lege die Pilze auf die Bettdecke. Dort leuchten sie nicht so schön wie im blauen Röckchen, aber ich kann nicht aufhören. Ich lege die Pilze unter mein Kopfkissen. Das Pilzröckchen will ich nicht mehr sehen. Niemand soll es sehen, deshalb pfeffere ich es unter mein Bett. »Wehe, du petzt«, sage ich zu Matthias.

Matthias petzt nicht, aber Mutti sieht die Fusseln im Kinderzimmer und fragt: »Was ist denn hier passiert?«

»Ich hab die Pilze ausgeschnitten«, sage ich und lege ihr etwas Rotes auf die Hand, das gar nicht mehr aussieht wie ein Pilz.

»Was hast du gemacht?«, fragt sie, als ob sie nicht sehen und nicht hören kann.

»Geh mal nach nebenan«, sagt sie zu Matthias und macht die Tür zu. Ich kann ihr nicht erklären, warum ich ausgerechnet das Pilzröckchen kaputtgemacht habe.

»Es macht mich sehr, sehr traurig«, sagt sie, »dass ich mich auf meine Große, die fast schon ein Schulkind ist, so wenig verlassen kann.«

Sie hat ein trauriges Gesicht, und wenn sie mich sieht, schüttelt sie den Kopf, nachmittags immer noch und auch am Abend.

Ich bin froh, dass sie mich ins Bett schickt. Sie betet erst mit uns allen, dann mit mir allein: »Lieber Gott, bitte verzeih mir, dass ich heute völlig vergessen habe, dass es arme Kinder gibt, die nichts zu essen und anzuziehen haben. Bitte hilf mir, deine guten Gaben nicht zu missachten, sondern dankbar für sie zu sein. Amen.« Sie lächelt nicht. Sie streichelt mich nicht. Sie gibt mir keinen Kuss.

Es ist hell im Kinderzimmer. Die Sonne scheint. Elisabeth ist auch schon wach. Sie schimpft mit ihrer Puppe. Ich ziehe mein Nachthemd aus und Unterwäsche an, Strümpfe.

»Ich habe dir gestern Abend ein Lumpensäckchen gemacht«, sagt Mutti. »Schöne Sachen weißt du ja nicht zu würdigen.« Sie gibt mir ein braunes Ungetüm, das aussieht wie der leere Kartoffelsack im Keller. Es ist der Kartoffelsack. Sie hat drei Löcher reingeschnitten, ein großes für meinen Kopf und zwei für die Arme.

»Guck mal in den Spiegel, und überlege dir, wie es ist, wenn du so zur Schule gehen musst.«

»Das kratzt furchtbar«, sage ich.

»Kann ich nicht ändern«, antwortet sie. »Aber du darfst einen Pulli drunterziehen, denn ihr wollt ja bestimmt gleich im Garten spielen.«

Überall, wo das Lumpensäckchen mich berührt, juckt meine Haut. Ich schmecke mein Brot nicht, weil ich weinen muss. Ich will weglaufen und mich verstecken, damit mich niemand sieht, damit ich nicht sehe, wie Elisabeth frech grinst über mich im Lumpensäckchen, über mich mit juckender Haut.

Ich schnappe mir meine Puppe und renne die Treppe runter, dann die Kellertreppe, durch die Hintertür in den Garten, ins Rhododendrongebüsch, wo mich niemand sieht. Ich setze mich ins alte Laub. Nur Renate ist bei mir. Sie hat ihr schönstes Kleid an, das hellblaue mit den Glasknöpfen. Ich weine in ihren Rüschenkragen und bin ein Kind ohne Mutter, ohne Kleid, ohne Taschentuch. Ich bin ein Häufchen Elend.

Matthias kommt und sieht sich mein Unglück an. »Ich zieh dich, wenn du willst«, sagt er.

Ich klettere mit Renate in den Blockwagen. Mein Bruder nimmt die Deichsel und zieht los mit uns. Er zieht uns ums Haus mit Holpern und Poltern, ums Haus, ums Haus, und ich kann besser weinen, weil ich nicht mehr allein bin. Renates Kopf ist voll glibberigem Rotz. Ihr Kleid ist nass und vom Kartoffelstaub ganz dreckig. Matthias zieht uns und zieht. Das Beben in mir fühlt sich an wie ein Schluckauf, ist aber kein Schluckauf, sondern kommt vom Weinen.

Das Beben in mir wird weniger. Das Beben hat aufgehört. Jetzt bewegt mich nur noch das Schaukeln und Schütteln von außen, das Bollern des Bollerwagens, den mein Bruder zieht über Stock und Stein, die trockenen Wege entlang durchs Frühlingsgezwitscher der Meisen, ums Haus, ums Haus, ums Haus.

***

Der knapp sechsjährige Junge, der seine ein Jahr und einen Tag ältere Schwester geduldig durch ein Tal der Tränen zieht, sie wortlos wiegt in seinem Beistand, ist für mich zum Inbild von Mitgefühl und geschwisterlicher Liebe geworden und geblieben. Er war für mich da. Das stimmt. Das Wort Nächstenliebe käme mir in diesem Zusammenhang eher wie eine Abwertung vor.

Das Gebot christlicher Nächstenliebe ist mir vielleicht auch deshalb irgendwann fragwürdig erschienen: Die Nächsten sind doch ohnehin die Liebsten. Das Gebot der Nächstenliebe verleugnet die Empathie, es setzt ein beträchtliches Maß an Fühllosigkeit voraus oder Mangel an Gerechtigkeitssinn. Es verdirbt die Liebe zur Pflicht und verwirrt die Gefühle, denn ein Kind, das in seinem Kummer gesehen wird, sieht den Kummer anderer und möchte ihn lindern. Das Kind liebt seine Eltern und Geschwister unaufgefordert, und es empfindet es als unangenehm und unangemessen, wenn es unfreiwillig Liebe bekunden soll. Wenn sich ein anderes Gefühl vor die Liebe stellt, kann man es nicht einfach wegwischen. Ein Kind will unterscheiden zwischen sich vertragen und streiten, Richtig und Falsch, zwischen Gut und Böse. Das ist am Anfang leicht und wird schwerer mit der Zeit.

Wenn wir Kinder uns stritten, schimpfte meine Großmutter gelegentlich: »Jeden Sonntag in die Kirche rennen, aber die Nächstenliebe nicht mal in der eigenen Familie hinkriegen ...«

Abgesehen davon, dass es schrecklich war, sie so abfällig über unsere Kirchgänge reden zu hören, spürte ich schon als Grundschulkind, dass sie, die große Stücke auf die Nächstenliebe und die Bergpredigt hielt, im Unrecht war. Das eine hatte mit dem anderen nicht das Geringste zu tun.

Die Liebe war selbstverständlich, aber nicht gleich. Ich liebte meine Mutter anders als meinen Vater, die Großmutter anders als deren Schwestern, Tante Irene viel mehr als Tante Gertrud, meinen Bruder anders als jede meiner Schwestern. Meine Lehrerin und meine Mitschülerinnen und Mitschüler liebte ich nicht, manche mochte ich, andere waren mir unangenehm. Meine Freundin Juli liebte ich. Und die alte Hündin meiner Großmutter liebte ich auch, während mir der junge Rüde ziemlich schnurz war.

Das gleichmacherische Postulat der Nächstenliebe passte nicht zu meinen Kindergefühlen, und auch heute ist mir unwohl bei diesem Begriff, der als zentral für die Christenheit angesehen wird.

Meine Großmutter kommentierte das Gebot der Nächstenliebe noch auf andere Weise. Sie sagte: »Liebe deinen Nächsten wie dich selbst. Was für ein ausgemachter Blödsinn! Ich liebe mich doch nicht selbst!« So merkwürdig diese Aussage gerade von ihr wirkte, sie enthielt doch einen wichtigen Hinweis: Die Eigenliebe ist das, was uns unterscheidet, unser Selbstbild, unser Selbstwertgefühl. Die Eigenliebe gilt es zu befragen, denn nach ihr richtet sich die Nächstenliebe.

Der einleuchtende moralische Maßstab war und ist Gerechtigkeit. Wenn ein Kind ohne ausreichende Begründung bevorzugt, wenn eines schuldlos bestraft wurde, wenn die kostbaren Süßigkeiten, die Gäste für uns mitbrachten, nicht genau geteilt wurden, dann war das ungerecht und empörte uns. Wenn ich etwas Falsches, etwas Böses getan hatte, dann konnte die Strafe zwar sehr unangenehm sein, aber solange sie gerecht war, wurde sie akzeptiert, manchmal durchaus mit Erleichterung, weil sie als eine Art Buße verstanden wurde, die zur Vergebung führte, also in neue Harmonie.

Den Lumpensack tragen zu müssen, vom Morgen bis zum Mittagessen – dann durfte ich mich waschen und umziehen –, war schlimm, aber nicht ungerecht. Es war eine drastische Antwort auf eine drastische Tat. Dass diese Tat in ihrer Symbolik beeindruckend war und aus einer tiefen Not geschah, konnte meine Mutter nicht sehen.

Die Erwachsenen wussten, dass ich ein ängstliches Kind geworden war und mich vor der Schule fürchtete. Ich hatte vorgeschlagen, dass meine Mutter selbst oder Tante Irene, die Lehrerin, mich zu Hause unterrichten sollten, aber meine Verhandlungen mit ihnen waren erfolglos verlaufen. Dass ich Angst um meine Mutter und damit um mich selbst hatte und in dem Gefühl lebte, meine Anwesenheit zu Hause, meine Hilfe und Fürsorge könnten das drohende Unglück ihres Todes verhindern, verstand niemand. Zeiten, Gedanken und Familiengeschichte waren nicht danach.

Mein Bruder aber hatte meine existenzielle Erschütterung gespürt, die Trostlosigkeit meiner Tränen. Er brauchte nur seinem Gefühl zu folgen, um mein Fels in der Brandung zu sein.

Das ist, was uns hält, auch im Alleinsein: zu wissen, es gibt Menschen, auf die Verlass ist, unverbrüchlich. Die, die zu unseren Nächsten zählen, und solche, die wir gar nicht kennen. Jene, die nicht am Ufer stehen und gaffen, sondern sich ins Wasser stürzen, um einen Ertrinkenden zu retten, handeln spontan und möchten hinterher nicht gelobt werden.

6

Ein Kind, das an einem Werktag weiße Strümpfe trägt, ist ein verwöhntes Gör oder hat etwas Besonderes vor, auch wenn der Mantel zu kurz ist und die Haare sich schon wieder lösen aus den kurzen Zöpfen.

Es hatte Vorbereitungen gegeben: Neue Schuhe wurden gekauft, braun und praktisch, mit einem klobigen Riemen über dem Spann, das Leder durchbrochen mit kleinen Löchern, denn es ist Frühling. Schon zu Weihnachten lag ein Schulranzen auf dem Gabentisch und eine Brottasche, befühlt und berochen, dann sicher aufbewahrt bis nach Ostern, bis zu dem Tag, der mich gleichermaßen stolz und ängstlich machte. Zu Hause dominierte noch Zuversicht; ein Foto beweist es. Der leichte Ränzel auf dem Rücken ist kaum zu sehen. Die Schultüte liegt in meinem Arm wie ein Säugling; meine Zunge ist beschäftigt mit einem Bonbon in der rechten Backentasche.

Bonbons waren Nebensache. Die Federtasche mit den unbenutzten Bunt- und Bleistiften in zierlichen Gummilaschen war das Kostbarste in der Schultüte, das Stück Käse die gewünschte Näscherei. »Käse zum Reinbeißen«, nicht rationiert, ohne Brot – das war das Köstlichste und wurde als Wunsch berücksichtigt, auch Weihnachten: Käse statt Kringel auf dem bunten Teller, und so ist der Geschmack von Gouda mit meinem ersten Schultag ebenso verbunden wie der Geruch des frischen Leders von Brot- und Federtasche und neuen Schuhen.

In der Aula hatten die älteren Kinder zur Begrüßung der Abc-Schützen ein kleines Stück eingeübt und sangen uns ein Lied vor. Der Rektor bat vier Frauen nach vorn und stellte sie uns als die Lehrerinnen der neuen Erstklässler vor. Ich gehörte zu den dreißig Kindern, die sich hinter Fräulein Schlawig aufstellten, immer zu zweit. Bevor wir in unsere Klassen marschierten, wurden uns von Viertklässlern kleine selbst gebastelte Schultüten überreicht.

Wir zogen aus dem Hauptgebäude quer über den Schulhof zu den beiden Baracken, in denen die ersten Klassen untergebracht waren.

Wir, die 1 c, betraten unseren Raum, hängten unsere Ranzen an die Haken rechts und links der Bänke, setzten uns. Fräulein Schlawig zeigte, wie man sich meldet: mit der rechten Hand, den Zeigefinger schön gerade ausgestreckt. Sie rief alle Kinder noch einmal auf. Nach Vor- und Nachnamen sagte sie »evangelisch«, guckte das Kind an, das dazu seine Hand erhob, und machte einen entschiedenen Haken hinter dem Namen auf ihrer Liste. Bei Waltraud und mir sagte sie »römisch-katholisch«.

Meine Mutter hatte versprochen, auf mich zu warten. Ich sah sie vorm Fenster stehen. Tränen füllten meine Augen, zogen juckende Salzspuren bis zum Hals hinunter und versickerten im Kragen meiner Bluse. Ich hatte Angst vor der Schule, hatte Angst, am nächsten Tag ohne die Mutter zu sein für Stunden, in diesem fremden Gebäude, mit all diesen fremden Kindern, dieser fremden Frau. Doch plötzlich schob sich ein anderes Gefühl davor: Mitleid. Mitleid mit den Jungen und Mädchen um mich herum, die bis auf Waltraud im falschen Glauben lebten. Meine Tränen galten nicht mehr mir, sondern der unlösbar erscheinenden Aufgabe, den Unglücklichen den rechten Weg zu weisen. Meine erste Lektion stand nicht an der liebevoll bemalten Tafel, nicht in der Fibel, sondern war ein Gefühl, das mich mit großer Wucht ausfüllte und nie wieder verlassen würde: Ich bin anders, ich bin die Fremde. Anders zu sein heißt, einsam zu sein. Fremdsein macht stark und schwach zugleich.

Meine Großmutter war mit meinen Geschwistern nach Hause gegangen. Meine Mutter stand am Rand des Schulhofs, schaute in den noch kahlen Schulgarten und wartete auf das Ende meines ersten Schultags. Sie war draußen. Ich saß drinnen. Zum ersten Mal gehörte ich zu einem anderen Wir. Wir sangen ein Lied und nahmen den ersten Buchstaben mit nach Hause. A wie Anfang.

Fräulein Schlawig trug ein Kostüm und ihr Haar zu einem schweren Knoten ordentlich aufgesteckt. Sie wirkte streng und eifrig. Am zweiten Schultag standen unsere Namen nicht mehr auf einem Zettel, sondern im Klassenbuch. Wieder rief sie uns auf, dieses Mal verbunden mit der Frage nach dem Beruf unserer Väter. Da wussten alle, dass Waltraud nicht nur schlecht roch und katholisch war, sondern außerdem keinen Vater hatte, und niemand wollte mit ihr spielen.

Mein Vater ging morgens fort. Oft schlief ich schon, wenn er am

Abend nach Hause kam. Manchmal wartete ich auf ihn mit einer so großen Sehnsucht, dass sie mir später nicht zu passen schien zum kurzen alltäglichen Zusammensein. Sie wurde bewahrt durch Erinnerungen, gespeist durch Sonntagserlebnisse, durch Hoffnungen, die oft genug erfüllt wurden, um alle Enttäuschungen zu überdecken, vor allem aber durch seinen Blick, der mir ohne ein Wort, aber mit einem nur für mich bestimmten Lächeln sagte: Du bist meine geliebte Tochter.

Zu den Vorkehrungen, die meine Mutter traf, um mich auf die Schule vorzubereiten, zählte ein Gespräch unter besonderen Bedingungen. Ich durfte abends als Einzige länger aufbleiben. Meine Mutter bügelte nicht, sie strickte nicht, sie nähte nichts. Sie hatte den Vorsatz, ihr ältestes Kind aufzuklären, und sie brachte mir viel mehr bei, als sie sich vorgenommen hatte. Ich lernte, dass Unwissenheit gefährlich ist. Sie lehrte mich, dass Wissen nicht glücklich macht.

»Wenn man sich wirklich lieb hat, dann ist das sehr schön«, sagte meine Mutter, nachdem sie mir in einfachen Worten den Zeugungsakt geschildert hatte. Ich kannte die von ihr erwähnten Körperteile von meinem Bruder, meinen Schwestern und mir. Wir widmeten uns ihnen mit Neugierde und Vergnügen und ungestört durch Maßregelungen. Dennoch nahm ich den Bericht meiner Mutter ablehnend auf und war froh, dass ich so bald noch nicht genötigt sein würde, etwas so Eigenartiges zu tun, um ein Kind zu bekommen.

Meine Mutter trug mir auf, Stillschweigen über unsere Unterredung zu bewahren. Das Geheimnis, von dem ich nun als Erste wusste, wollte sie all ihren Kindern selbst anvertrauen. »Andere Eltern möchten das auch. Sprich deshalb nicht darüber. Nicht zu Hause und nicht in der Schule«, sagte sie.

Nun kam sie zum heiklen Teil des Gesprächs und erzählte, dass mein Vater und sie sich sehr, sehr lieb gehabt hatten und gern heiraten wollten. »Verliebt, verlobt, verheiratet. Das kennst du. Normalerweise ist es so, dass man sich verliebt, dann nach einer Weile verlobt«, sagte sie. »Die Verlobung ist ein Versprechen, aber die Zeit bis zur Hochzeit noch eine Probezeit, in der man sich so oft wie möglich trifft, um sich besser kennen zu lernen und um zu prüfen, ob man wirklich vollen Herzens ja sagen kann. Denn nach der Hochzeit muss man zu seinem Wort stehen, ein Leben lang, deshalb heißt es: bis dass der Tod euch scheidet.«

Dass unsere Mutter erst Fotografin und dann Nonne hatte werden wollen, wussten wir. Wir wussten auch, dass sie in dem Gefühl lebte, der liebe Gott habe ihr unseren Vater »vor die Füße geworfen«. Das waren keine Geheimnisse, sondern ganz normale Geschichten. Sie wurden mit annähernd gleichen Worten immer wieder einmal erzählt. Das Einzige, was sich im Laufe von Jahren und Jahrzehnten änderte, war meine Interpretation. Als Kind war es für mich sonnenklar, dass der liebe Gott meiner Mutter ein Geschenk vor die Füße geworfen hatte. Erst viel, viel später fiel mir auf, dass sie den Mann zu ihren Füßen als Aufgabe, als Auftrag verstanden hatte.

Meine Mutter brauchte keine lange Probezeit. Kein Wunder, wo doch der liebe Gott meinen Vater zu ihr geschickt hatte wie den Engel zur Jungfrau Maria. Nur sollten meine Eltern dennoch warten mit dem Heiraten, so jedenfalls hatte es meine Großmutter bestimmt.

»Wir wollten aber nicht warten«, sagte meine Mutter. »Deshalb haben wir uns allein zum Ehepaar gemacht und haben das getan, was ich dir vorhin erzählt habe. Ich spürte sofort, dass du in mir wächst, und war unbeschreiblich glücklich. Als ich wusste, dass ich mich nicht geirrt hatte, also tatsächlich ein Kind erwartete, haben wir es Großmutti erzählt. Die hat erst geschimpft, weil wir nicht gewartet hatten, aber dann durften wir endlich heiraten.«

Ich weiß bis heute nicht recht, warum ich ohne Ende schluchzte damals, warum mich diese Geschichte so tief erschütterte. Vielleicht spürte ich eine Verantwortung, die viel zu schwer und groß für mich war.

Wie meine Entstehung moralisch zu werten war, daran ließ meine Mutter nicht den geringsten Zweifel: »Du kennst ja die Sakramente. Das Sakrament der Beichte, die Kommunion, die Firmung, die letzten Ölung und die Priesterweihe spenden Geistliche, normalerweise auch das Sakrament der Taufe. Das Sakrament der Ehe aber, das ist die große Ausnahme, das spenden sich Mann und Frau gegenseitig, indem ihre Körper sich vereinigen, die Erwachsenen sagen, indem sie die Ehe vollziehen. Wenn die Ehe vollzogen ist, wenn sich die Eheleute das Sakrament der Ehe gespendet haben, erst und nur dann ist die Ehe unauflöslich. Die Hochzeit ist nur die äußere Feier, kein Sakrament.«

Und damit war meine Mutter auch bei dem Grund für den Zeitpunkt ihrer Erklärungen: »Es gibt Menschen, die wissen das nicht. Für die ist die Ehe keine Angelegenheit zwischen Gott und einem Paar, sondern die betrachten das ganz oberflächlich weltlich. Für die ist nur wichtig, dass sich das Liebespaar beherrscht und sich nicht schon vor der Hochzeit das Sakrament gespendet hat.«

Kinder wachsen neun Monate im Leib der Mutter, das wusste ich längst, denn meine Mutter war ja fast immer schwanger und sprach mit uns darüber. So war es vollkommen plausibel für mich, dass eine Geburt, die bereits sieben oder acht Monate nach der Hochzeit stattfand, allen verriet, dass die Eltern schon vor der Hochzeit ein Ehepaar geworden waren.

»Leider gibt es furchtbar dumme Leute, die sich genau ausrechnen, wie viel Zeit zwischen Hochzeit und Geburt lag, und die Kinder damit hänseln, wenn es weniger als neun Monate sind. Das könnte dir in der Schule auch passieren, und deshalb wollte ich dir das rechtzeitig erzählen.«

»Wie viele waren es bei uns?«, fragte ich.

»Vier«, sagte meine Mutter, und ich schluchzte.

»Vergiss nie«, flüsterte sie und wiegte mich wie meine jüngste Schwester, »es war mein größtes Glück, als ich wusste, dass du unterwegs warst. Ich hatte mir dich so sehr gewünscht.«

***

Manchmal frage ich mich, wie viel leichter es meine Neffen und Nichten hatten mit einer Kindheit ohne die Drohung des Fegefeuers, ohne den ständigen Blick auf den gequälten Mann am Kreuz, dessen Schmerzen durch nichts rückgängig gemacht werden können. Ohne einen Gott, der alles sieht, hinter dem sich die Erwachsenen verstecken können, der ihre Verantwortung verringert und ihre Macht zementiert.

Manchmal ertappe ich mich bei dem Gedanken, was den Kindern heute fehlt, ohne die Teilhabe an den Geschichten, die wir damals liebten, ohne die Schönheit der Worte und Melodien, nach denen wir uns reckten und innerlich tanzten. Ohne eine Gedankenwelt, aus der man herauswachsen, die man erweitern kann, indem man Fragen stellt und sich nicht mit vorgegebenen Antworten begnügt.

Per omnia saecula saeculorum. Was ist dagegen »Abrakadabra« oder »Aresto Momento«? Selbst manche Märchen wollten wir der nächsten Generation ersparen. Zu grausam, zu wild. Stattdessen haben wir sie ungeschützt der Wirklichkeit ausgesetzt. Die haben wir auf neue Weise ununterscheidbar gemacht von Fiktion, und wir haben nicht mehr sortiert zwischen Gesprächsstoff für Erwachsene, für Kinder, für alle.

Meine Familie hat längst gemerkt, wie sehr wir uns Feierlichkeit wünschen, in die wir ein Neugeborenes zur Begrüßung betten, mit der wir die Toten verabschieden. Wir veranstalten Babypartys und halten selbst Reden am Sarg. Fehlen uns kostbare Gewänder? Myrrhe und Weihrauch? Sind unsere Gesten zu klein?

Uns ist nicht viel eingefallen, um Heranwachsende ausdrücklich aufzunehmen in den Kreis der Erwachsenen. Wir haben eine Weile nicht einmal darüber nachgedacht.

Was ist der Unterschied zwischen Glaube und Aberglaube, zwischen Kirche und Sekte? Ich habe ihn nie verstanden, obwohl mein Katechismus Auskunft gab. Hängt es von Macht, Größe und Verbreitung eines Glaubens ab, ob er als gute Religion oder fragwürdige Sekte gilt? Kommt es auf die Überzeugungskraft der Gründerväter an, auf die literarische Qualität der heiligen Bücher? Darauf, wie ausführlich und manifest die Glaubenssätze sind, die Regeln? Ist entscheidend, wie umfassend eine Religion grundlegende psychische und soziale Bedürfnisse befriedigt? Für wie viele sie praktizierbar ist? Ob und wie die Herrscher sie nutzen konnten? Historische Stimmigkeit spielt keine Rolle, das wissen wir. Wenn man sich als Erwachsener einen Glauben sucht, wonach sucht man dann? Nach Gemeinschaft? Entlastung? Nach Identität, Idealen? Antwort auf letzte Fragen? Halt? Sinn? Möchte man sein wie die Anderen? Möchte man mit einigen Wenigen zusammen anders sein als die Mehrheit, auserwählt? Wie kann man als Erwachsener ein gläubiger Christ werden, wenn man andere Religionen gar nicht kennt?

Die heilige katholische Kirche. Die Gemeinschaft der Heiligen. Daran glaubten wir Katholiken und waren Rechtgläubige, die einzigen Rechtgläubigen.

Mit erheblichen Einschränkungen galten uns andere Christen als nicht völlig von Gott verworfen; immerhin waren sie getauft. Buddhisten, Juden, Moslems, Atheisten galten uns als verloren für die Ewigkeit. Die Juden waren unsere Verwandten und wurden gerade deshalb besonders abgelehnt. Mit ihnen teilten wir das Alte Testament. Unter ihnen lebte Jesus als einer von ihnen. Sie haben den Messias nicht erkannt, haben ihn ans Kreuz geschlagen. In katholischen Schulen lernte ich noch als Jugendliche in den sechziger Jahren: Deshalb wurden sie verfolgt, können nirgends heimisch werden.

Glaubensfragen haben in meiner Familie eine lange Tradition. Gestern habe ich mir die beiden Schriftstücke angesehen, die belegen, dass meine Urgroßeltern 1902 aus der evangelischen Kirche austraten, deren Mitglieder sie zuvor immer widerwilliger, aber notgedrungen waren. Meine Urgroßeltern hätten nicht staatliche Lehrer sein dürfen in Preußen als Konfessionslose und empörten sich darüber, dass Unterricht in der Volksschule vor allem Religionsunterricht bedeutete. Das Volk sollte folgsam sein, Bildung einer kleinen Oberschicht vorbehalten.

Die Urgroßeltern schickten ihre Töchter auf die jüdische Höhere Mädchenschule ihres Freundes Doktor Loewenberg in der Johnsallee in Hamburg. Der war großzügiger als die Christen und ließ die zweitälteste Tochter, meine Großtante Irene, die noch aus Staatsräson evangelisch getauft worden war, etliche Jahre als Lehrerin an seiner Schule arbeiten. 1924 stellte Doktor Loewenberg ihr ein wunderbares Zeugnis aus, obwohl er sich inzwischen mit meinem Urgroßvater überworfen hatte, dessen antisemitische Tiraden nach dem Ersten Weltkrieg Doktor Loewenberg auch als persönlicher Verrat getroffen haben. Einen Verrat an den eigenen aufklärerischen Ideen beging mein Urgroßvater auf jeden Fall, und ich möchte mir nicht vorstellen, wie dieser in jungen Jahren fortschrittliche Mann ganz und gar zu den Nazis übergelaufen wäre. Er starb 1926.

Seine Frau und seine Kinder fühlten sich ebenso wenig als Renegaten oder gar Konvertiten wie er selbst und blieben der von ihm eingeschlagenen Richtung treu bis an ihr Lebensende: national, dann nationalsozialistisch, konfessionslos. Sie waren Antisemiten geworden, stritten ihre Menschenfeindlichkeit aber im Gegensatz zu ihrer Hitlerbegeisterung ab. »Die Juden, die ich kannte, haben alle überlebt«, sagte meine Großmutter. »Sechs Millionen! Niemals waren es sechs Millionen, höchstens zwei.«

Sie hatten nichts gegen Juden, nur fanden sie bedenklich, wie sie sich verhielten, wie sie sich vordrängelten, dass sie ihre Finger in zu vielen Geschäften, unverschämt und unverdient viel Einfluss in der Weimarer Republik hatten, die ohnehin ein Übel war.

Meine Großmutter hatte gesehen, wie Hunderte Hamburger Juden unweit ihrer ehemaligen Schule auf der Moorweide vor dem Dammtorbahnhof standen. Sie trugen ihre beste Kleidung und Gepäck. Sie hielten Kinder an den Händen, sehr kleine auf dem Arm.

Meine Großmutter nahm sich keine Zeit für genauere Blicke. Sie fand es richtig, dass die Juden umgesiedelt wurden in den Osten – das glaubte sie und war nicht interessiert an wahrhaftigen Informationen –, aber es wäre ihr unangenehm gewesen, eine ihrer Mitschülerinnen oder Lehrerinnen in der Menschenmenge zu entdecken. Zu Hause sagte sie: »Gut, dass jetzt endlich auch die Schmarotzer arbeiten müssen.«

Nach dem Krieg habe meine Großmutter große Angst davor gehabt, dass die Juden zurückkommen und Rache nehmen, erzählt Tante Henny. »Dann ist ja sowieso alles endgültig aus«, soll sie gesagt haben.

Mit dem Untergang des Hitlerreichs war es vorbei mit der Gemeinschaft im Glauben in der Familie. Die Alten blieben, was sie waren, Nationalsozialisten; die Jungen suchten nach einer neuen Sicht auf sich und die Welt, suchten eine neue Weltanschauung. Ohne Glauben auszukommen war undenkbar, vor allem unerträglich. Meine Mutter wurde Katholikin, ihre Schwester Anthroposophin. Meine Großmutter reagierte mit alttestamentarischem Zorn auf den Eigensinn ihrer Töchter. Ihr Glaubenskrieg verlor erst vierzig Jahre später an Schwung. Ihre nimmermüden Schimpfereien waren die Hintergrundmusik meiner Kindheit, beantwortet von den Tränen meiner Mutter, die den Märtyrergeschichten eine ausgesprochen realistische Note gaben. Was es heißt, seines Glaubens wegen verfolgt zu werden, musste mir niemand erklären. Der Wunsch, die Seelen anderer durch Mission zu retten, brannte in mir selbst.

Meine katholische Mutter brachte neun Kinder zur Welt, acht lebten und wurden groß in der Liebe zu Gott, den sie uns vor allem als Trost und Gnade vorstellte, als Wegweiser und Halt, wohnhaft in *einem Haus voll Glorie* mit Gesängen und Gebeten. In der Liturgie war alles aufgehoben; alles, was ihr nach dem Leben griff, fand Antwort: Auf Lieblosigkeit folgte Liebe, auf Schuld Vergebung, auf Tod Auferstehung, auf Hunger Sättigung. Die Sehnsucht nach dem Vater, nach einer liebevollen Mutter wurde gestillt durch Gott und Maria, der Wunsch nach Geschwisterlichkeit durch die Schar der Jünger und Anhängerinnen, die gesündigt hatten, die zweifelten, die kleinmütig waren und sich doch alle, bis auf Judas, zu überzeugten Christen entwickelten.

Acht Geschwister sind wir. Denkbar verschieden und doch alle vom Glauben abgefallen, eine neue Generation von Renegaten. Wir sprachen uns los fast ohne Gewissensbisse, machten uns frei, irgendwann fühlten wir uns frei, und – unseren Eltern, die keine Vorwürfe erhoben, und der gesellschaftlichen Entwicklung sei Dank – nach überraschend kurzer Zeit war das völlig selbstverständlich.

Vor drei Jahren sorgte eine Nichte für Überraschung mit ihrem Entschluss, sich taufen und konfirmieren zu lassen. Ihre jüngeren Brüder tun es ihr nach. Verwunderung, Fragen, Unbehagen, Verständnis sind die Antwort, Freude auch bei den Großeltern. Vor ausweglosem Streit muss sich niemand fürchten, denn wir haben gelernt, persönlich zu sprechen. Die Glaubenskriege finden ohne uns statt, aber schließen uns ungewollt mit ein, wenn mit dem christlichen Bekenntnis wieder Staat gemacht wird.

Ich stehe vor unserem Familiengrab. 1926 hat das Monument, ein Wanderer aus Muschelkalk, 5500 Mark gekostet. Die Toten zu seinen Füßen waren konfessionslos, protestantisch, katholisch. Manche wurden verbrannt und in Urnen beigesetzt, die katholischen Großeltern in Särgen bestattet, wie es ihre Kirche gebot, um die Auferstehung am Jüngsten Tag zu erleichtern. Mein Großvater mütterlicherseits hat einen Grabstein, wurde aber 1944 in Frankreich beerdigt. Mein toter Bruder hat kein Grab. Der jüdische Großonkel und sein Sohn haben keine Gräber, nirgends.

Ich nehme einen kleinen Stein vom Weg und lege ihn auf die Skulptur. Wer von den Vorfahren würde sich durch den jüdischen Brauch beleidigt fühlen? Würde es jemandem gefallen? Bin ich anmaßend? Mir kommt es schön vor und passend. Ein Zeichen. Ich war hier und habe mir etwas gedacht.

Nimmt jemand die Steine wieder fort von jüdischen Gräbern, wenn Platz fehlt für neue? Werden sie einfach ausgetauscht? Wiederholt der Stein im Kleinen, was der große Grabstein sagt: Hier liegt mein Vorfahr, meine Ahnin; wir haben sie beschwert, damit wir sie hier sicher wissen, uns sicher vor ihnen. Ich denke an zwei jüdische Gräber, die nicht existieren. Für die existierenden jüdischen Gräber gibt es keine Besucher mehr. Wenn es anders wäre, hätte ich vielleicht länger Christin bleiben mögen.

Meine konfessionslose Freundin Carola zündet in Kirchen Kerzen an. Sie lässt sich gern segnen. »Wenn es sich so ergibt«, sagt sie. Ist die Geste des Priesters, der Pastorin groß, die Stimme tragend genug, fühlt sie sich beschützt, tagelang. Als Teenager war sie eine Weile Baptistin. Den Baptisten galt sie als Sünderin, die aus der Welt kam und deren Seele gereinigt werden musste, bevor Gleichaltrige sich ihr nähern durften. Die Gemeinde betete, Satan möge Carolas Seele freigeben. Carola ging nicht mehr ins Kino, nicht zum Tanzen, denn Tanz wurde als Auftakt zum Geschlechtsverkehr angesehen. Carolas Mutter war Alkoholikerin. Carola wusste nie, wie sie die Mutter vorfinden würde, wenn sie nach Hause kam. Als die Mutter gestorben war, gewöhnte sich Carola ab, zu den Baptisten zu gehen. »Wer weiß«, sagt sie, »vielleicht wäre ich ohne sie drogensüchtig geworden oder hätte mich umgebracht.«

Manchmal legt Carola Karten, Tarotkarten, und sie schwört auf ihren Heilpraktiker und die homöopathischen Tropfen, die er ihr mixt. Sie nimmt sich, was sie brauchen kann. Mal hier, mal dort. Sie braucht etwas. Einen Wunsch zu haben, ihn genau zu betrachten und sich absichtlich nicht zu erfüllen, liegt ihr ferner als mir.

»Das ist ein Segen«, hörte ich als Kind die Erwachsenen sagen, wenn sie von einem überraschenden Glück hörten. Sie sagten aber auch: »Na, das ist aber ein Segen«, wenn es goss wie aus Eimern oder ein überschaubares Unglück zu kommentieren war. Was ist ein Segen?

Nicht verantwortlich zu sein, fürs Glück ebenso wenig wie fürs Unglück, vielleicht ist es das, was vielen das Kindsein nachträglich so schön vorkommen lässt und eine Verlockung bleibt ein Leben lang. Ein Kind kann leiden, es kann sich schuldig fühlen, aber es kann noch nicht scheitern.

Nach dem Gang zum Friedhof ist mir elend zu Mute. Es ist kalt und dunkel.

7

Herr Tappert hat sein Pferd gegen ein Auto getauscht. Die große Glocke hat er behalten. Sie hängt neben der Seitenscheibe. Wenn er anhält und ausgestiegen ist, läutet er und öffnet die Schiebetür des Lieferwagens. Auf der Ladefläche stehen die beiden großen Kannen mit Vollmilch und Buttermilch, eine kleinere Kanne mit Sahne, Eimer mit Quark, fett und mager. Nur die Butter ist nackt, ein gelber Berg mit einem kleinen Beil in der Mitte. Der Butterberg sieht aus wie aus dem Schlaraffenland.

Wenn ich mir etwas aussuchen könnte, würde ich ein Glas Joghurt nehmen. Wir nennen es Feines, weil es so fein schmeckt. Oben ist das Glas mit Stanniolpapier verschlossen, darunter liegt eine Pappscheibe. Tante Irene lässt braunen Zucker in ihr Feines rieseln. Der Zucker sieht feucht aus, duckt sich und schmeckt braun, solange er sich noch nicht aufgelöst hat. Manchmal gibt sie mir ein paar Löffel ab, aber betteln dürfen wir nicht.

Herr Tappert hat klobige Schuhe an und tappt von einem Fuß auf den anderen, immer hin und her, als ob er seine Füße wärmen will. Er tut das auch im Sommer. Wenn er rechnet, werden seine Bewegungen schneller und schneller, dann schaukelt er wie ein Seemann auf einem Schiff in hohen Wellen.

Tante Gertrud kauft drei Feines, eins für sich, eins für Tante Irene, eins für Großmutti. Mutti hat kein Geld für Feines. Sie kauft Milch und Buttermilch. Butter kaufen wir nur am Sonnabend, aber nicht bei Herrn Tappert, sondern bei Tangermann. Da ist sie billiger.

***

Davon wusste aber Milchmann Tappert nichts. Dieser vierschrötige Mann, dessen riesige Füße in dick besohlten Arbeitsschuhen steckten, hatte einen siebten Sinn für Schwangerschaften und die damit verbundene Belebung seines Geschäfts. Er überraschte meine Mutter jedes Mal aufs Neue, wenn er ihr bereits im zweiten, spätestens aber dritten Monat dazu gratulierte, »guter Hoffnung« zu sein. Da er nicht ahnen konnte, dass er nach den werdenden Eltern und Geschwistern der Erste war, der Bescheid wusste, war es keine Frage der Diskretion, sondern eine des Zufalls, wann er am Milchwagen mit anderen Familienmitgliedern unbeholfen, aber völlig selbstverständlich darüber reden würde. Die Untätigkeit seiner roten Hände glich er aus, indem er auch in solchen Momenten in einem ganz eigenen, langsamen Takt auf der Stelle trat und seinen breiten Oberkörper hin und her schwanken ließ. Sein gelegentlich etwas merkwürdiges Benehmen und seine unterdurchschnittlichen geistigen Fähigkeiten erklärten die Erwachsenen mit dem Wort Inzucht. Tapperts Eltern waren Cousin und Cousine und hatten sechs Kinder, immer abwechselnd ein hochbegabtes und ein minderbemitteltes, wie es hieß. Tapperts Schwester, die ihn an Samstagen, die wegen eines bevorstehenden Feiertags ein besonders reges Milchgeschäft erwarten ließen, gelegentlich begleitete und in Windeseile Zahlenkolonnen auf einem schmalen Block notierte und addierte und der auch das Geldwechseln viel schneller von der Hand ging als ihm, sah zwar bieder aus, war aber – das wurde mit Hochachtung konstatiert – Simultandolmetscherin.

Meine Großmutter ging selten zum Milchmann. Tante Gertrud, zuständig für den Lebensmitteleinkauf der Schwestern und für das alltägliche Kochen, war immer rechtzeitig zwischen halb und Viertel vor elf vorbereitet auf den Gang über die Straße. Sie lud nicht ein zu privaten Gesprächen, grüßte die Nachbarinnen und Herrn Tappert freundlich, aber doch mit vornehmer Reserve. Sie machte Bemerkungen übers Wetter und die Beschwerden, die damit einhergehen konnten – feuchte Kälte bekam ihr überhaupt nicht –, doch darüber hinaus waren von ihr keine persönlichen Sätze zu erwarten.

Im April aber ließ sich das Unheil nicht mehr aufhalten. Großmutter vertrat ihre Schwester, die mit leichtem Fieber im Bett lag, und ließ auch unsere Milchkanne füllen, da meine Mutter mich von der Schule abholte. Herr Tappert hatte sich vermutlich nach dem Befinden von Tante Gertrud erkundigt, Genesungsgrüße mit auf den kurzen Weg gegeben und dann wohl auch gute Wünsche für die Tochter »in Hoffnung«. Ich male mir aus, wie Herr Tappert vom Schicksal der persischen Kaiserin, das damals alle bewegte, ja, erschütterte, verwegen direkt auf meine Mutter kam. Soraya war ein paar Tage zuvor geschieden worden, weil sie dem Schah in sieben Ehejahren nicht ein einziges Kind hatte schenken können, ein Kaiser aber heiratet, um einen legitimen Thronfolger zu zeugen. Ich stelle mir vor, dass Herr Tappert in seiner unnachahmlichen Art treuherzig darauf hingewiesen haben könnte, wie glücklich Sorayas Kaiserinnenleben hätte verlaufen können, wenn sie nur halb so fruchtbar wäre wie meine Mutter.

Als wir um die Ecke der Alexander-Zinn-Straße gebogen und gerade unter den weit über den Gartenzaun hängenden Zweigen der Birke angekommen waren, sahen wir Großmutter, die sich sonst immer Zeit nahm für ein lebhaftes Schwätzchen mit den Nachbarinnen, so brüsk sich abwenden und erregt über die Straße laufen, dass es aus den Kannen schwappte.

»Die schöne Milch«, sagte Matthias, der mit zur Schule gekommen war. Unsere Mutter seufzte.

Die Haustür war offen, die Milchkannen standen auf dem kleinen Tisch vor dem Spiegel im Vestibül in einer weißen Pfütze. Von der Großmutter war nichts zu sehen.

»Geht schon mal rauf«, sagte unsere Mutter leise. Dann klopfte sie an Großmutters Tür und trat ein. Als sie nach einer ganzen Weile nach oben kam, waren ihre Augen rot und sie antwortete nicht auf unsere Fragen.

Die nächsten Tage war die Spannung im Haus mit Händen zu greifen. Großmutter kam nicht nach oben, schimpfte aber im Keller und im Garten vor sich hin. Meist konnte ich nur einzelne Worte verstehen – »bodenlos«, »in diesem Hause«, »hungrige Mäuler« –, erfuhr aber von meiner Mutter, dass Großmutter sich Sorgen mache, ob das neue Baby auch satt würde und wo sein Bett stehen solle, da doch im Kinderzimmer kein Platz mehr sei für ein weiteres. Wirklich verständlich wurde die Sache allerdings nicht, denn ich wusste natürlich, dass sich Sorgen zu machen etwas anderes war als böse zu sein, und Großmutter war offenkundig böse auf uns, auf unsere Mutter. Deutlich wurde so, dass unsere Mutter gute Gründe dafür gehabt hatte, Matthias und mich darauf einzuschwören, unser Wissen über das Baby in ihrem Bauch vorerst als Geheimnis für uns zu behalten. Sie hatte uns schon vor Wochen davon erzählt. Manchmal sagte sie: »Jetzt strampelt es ganz doll.« Dann sah sie glücklich aus, und wir durften eine Hand auf ihren Bauch legen.

Nach einer Woche schimpfte Großmutter immer noch im Keller vor sich hin, und meine Mutter hatte wieder verweinte Augen. Ich fasste mir ein Herz und ging langsam die Kellertreppe hinunter, an der Kellerküche vorbei und am Klo.

»Undankbarkeit«, hörte ich Großmutter zischen. Sie schnitt wütend den grüngrauen Pansen für die Hunde, sah und hörte mich nicht. »Hah«, gab sie kehlig von sich. Es klang, als habe sie Husten oder sich verschluckt.

»Großmutti«, sagte ich leise. Sie drehte den Kopf und sah herab zu mir, nicht unfreundlich, aber auch nicht mit dem Lächeln, mit dem sie mich sonst begrüßte.

»Du musst dir keine Sorgen machen, weil wir ein Geschwisterchen kriegen«, sagte ich.

»Schön wär's«, antwortete sie und warf eine Handvoll Pansen in den Kochtopf fürs Hundefutter.

»Wenn einem der liebe Gott ein Baby schenkt, muss man sich freuen.«

»Mit dem lieben Gott hat das nicht das Geringste zu tun, mein liebes Kind. Dafür ist deine Mutter ganz allein verantwortlich!«

Verwirrt schlich ich davon. Es war das erste Mal, dass ich bewusst derart Widersprüchliches von den Erwachsenen zu hören bekam. Meine Mutter würde es mir erklären. Als ich am Telefon auf der halben Höhe vorbeikam, steckte ich den Zeigefinger in das Loch über der weißen Null und zog die schwarze Wählscheibe bis zum Anschlag. Dann ließ ich sie zurückschnellen.

Ich hörte meine Mutter im Esszimmer schreien. »Ich halt das nicht mehr aus! Ich halt das einfach nicht mehr aus!« Vorsichtig öffnete ich die Wohnungstür. Dorothea saß im Laufstall und weinte, Elisabeth saß auf dem Fußboden und malte verdrossen. Matthias hockte am Tisch und guckte wütend.

Meiner Mutter liefen Tränen übers Gesicht. »Wenn ihr euch jetzt noch einmal zankt, dann stecke ich euch in ein Kinderheim für ungezogene Kinder.« Sie verschwand im Wohnzimmer und schloss die Tür von innen ab. Plötzlich war es überall mucksmäuschenstill.

Ich bilde mir gern ein, im Gegensatz zu meiner Mutter meist zu wissen, worum es wirklich geht, wenn ich wütend bin oder traurig. Von ihr habe ich gelernt, dass man nichts Wichtiges verschweigen kann, weil es sich zeigt, von selbst, unwillkürlich. Von ihr habe ich gelernt, dass es durchsichtige und raffinierte Verpackungen gibt für Unsagbares, für Unbewusstes. Ihr Leiden im Zeichen des Kreuzes, ihre religiös verzierte Duldsamkeit war raffiniert und lastete schwerer und länger als schreien und mit Schrecklichem drohen.

8

Weil Waltraud Hannsmann katholisch ist, hat Mutti gesagt: »Wär doch schön, wenn ihr mal zusammen spielt.« Sie bringt mich hin. Waltraud wohnt neben der Post, und bei ihr ist alles anders als bei uns. Sie hat keinen Vater und nur eine Schwester. Im Treppenhaus ist es dunkel. Es stinkt. Waltraud wohnt im zweiten Stock. Mutti geht langsam.

»Hannsmanns wohnen nicht im ganzen Haus, sondern in einer Mietwohnung«, sagt sie.

An der Wohnungstür sammelt sie Puste, bevor sie klingelt. Frau Hannsmann öffnet. Waltraud steht hinter ihr wie hinter einem Baum beim Versteckspiel.

»Nein, nein«, sagt Mutti. Sie will nicht reingehen. »Ich kann die Kinder nicht so lange allein lassen.«

»Dann sag der Tante guten Tag«, sagt Frau Hannsmann zu Waltraud.

Ich weiß, dass Mutti nicht Tante genannt werden möchte. Wir sagen nur zu unseren Tanten Tante. Fremde Leute sprechen wir mit ihrem Nachnamen an.

Mutti küsst mich auf die Stirn und wünscht uns viel Spaß. »In zwei Stunden hole ich dich wieder ab.«

Sie winkt von der halben Treppe. Dann stehe ich mit Frau Hannsmann und Waltraud in einem kleinen Flur. Dort riecht es fast so wie im Treppenhaus. Die Wohnung hat ein Wohnzimmer und ein Schlafzimmer. Ein Kinderzimmer gibt es nicht. Wir sitzen im Wohnzimmer am Tisch wie Erwachsene. Wo soll man hier spielen?

Frau Hannsmann stellt einen Teller mit Schmalzbroten auf den Tisch und sagt: »Zeig Johanna deine Puppen.« Waltraud rutscht vom Sofa und geht nach nebenan. Sie kommt mit zwei Puppen zurück und setzt sie neben sich auf die Couch. Dann reicht sie mir die Negerpuppe. Die riecht wie Waltraud, und Waltraud riecht wie die Wohnung.

»Sie heißt Monika«, sagt Waltraud.

»Ist sie getauft?«, frage ich.

»Nö«, sagt Waltraud.

In der Kirche hockt in der Weihnachtszeit vor der Krippe ein Negerkind. Das ist viel, viel schöner als die schwarze Monika in ihrem gelben Kleid und hat einen Schlitz im Nacken. Wenn man ein Geldstück durch den Schlitz fallen lässt, nickt das Negerkind mit dem Kopf. Es bedankt sich so für die Spende. Das Geld wird an die Missionare in Afrika geschickt, an die tapferen Priester und Nonnen, die ihr Leben riskieren, um den Heidenkindern die Frohe Botschaft zu bringen und sie zu taufen. Sie müssen sehr mutig sein, weil sie umringt sind von Löwen, Zebras und Giraffen. Sie haben viel zu tun und müssen sich beeilen, damit die armen Neger, die so wenig zu essen haben, dass sie verhungern können, rechtzeitig getauft werden und in den Himmel können, wenn sie sterben.

»Wollt ihr gar nichts spielen?«, fragt Frau Hannsmann.

Waltraud fällt nichts ein.

Ich flüstere ihr zu: »Woll'n wir Missionar spielen?«

»Das kann man doch nicht spielen«, sagt Waltraud und sieht mich an, als wär ich blöd.

»Wollen wir in den Garten gehen?«

»Wir haben keinen Garten«, sagt Waltraud. Ich weiß nicht weiter und schäme mich für meine Vorschläge, besonders für den letzten. Waltraud tut mir schrecklich Leid. Sie hat kein Kinderzimmer, sie hat keinen Garten, sie riecht schlecht und hat keinen Vater.

»Sag du«, sage ich, denn ich möchte sie auf keinen Fall noch mal traurig machen.

Frau Hannsmann stellt einen Krug mit Saft auf den Tisch und zwei Gläser.

»Mensch ärger dich nicht«, sagt Waltraud, läuft wieder nach nebenan und kommt mit dem Spiel zurück.

Noch nie habe ich Schmalzbrot gegessen. Das Fett klebt an meinen

Zähnen, an meinem Gaumen. Es schmeckt nach nichts und lässt sich auch durch Schlucken nicht loswerden. Vom kalten Saft wird das Schmalz fest im Mund. Ich darf das angebissene Brot nicht liegen lassen, ich muss es aufessen. Ich atme möglichst wenig beim Kauen und Schlucken. Trotzdem wird mir übel.

Waltraud legt ihr angebissenes Brot auf die Mensch-ärgere-dich-nicht-Pappe zwischen Gelb und Schwarz, damit sie mich in aller Ruhe rausschmeißen kann. Sie schummelt. Ich bin wütend. Ich habe Mitleid und riesiges Heimweh. Ich will nach Hause.

»Du bist dran«, sagt Waltraud und schaut vergnügt zu, wie ich versuche eine Sechs zu würfeln.

»Ich muss mal.«

Waltraud nimmt im Flur einen Schlüssel vom Haken und öffnet die Wohnungstür. Warum tut sie das?

»Musst du oder musst du nicht?«, fragt Waltraud ungeduldig.

Ich weiß nicht, was als Erstes passieren wird, dass ich weine oder in die Hose mache. Ich nicke bloß. Sie nimmt meine Hand, geht mit mir die halbe Treppe runter und schließt dort die Tür auf. Sie will mich in eine Kammer sperren, weil ich sie beim Schummeln erwischt habe. Ich muss weglaufen. Nein, sie will mir gar nichts tun. Hinter der Tür ist ein Klo.

»Wartest du?«, bitte ich. Waltraud sagt nichts und schließt die Tür hinter mir.

Auf einem Haken an der Wand hängt Zeitungspapier in kleinen Stücken. Der Raum ist winzig und dunkel. Unser Kellerklo hat ein Waschbecken. Aber dafür ist hier kein Platz. Ich fühle mich schrecklich, aber ich weine nicht.

Waltraud ist nicht mehr da. Wenigstens hat sie die Wohnungstür für mich offen gelassen. Aus der Nachbarwohnung kommt ein Mann in Pantoffeln, einer ausgebeulten Hose und Unterhemd. Während er an mir vorbeigeht, zieht er mit dem Daumen den Hosenträger von seiner rechten Schulter. Ich möchte rennen, nach Hause rennen.

»Guten Tag«, sage ich.

»Und was ist mit dem Schlüssel, Frolleinchen?«, fragt er. Ich muss die Treppe wieder runter. In der Zeit zieht er sich den anderen Hosenträger von der Schulter. Er reicht mir den Kloschlüssel und lacht.

Die offene Wohnungstür. Zwei Schritte noch. Mein Herz schlägt wild, so wild.

»Ich hab schon mal für dich gewürfelt. Wieder keine Sechs«, ruft Waltraud mir entgegen.

Über dem Sofa hängt ein Kruzifix. Auf der Fensterbank steht die Jungfrau Maria neben einem Blumentopf. Waltraud lässt sich beim Schummeln nicht von ihnen stören. Auch nicht beim Lügen.

»Du hast eine Fünf gewürfelt, und ich stand hier.«

»Gar nicht wahr«, sagt sie. »Hier warst du!«

Sie gewinnt, wirft ihren langen Zopf mit Schwung auf den Rücken und sagt: »Noch mal.«

»Ich muss nach Hause«, sage ich.

Waltraud ist enttäuscht. »Meinetwegen können wir auch was anderes spielen. Willst du Monika ihr rotes Kleid anziehen?«

Der Mann mit den Hosenträgern ist nirgends zu sehen. Trotzdem renne ich, als wäre er hinter mir her. Vor dem Kaffeegeschäft in der Waitzstraße bleibe ich stehen und fühle mich getröstet und beruhigt von dem Sarotti-Mohren, der groß und prächtig gekleidet im Schaufenster steht und langsam den Kopf bewegt. Er trägt einen blauen Turban und hat dicke rote Lippen.

Zu seinen Füßen liegen Kaffeebohnen in goldenen Schalen. In Wirklichkeit ist er einer der drei Weisen aus dem Morgenland, die dem Jesuskind Weihrauch, Myrrhe und Gold bringen. Wind pustet den Gestank fort und Wohlgerüche in meine Nase. Es riecht nach Kaffee und Sonne. Die Verkäuferin trägt eine kleine Spitzenschürze und füllt mit einer Messingschaufel Kaffeebohnen in eine Tüte. Der Schokoladenmann lächelt mir zu.

»Na, mein Spätzchen«, sagt Mutti. »Hast du dich allein auf den Weg gemacht?«

Ich umarme ihren dicken Bauch.

»War es nicht schön bei Waltraud?«

»Nein.«

»Das hatte ich mir schon gedacht«, sagt sie.

Abends kann ich nicht einschlafen, denn ich stelle mir vor, wie es ist, wenn Waltraud nachts aufs Klo muss, mit dem Schlüssel durch das dunkle Treppenhaus. Und dann kommt der Mann von nebenan und sagt: »Na, mein Frolleinchen.« Ich erzähle Matthias von den widerlichen Schmalzbroten und dass Waltrauds Mutter so arm ist, dass sie nicht mal Geld für Klopapier hat. Er ist schon eingeschlafen, aber ich erzähle leise weiter, dass Waltraud lügt, obwohl sie katholisch ist, dass sie nicht spielen kann und keinen Garten hat und dass ich nicht mehr Missionarin werden will, sondern Kaffeeverkäuferin.

»Dann könnte ich den Sarotti-Mann den ganzen Tag sehen, jedenfalls von hinten. Wenn ich nicht mithelfe, dauert es länger, bis alle Negerkinder getauft sind und Lesen und Schreiben lernen.« Matthias sagt nichts. Was ist schlimmer: dass durch meine Schuld schwarze Seelen auf ewig ausgesperrt bleiben aus dem Paradies, dass es länger dauert bis zum jüngsten Tag, weil der ja erst anbricht, wenn die Frohe Botschaft überall auf der Welt verbreitet ist, oder nachts Waltrauds Nachbarn zu begegnen? Ich möchte Matthias fragen, ob es eine Lösung ist, wenn ich all das viele Geld, das ich als Kaffeeverkäuferin verdienen werde, in den Spendenschlitz des Negerkindes in der Krippe stecke, aber er wacht nicht auf, dreht sich bloß um und seufzt und schmatzt.

***

»Von früher«, sagten wir Kinder. »Erzähl von früher«, und damit meinten wir die Zeit vor unserer Geburt, vor unserer Erinnerung. Eine Erzählerin sollte sich nicht selbst kommentieren. Aber ich will nicht nur erzählen, sondern auch bedenken und fragen.

Ich stelle mir das Früher anderer Kinder meiner Generation vor: Religion ist keine frohe Botschaft, sondern Begründung für Strenge, für Strafen, Zucht und Züchtigungen. Der Sonntag ist heilig nicht durch Kirch-, sondern durch Spaziergänge in guter Kleidung, die nicht dreckig werden darf, durch Rouladen und Schokoladenpudding. Als junge Erwachsene lernte ich Familien kennen, in denen man sich Geschenke erst ansehen durfte, nachdem man das Geschenkpapier zusammengelegt und glatt gestrichen hatte, in denen Frauen Fingerabdrücke von Küchenmöbeln wienerten, als ginge es darum, Tatortspuren zu beseitigen, die sie für Jahre hätten hinter Gitter bringen können. Der liebe Gott sieht alles!

Ich verliebte mich in Männer, die nicht von ihrem Früher sprechen wollten, und ahnte, wie eine Kindheit war, an die man sich nicht erinnern will. Manchmal wünschte ich mir, sie mitnehmen zu können in die Unordnung meines Elternhauses, in Tränen und Liebkosungen, in Geschrei, Gesang, Gelächter, in Geschichten und Geheimnisse, Orgelbrausen und lateinische Hochämter, in unsere Höhlen im Garten und unter dem Esstisch, auf meinen Kletterbaum, in Angst und Schrecken und Erlösung, in Zärtlichkeit und Trauer, ins fortwährende Parlando. Ich hätte sie gern die angebrannte Milch riechen lassen, die vollgeschissenen Babywindeln, den Duft der Feiertage mit Zigarrenrauch und Kaffee. Ich wünschte mir, ihre Kinderseelen erlösen zu können, ihre protestantischen Kinderseelen, denn ich wünschte sie anders auch für mich. An einen strafenden, allgegenwärtigen Gott, in dessen Namen erzogen und verbogen worden war, habe ich dabei selten gedacht; nur an putzsüchtige Mütter und schlagfreudige Väter.

Manchmal scheint mir das eines der Geschenke meiner Kindheit zu sein: Vielstimmigkeit. Es gab Gott und Gottlosigkeit, Ordnung und Chaos, Liebe und Streit, Tod und Leben, Freiheit und Abhängigkeit. Es gab viele Gründe, sich Gedanken zu machen.

Eine enge, lieblose Welt unter einem strafenden Gott hat es in unserer Generation in vielen christlichen Familien gegeben, egal, welchen Vornamen Gott trug. Vorbei ist es damit noch längst nicht. Im »Spiegel« habe ich über einen englischen Internatsleiter gelesen, der sich nicht verbieten lassen will, seine Schüler zu schlagen, weil das Bestandteil christlicher Erziehung sei. So sage es das Alte Testament: *Du schlägst ihn mit dem Stock, bewahrst aber sein Leben vor der Unterwelt.* Der Mann wird mit dem Satz zitiert: »Ein Verbot der Prügelstrafe verletzt das Recht auf freie Religionsausübung.«

9

Mutti sagt, bei der Erstkommunion fallen manchmal Kinder in Ohnmacht, weil sie so aufgeregt sind und vorher natürlich nichts gegessen haben. Ich bin auch aufgeregt, aber ich falle nie in Ohnmacht.

Alles ist heute weiß: der Sonntag, mein Kleid mit Petticoat, meine Strümpfe, meine Schuhe, der Kranz auf meinem Kopf, die lange, schwere Kerze, die ich mit beiden Händen tragen muss.

Matthias ist zum ersten Mal Messdiener. Er muss sich mit den anderen Messdienern in der Sakristei umziehen. Er sagt nichts, aber ich sehe, dass er sich davor fürchtet hineinzugehen. Auch Mutti ist aufgeregt. »Du schaffst das alles, meine Große«, flüstert sie, bevor ich mich mit den anderen Erstkommunionkindern aufstelle.

Vati sieht feierlich aus und ist pünktlich, obwohl er Omi und Opi abgeholt hat. Es ist ein großer Festtag. Der wichtigste für mich. Deshalb sind sogar Großmutti und die Tanten gekommen. Sie haben sich hinten hingesetzt, damit sie den Katholiken in ihrer Kirche nicht die guten Plätze wegnehmen.

Ich darf ganz vorn gehen in der Prozession. Weil ich ein Jahr jünger bin als die anderen, bin ich kleiner als sie. Nur Mechthild ist kleiner als ich, deshalb gehen wir zusammen. Immer zu zweit, erst die Mädchen, dann die Jungen. Die ersten Bankreihen sind geschmückt und nur für uns.

Mechthild zupft dauernd an ihrem Kleid herum, das macht mich richtig kribbelig. Beim Singen werde ich ruhiger. Auch mein Bruder singt, das sehe ich seinem Rücken an. Heute haben wir acht Messdiener, viel mehr als sonst.

Pastor Nieblich kommt die Stufen vom Altar herunter, öffnet die Pforte in der Kommunionbank, noch eine Stufe, dann steht er vor uns. Er sagt, dass bei der Taufe unsere Paten für uns sprechen mussten.

»Heute könnt ihr selbst antworten, und so steht nun auf, um euer Taufgelübde zu erneuern. In ihm habt ihr einst das Versprechen gegeben, Gott in seiner heiligen katholischen Kirche in Treue zu dienen. Und so frage ich euch: *Widersagt ihr dem Satan?*«

»Wir widersagen.«

»Und all seinen Werken?«

»Wir widersagen.«

»Und all seinem Gepränge?«

»Wir widersagen.«

»Glaubt ihr an Gott, den allmächtigen Vater, den Schöpfer des Himmels und der Erde?«

»Wir glauben.«

»Glaubt ihr an Jesus Christus, seinen eingeborenen Sohn, unsern Herrn, der geboren wurde und gelitten hat?«

»Wir glauben.«

»Glaubt ihr an den Heiligen Geist, an die heilige katholische Kirche, die Gemeinschaft der Heiligen, den Nachlass der Sünden, die Auferstehung des Fleisches und das ewige Leben?«

»Wir glauben.«

»Ihr seid Kinder der heiligen katholischen Kirche, sie ist eure Mutter, die euch begleitet von der Wiege bis zum Grabe. Sie braucht eure Treue und eure Mitarbeit, ja, ihr seid selbst diese Kirche; wie könntet ihr sie je verachten, verlassen und eure Hilfe ihr entziehen!«

»Dank sei dem Herrn, der mich aus Gnad in seine Kirch berufen hat, nie will ich von ihr weichen.«

Wir machen alles richtig. Nur Matthias hat bei der Wandlung einen Tick zu lang mit seinen Glöckchen gebimmelt.

«Lamm Gottes, du nimmst hinweg die Sünden der Welt: Erbarme dich unser.«

Schwester Ursula macht uns ein Zeichen. Alle in meiner Bank stehen gleichzeitig auf. Wir gehen mit gefalteten Händen nach vorn und knien uns vor die Kommunionbank. Wir machen die Augen zu und den Mund auf, aber natürlich strecken wir nicht die Zunge raus. Ich warte. Ich warte. Pastor Nieblich legt die Hostie auf meine Zunge, und ich mache den Mund zu und die Augen auf. Wir stehen gemeinsam auf, nehmen das Bildchen von der Kommunionbank, gehen im Gänsemarsch zurück in unsere Bank. Hier knien wir im Glück. Ich warte, was Jesus in mir bewirkt. Er ist still. Herr Paulsen spielt leise auf der Orgel. Gesungen wird nicht, denn wir richten unsere Aufmerksamkeit ganz nach innen. Trotzdem höre ich all die Schritte auf dem Steinfußboden, das Schurren und Schieben. Ich höre den Stock von Opi. Ich erkenne Vatis Räuspern in meiner Nähe. Blinzeln will ich nicht, trotzdem tut Jesus nichts in mir. Es gibt nur eine Erklärung: Ich bin nicht andächtig genug.

Jesus hat sich aufgelöst. Vielleicht spüre ich ihn erst, wenn er in meinem Bauch ist. Ich nehme die Hände vom Gesicht und setze mich auf die Bank.

»Wir haben die Speise der Unsterblichkeit empfangen und bitten nun, Herr: Da wir mit Stolz unter der Fahne des Königs Christus Kriegsdienste tun, lass uns einst auch mit ihm auf dem himmlischen Throne ewig herrschen. Der mit dir lebt und herrscht in der Einheit des Heiligen Geistes. Gott von Ewigkeit zu Ewigkeit.«

»Amen.«

Jetzt gehöre ich wirklich dazu. Ich kann gut lernen und lesen und bin vernünftig genug, um zur Frühkommunion zu gehen. Mein Kleid ist schön. Ich sehe aus wie eine Braut. Auf dem Bild ist der Namenspatron unserer Kirche, der heilige Paulus. Hinten steht: Erstkommunion 1959. Mechthild zuppelt schon wieder an ihrem Kleid, dann an ihrem Blütenkranz. Wahrscheinlich ist sie noch zu unvernünftig, um ein ernstes Erstkommunionkind zu sein.

Herr Paulsen lässt die Orgel jubilieren, leise in hohen Tönen, laut in den tiefen. Ich höre sofort, was wir jetzt singen, und weiß, dass ich alle Strophen auswendig kann: *Lobe den Herren, den mächtigen König der Ehren.* Es klingt wunderschön. *Psalter und Harfe wacht auf. Lasset den Lobgesang hören.* Jetzt spüre ich Jesus in meinem Bauch. *Der dich auf Adlers Fittichen sicher geführet, der dich erhält, wie es dir immer gefällt!* Er muss mich auch spüren, denn der Gesang ist in meinem ganzen Körper, nur in den Beinen nicht. *In wie viel Not hat nicht der gnädige Gott über dir Flügel gebreitet!* Nun ist Jesus ganz bei mir und hört, wie ich ihn preise. *Er ist dein Licht; Seele, vergiss es ja nicht! Lob ihn in Ewigkeit! Amen.*

Die Prozession der Erstkommunionkinder mit brennenden Kerzen führt den langen Gang hinaus in den Weißen Sonntag, der durch die geöffneten Flügel der Kirchentür strahlt. Alle sind aufgestanden und schauen uns an. Meine Eltern sehen ernst aus. In der letzten Reihe steht Großmutti. Sie kaut auf ihrer Oberlippe und hat eine krause Stirn. Ich weiß: Wenn sie sich ärgert und nichts sagen kann, schneidet sie Grimassen. Tante Irene und Tante Gertrud tun so etwas nicht. Tante Irene lächelt mir zu. Sie trägt einen neuen blauen Hut.

***

Meine katholischen Maßstäbe, die puristische Moral meiner Mutter – sie ließen mich nicht los. Ich war schon über dreißig Jahre alt, als ich das erste Mal zu einer Konfirmation eingeladen wurde. Das erwartete Geldgeschenk zu machen war undenkbar für mich. Abscheulich, diese Verknüpfung von Kirche und Kommerz, von Glaubensbekenntnis und Knete! Diese halbstarken Christen mit dem großen Geld, widerwärtig. Wer zur Erstkommunion geht, wer konfirmiert wird, der soll das aus innerer Überzeugung tun und nicht des schnöden Mammons wegen. Handy, Mofa, Führerschein – ach du lieber Himmel. Wo bleibt denn da die innere Andacht? Geht es ums Seelenheil oder um weltliche Güter?

Heilige Entschlossenheit erfasste meine Mutter, wenn es darum ging, die Entweihung von Taufe, Erstkommunion und Firmung zu verhindern. Sie, die jede Entgleisung von Geburtstagsfeiern klaglos hinnahm, verbot mit ungewohntem Nachdruck, dass die religiösen Feste ihrer Kinder durch Nebenschauplätze verdorben wurden. Zu Hause gab es als Mittagessen Hühnerfrikassee mit Reis und zum Nachtisch Kompott. Nach dem Kaffeetrinken hatten die Gäste zu gehen. Skatrunden und größere Mengen alkoholischer Getränke waren untersagt. Geschenke, nur den Eltern und Paten erlaubt, sollten dem Anlass entsprechen und waren sonst unerwünscht. Meine Eltern schenkten mir ein zierliches Kruzifix für die Zimmerwand, meine Patentante ein »Gotteslob«. Von meinem Großvater, der gleichzeitig mein Pate war, bekam ich meine erste Armbanduhr.

Ich war selig über diese Kostbarkeiten. Die Uhr trug ich mit großem Stolz und hätte sie am liebsten pausenlos aufgezogen. Das Kruzifix hing über meinem Bett, bis es mir acht Jahre später als Zeuge erster Liebesakte unpassend vorkam. Und das Gesang- und Gebetbuch entzückte mich auf besondere Art: das einzigartig dünne und dennoch strapazierfähige Papier, die drei Lesebändchen, rot, blau und grün, und das vornehme Schwarz des Ledereinbands, das so erhebend mit dem Goldschnitt der Seiten kontrastierte. Meine Erstkommuniongeschenke wiesen mich aus als Mitglied der Gemeinde, als ernst zu nehmende Person auf geradem und gesegnetem Weg ins Erwachsensein.

Mein Kinderglaube bestimmte meine Gedanken, Freuden, Streit und Seelenpein, den Tag und das Jahr, Erde und Himmel, er sorgte für Feste und Regeln bis in die Mitte der Teenagerzeit. Später machte sich mein Kinderglaube stark in Enttäuschungen, in der Wut über bigotte Lehrer, über die katholische Sexualmoral, die die freie Liebe zur Sünde erklärt und das Kinderkriegen zur Pflicht, und in der Empörung über den Vatikan als unselige politische Macht. All das stand in so eklatantem Widerspruch zu dem Gott, mit dem meine Mutter mich bekannt gemacht hatte, dass weniger

Gewissensnöte die Folge meiner Abkehr waren als der Zorn der getäuschten Liebenden. Die Wut war bekömmlich, sie machte stark. Allerdings überdeckte sie die Trauer, die ich mir nicht eingestehen wollte. Die Trauer darüber, nie wieder ein Kind Gottes sein zu können, ein schwacher Mensch, der sich aufgehoben fühlt in Litaneien und Gesängen, in letzten Gewissheiten und in der feierlichen Gemeinschaft der fraglos Rechtgläubigen.

Der Abschied von meinem Kinderglauben bedeutete, selbst zu prüfen, was richtig und was falsch ist, und in der realen Welt nach Hilfe suchen zu müssen bei innerer Not, in Ängsten, in Einsamkeit. Ich war stolz darauf, es mir nicht mehr leicht machen zu wollen, nicht mehr zu den Kindern zu gehören, die sich an den Vater im Himmel wenden, aber es vergingen Jahre, bis ich meinen Ängsten auf die Spur kam, bis Freiheit nicht nur behauptet, sondern tatsächlich gewachsen war.

Durch meine katholische Erziehung habe ich mich gut vorbereitet gefühlt aufs Fragen und Bedenken, auf den Umgang mit Worten, auf eine Psychoanalyse. Was soll aus einem Menschen werden, der von früher Kindheit an in Gedanken Zwiesprache hält, jeden Abend sein Gewissen erforscht, sich mutig in einen dunklen Beichtstuhl kniet, das Ergebnis seiner Ermittlungen gegen sich selbst in Worte fasst und flüsternd Antwort erhält, Absolution und Segen? Seelendunkel zu beleuchten, Schlimmes auszusprechen, nach dem Unterschied zu fragen zwischen Schuld und Reue einerseits und Schuldgefühlen und Geplapper andererseits, all das ist eine Schule, der ich einiges verdanke. Ich verdanke ihr auch die Erfahrung, wie eng Angst und Befreiung verschwistert sind, anders gesagt, dass der Weg in die Freiheit durch Angst und Scham führt, nicht daran vorbei.

Ich beeile mich, jede Idealisierung von mir zu weisen: Religiöse Erziehung hat auch in unserer Generation mehr Seelen dauerhaft beschädigt als fürs Leben gestärkt. Ich beeile mich mit der Erklärung, dass meine Mutter die perfiden katholischen Spielarten schwarzer Pädagogik gar nicht kannte und ihre Kinder erzog in einer eigenwilligen Privatkonfession.

Was bleibt, vielleicht immer bleiben wird, ist meine Unfähigkeit zur religiösen Gleichgültigkeit. Eine große Liebe ist nie folgenlos.

Jemand, der mir erzählt, er sei aus der Kirche ausgetreten, um die Kirchensteuer zu sparen, rückt genauso weit von mir fort wie jemand, der keinen wichtigen Grund für seine Kirchenmitgliedschaft nennen kann.

Leute, die Kirchen als traditionsreiche Serviceeinrichtungen sehen, sind mir immer noch suspekt: Wir geben Ihrer Familienfeier einen stilvollen Rahmen. Wir trauen Sie im weißen Kleid; wir taufen Ihr Kind und begehen sein Erwachsenwerden; erst unser Gottesdienst macht Weihnachten feierlich; wir bringen Sie würdevoll unter die Erde.

Taufscheinkatholiken, das waren für meine Mutter Leute, die ihren Glauben nicht »praktizierten«, die Kirchengebote nicht genau nahmen. Man konnte sie nur bemitleiden und für sie beten, so wie für die Heidenkinder. Auch das ist eine Erklärung dafür, warum ich es als herablassend empfinde, wenn jemand bekennt, unaufgefordert für andere zu beten.

Für meine Großmutter waren Taufscheinkatholiken wie mein Vater wenigstens halbwegs normal. Sie waren nur hineingeboren in ihre Religion, aber Gott sei Dank – das sagte sie tatsächlich häufig in solchen Zusammenhängen – nahmen sie sie nicht sonderlich ernst.

Ich erwarte Stellungnahmen, keine Gedankenlosigkeit, Bekenntnisse statt Beliebigkeit. Ich schäme mich für diesen missionarischen Satz und muss ihn ergänzen: Ich wünsche mir Bewusstheit.

In meinem Freundeskreis ist Religion fast nie ein Thema. Manchmal frage ich neue Bekannte, warum sie in der Kirche sind, warum sie nicht in der Kirche sind. Allein die Frage verstößt gegen ein Tabu, überrascht zumindest.

Wenn man an die bekenntnisfreudigen Amerikaner denkt, muss man annehmen, wir sprechen nicht über Religion, weil wir uns fürchten vor der Aussage: Ich bin Jude.

Der Glaube versetzt keine Berge, aber er zündet Bomben und setzt Heere in Marsch. Er macht willig, er macht aus Männern Kanonenfutter. Er fordert Opfer. Er schafft Märtyrer. Er ist lebensgefährlich. Goebbels, katholisch aufgewachsen wie Hitler, wusste wohl, welche Saite er zum Klingen bringen würde mit seiner Propaganda, mit pompösen Inszenierungen, Führerkult und pathetischer Rede. Als er davon sprach, deutsche Soldaten würden in die Schlacht ziehen »wie in einen Gottesdienst«, war sein Reich längst verloren.

Ich bin so aufgebracht. Das lässt mich immer wieder aus dem Erzählen fallen und Zuflucht suchen im Schimpfen. So wie meine Großmutter.

10

Im Mai 1958 verliebte ich mich zum ersten Mal und legte mich mächtig ins Zeug. Ich muss lachen, wenn ich daran denke, wie wenig sich meine Strategien veränderten, als ich älter wurde. Körperliche Anziehung, Intellekt und kulinarische Genüsse – auf diesen Dreiklang setzte ich schon bei Rolf, dessen Berufsbezeichnung ich auf althergebrachte Art zu seinem Nachnamen machte: Rasenmäher. Rolf Rasenmäher war zwar im Hauptberuf Oberschüler, aber bei uns trat er als rasenmähender Gartenhelfer auf, wenn es nicht regnete freitagnachmittags. Er war ein liebenswerter junger Mann, er war schön und lächelte mich an. Das reichte, um mich einen Sommer lang in seinen Bann zu ziehen. Im folgenden Frühjahr machte er Abitur und kam nicht mehr.

***

Vorgestern habe ich gedacht, übermorgen ist Freitag, gestern habe ich gedacht, morgen, morgen, morgen und habe ein Lied daraus gemacht und gebetet, dass das Wetter gut bleibt. Heute kommt Rolf Rasenmäher. Ich habe alles vorbereitet. Meine Schularbeiten sind gemacht. Meine hübscheste Spielhose habe ich an und die Bluse, die wie ein Streicheln ist. Soll ich Söckchen und Schuhe anziehen? Barfuß ist schöner, besonders auf dem Rasen.

Mutti hat erlaubt, dass ich draußen lese. Ich habe mir das allerdickste Kinderbuch ausgesucht, »Lump und Schlingel«. Es ist so schwer, dass ich es mit beiden Händen tragen muss. Ich hüpfe die Treppen runter und freue mich, als ob ich Geburtstag hätte.

»Na, so vergnügt, Johannachen?«, sagt Tante Irene und sieht auch vergnügt aus.

Wo soll ich mich hinsetzen? Wo sehe ich Rolf Rasenmäher am besten? Wo sieht er mich am besten? Klar, vom Stumpf der abgesägten

Birke aus habe ich den Hinter- und den Seitenrasen im Blick. Hoffentlich fängt er nicht mit dem Vorderrasen an.

Ich setze mich auf den Baumstumpf. Das Buch schlage ich in der Mitte auf. Wenn er sieht, dass ich so ein dickes Buch halb durchgelesen habe, dann weiß er, dass ich klug bin.

Die Gartenpforte quietscht. Er kommt. Er ist da. Am liebsten würde ich ihm entgegenlaufen, aber ich bleibe hier. Ich lese ja.

Tante Irene macht die Kellertür auf und sagt: »Guten Tag, Rolf, kommen Sie nur.«

Ich weiß, jetzt gibt sie ihm die Hand, dann dreht sie das Licht an, und sie gehen am Klo vorbei, dann macht sie die zweite Kellertür auf und dort das Licht an. Rolf schnappt sich den Rasenmäher und rollt ihn bis zu den beiden Stufen, dort hebt er ihn hoch, rollt ihn, und dann geht die Kellertür wieder auf, und Rolf Rasenmäher trägt den grünen Rasenmäher in den Garten und legt los.

Jetzt ist er da und sieht mich nicht. Aber wenigstens fängt er mit dem Hinterrasen an. Dort liegt noch ein Ball. Ich lege das Buch auf den Birkenstamm, flitze den Weg unter dem Zwetschen- und dem Pflaumenbaum entlang, springe über die Ecke des Beetes und greife nach dem Ball. »Den hat meine kleine Schwester wohl vergessen«, sage ich. Und dann fällt mir ein, dass ich nicht guten Tag gesagt habe.

Er sagt auch nicht guten Tag, aber er sieht mich sehr lieb an und sagt: »Nett, dass du dich darum kümmerst.«

Und wie ich das tue. Ich bringe den Ball sogar ins Haus und lege ihn ordentlich zum anderen Gartenspielzeug.

Tante Irene guckt aus dem Kellerküchenfenster und sieht zufrieden aus. Neulich hat sie gesagt: »Schnell und gut arbeitet der junge Mann.«

Für Männer, die schnell und gut arbeiten, hat sie Zigaretten in ihrem Schrank in der Bibliothek, verschiedene Schachteln, weiche und feste, rote und goldene, eine grüne. Handwerker, die etwas besonders gut gemacht haben, bekommen eine ganze Schachtel zum Abschied geschenkt. Meistens bietet sie aber nur eine Zigarette zum Kaffee an, die klopft und zieht sie aus der Schachtel, sodass der Mann weiß, welche er nehmen soll, und mit seinen dreckigen Fingern die anderen Zigaretten nicht schmutzig macht. Rolf Rasenmäher bekommt keine Zigaretten, weil er nicht raucht.

Ich mag es lieber, wenn Mutti uns »Lump und Schlingel« vorliest. Die Seiten sind sehr lang, und manche Wörter haben Buchstaben, die ich noch nicht kenne. Dann muss ich raten.

Ich hab gar nicht gemerkt, dass die anderen auch in den Garten gekommen sind. Dorothea spielt in der Sandkiste. Elisabeth breitet ihre Puppendecke neben mir aus.

»Du störst. Geh woanders hin, ich will in Ruhe lesen. Verdufte!«, sage ich.

»Pah, pah, pah, pah, pah«, sagt sie und geht mit ihrer Decke, ihrer Puppe und ihrem Puppenkoffer zu Dorothea.

Rolf Rasenmäher ist fertig mit dem Hinterrasen. Jetzt kommt er zu mir auf den Seitenrasen. Er mäht am Weg entlang. Er kommt näher und näher. Ich blättere um, obwohl ich noch nicht fertig bin mit der Seite, und tue so, als ob ich lese und lese. Aber ich kann mich nicht beherrschen und schule doch nach oben. Rolf Rasenmäher guckt mich nicht an. Er sieht nur den Weg, der vor ihm liegt, den Weg, den er ins Gras schneidet mit den silbrigen Messern.

Jetzt sieht er mich, und weil ich ihn anlächle, lächelt er auch. Ich möchte, dass er fragt: »Was liest du denn?« Aber er sagt gar nichts. Er wundert sich nicht mal, dass ich schon ein so dickes Buch lesen kann.

Zwei kurz gemähte grüne Graswege liegen jetzt schon zwischen Rolf Rasenmäher und mir. Ich muss mich beeilen. Drei Bonbons habe ich für ihn aufgespart. Sie sind einzeln eingewickelt in Cellophan. Einen hole ich aus der Hosentasche. Es ist der gelbe. Kurz bevor Rolf Rasenmäher auf der dritten Bahn an mir vorbeirattert, werfe ich den Bonbon vor den Rasenmäher. Er sieht mich nicht an. Er sieht den Bonbon nicht. Er fährt einfach drüber. Der zweite Bonbon ist zum Glück rot, der fällt besser auf. Er wendet beim Kletterbaum und mäht die vierte Bahn. Diesmal werfe ich ein bisschen früher, dann muss er ihn sehen. Wie ein roter Edelstein leuchtet der Bonbon im Gras. Er schmeckt bestimmt nach Himbeeren. Rolf Rasenmäher überfährt den Edelstein. Es macht klack, klack.

Wahrscheinlich hat er schlechte Augen. Es gibt sogar Kinder, die schon eine Brille brauchen. Ich mag nicht mehr lesen, und das Holz unter meinem Po ist hart. Ich setze mich ins frisch gemähte Gras, lehne mich mit dem Rücken an den Rest von der Birke und gucke zu, wie Rolf Rasenmäher sich auf dem fünften Weg immer weiter von mir entfernt bis zum Beet am Gartenzaun, wo unter der großen Buche verblühte Maiglöckchen stehen, die wir auf keinen Fall anfassen dürfen.

Rolf Rasenmäher macht eine Pause. Er knöpft sein Hemd auf, geht zu den Gartenstühlen vorm Esszimmer und hängt sein Hemd über eine Lehne. Er sieht auch ohne Hemd wunderschön aus. Er schwitzt. Auf seiner Brust glitzern winzige Tröpfchen. Auf seinem Rücken und an seinen Oberarmen sind Täler und Hügel. Wenn er sich bewegt, verändern sie sich. Ich könnte jetzt zu ihm laufen und ihm den dritten Bonbon geben, aber ich bleibe sitzen.

Wenn er die Hälfte vom Seitenrasen geschafft hat, bekommt er Saft. Dann ruft Tante Gertrud oder Tante Irene ihn und reicht ihm ein Glas aus dem Kellerfenster zu. Ich renne zum Haus, die Kellertreppe runter über den kühlen Zement, drinnen über die glatten, kalten Fliesen. Die Küchentür ist offen. Tante Gertrud wäscht ab.

»Darf ich den Saft für Rolf Rasenmäher einschenken?«, frage ich.

»Wenn du nicht kleckerst«, sagt sie und trocknet sich die Hände ab.

Während sie den Saft aus dem Vorratskeller holt, angle ich ein Glas aus dem Schrank und küsse den Rand. An jeder Stelle. Küsschen für Küsschen für Küsschen. Das muss er merken. Und dann wird er sehr glücklich sein.

Tante Gertrud dreht die Apfelsaftflasche auf. Ich gieße ein. Kein Tropfen geht daneben.

Ich nehme das Glas in beide Hände.

»Nicht so hastig«, ruft sie hinter mir her.

Aua, aua. Ich bin auf einen spitzen Stein getreten, aber ich habe nichts verschüttet. Und nun bin ich schon auf dem weichen Rasen.

»Hier ist eine Erfrischung«, sage ich.

»Wie nett, kleines Fräulein«, sagt er.

Ich weiß nicht, was ich sagen soll, und gucke einfach zu, wie er seine Lippen auf mein Küsschen drückt und trinkt. Jetzt. Jetzt. In seinem Hals fährt ein kleiner Fahrstuhl rauf und runter. Das sieht komisch aus. Sonst ist ihm gar nichts anzumerken.

»Das war wirklich sehr erfrischend. Danke«, sagt er und drückt mir das leere Glas in die Hand.

***

Ich kann mich genau an das erotische Wohlgefallen erinnern, das sein nackter Oberkörper in mir auslöste. Es war ziellos, aber eine ausdrückliche Freude – ein wenig später begleitet von Wehmut, von erstem Liebesschmerz. Nach einer Weile nämlich fand ich heraus, dass Rolf Rasenmäher in Gisela aus der Grottenstraße verliebt war. Kein kleines Fräulein, sondern eine junge Dame. Die bei uns eingenommenen Fünfmarkstücke setzte Rolf um in Blumen und Pralinen für Gisela oder in Kinokarten für sie beide.

Viele Jahre später, vielleicht Mitte der siebziger Jahre sah ich Rolf Rasenmäher und Gisela in der Waitzstraße. Ich erkannte sie sofort. Er war wirklich ein schöner und sympathischer Mann. Die beiden hatten offenbar geheiratet; sie trugen Eheringe. Die Kinder, mit denen sie unterwegs waren, sahen ihnen verblüffend ähnlich.

Meine erste Liebe überwand wie alle folgenden die Grenzen der Diaspora. Obwohl meine bewussten Gedanken bestimmt waren davon, dass ich selbstverständlich einen katholischen Mann heiraten wollte, war Rolf Rasenmäher der Erste, bei dem mir hätte klar werden können: Liebe ist subversiv. Sie ist eine Himmelsmacht, die keine anderen Götter neben sich duldet. Sie überwindet Grenzen fast jeder Art. Für Liebende verblassen Ver- und Gebote. Nicht einen Moment habe ich mir Sorgen um Rolf Rasenmähers Seele gemacht. Es interessierte mich nicht, ob er getauft war, welcher Konfession er angehörte. Da, wo Rolf Rasenmäher war, war das Paradies.

11

Die Hölle ist unterm Schneidertisch im Geschäft. Auf dem Tisch wird mit der Schneiderschere zugeschnitten. Die Reste vom Stoff werden in die Hölle geschmissen. Wir dürfen in der riesigen Kiste spielen und alles durchwühlen und gucken, welche Stücke groß genug sind für einen Puppenrock.

Sehr selten, ausnahmsweise und wenn wir wirklich artig waren, nimmt Vati Matthias und mich mit ins Geschäft. Heute fahren wir zum ersten Mal mit dem neuen Auto und nicht mit der S-Bahn. Matthias nennt das Auto Lachauto, weil es von vorn so aussieht, als ob es lacht. Wir lachen auch, weil es jetzt losgeht. Ich halte meinen Puppenkoffer fest und gucke aus, bis wir da sind. Das Geschäft ist in der Stadt, im Sprinkenhof. Der Name ist lustig. Der Sprinkenhof sieht aber nicht lustig aus, sondern ist in einem Haus, das so groß ist, dass man denkt, es hört nie auf; sogar Straßen gehen durch das Haus. Alles ist aus Stein, und es gibt keinen Garten, nicht mal einen Baum, deshalb tun mir Omi und Opi leid, die zwischen dem Geschäft und der Werkstatt wohnen.

Vati macht die Tür auf. Die Glocke oben an der Tür bimmelt. Opi misst mit der Elle braunen Stoff ab und sagt: »Pünktlichkeit ist die Höflichkeit der Könige.« Wir sagen artig: »Guten Morgen, Opi.« Matthias macht einen eins a Diener, ich mache einen Knicks. Vati kann froh sein, dass er nicht mehr zur Schule geht, denn er ist fast nie pünktlich. Großmutti sagt: »Der kommt noch zu seiner eigenen Beerdigung zu spät.«

Das Geschäft ist ein Geschäft, in dem man nicht einfach etwas einkaufen kann, deshalb gibt es auch keine Verkäuferin. Im Laden ist eine ganze Wand von Regalen ausgefüllt. Dort liegen die Stoffballen. Davor stehen drei Tonbänke, auf denen der Stoff abgewickelt und ausgebreitet wird. Dann kann man ihn befühlen und dem Herrn oder der Dame über die Schulter legen, sodass sie im Spiegel gegenüber sehen, wie ihnen der Stoff steht. Die dicken Stoffe sind für Winter-, die dünneren für Sommersachen. Die ganz dünnen sind zum Füttern, die fühlen sich am besten an. Hinten im Laden sind zwei Kabinen mit Vorhängen. Dort probieren die Leute die Sachen an, wenn sie halb fertig sind, und dann noch einmal, wenn sie ganz fertig sind. Die Spiegel in den Kabinen sind das Schönste. Die Seiten lassen sich so weit nach vorn klappen, dass man sich sogar von hinten sehen kann.

Wir gehen die dunklen Treppenstufen rauf, und schon ist da die Tür zur Wohnung von Omi und Opi. »Da sind ja die Gisselchen«, sagt Omi. Sie freut sich, wenn wir kommen, und hat schon Brötchen für uns geschmiert.

»Wir haben zu tun«, sagt Opi. »Um vier kommt Doktor Kaufmann zur Anprobe.«

Wir essen schnell, damit wir auch in die Werkstatt können. Dort sitzt Vati auf dem Tisch. Er hat sein Sakko ausgezogen und die Schuhe. Und weil er ein Schneider ist, sitzt er im Schneidersitz auf dem Tisch und näht mit einem silbernen Fingerhut auf dem Finger.

Wenn Vati bei Großmutti oder den Tanten klopft, dann sagen sie manchmal: »Herein, wenn's kein Schneider ist.« Er geht rein, obwohl er ein Schneider ist, und dann lachen alle.

Vati näht Knöpfe an mit Stiel. Wie das geht, hat er uns das letzte Mal gezeigt und erklärt, dass Knöpfe an dicken Stoffen einen Stiel brauchen als Verlängerung, damit der Stoff beim Zuknöpfen nicht gezerrt wird. Vor den Fenstern stehen zwei Nähmaschinen. Dort sitzt Opi und rattert und rattert. Manchmal hält er an, nimmt Stecknadeln aus dem Stoff und steckt sie sich zwischen die Lippen. Es sind schon ganz viele. Hoffentlich verschluckt er sie nicht aus Versehen.

Überall liegen Fäden und Fusseln und Stoffschnipsel. Weil wir lange nicht hier waren, gucken wir uns erst mal genau um. Fast alles ist sehr groß: die braunen Bügeleisen, die gepolsterten Ärmel- und Bügelbretter, die Garnrollen, die Scheren, alles sieht aus, als ob es für Riesen wäre. Die Türglocke bimmelt. Opi zupft sich die Nadeln aus dem Mund.

»Kundschaft«, sagt er und geht in den Laden.

Wir schleichen leise hinterher und setzen uns so auf die Treppe, dass die Kundschaft uns nicht sehen kann, denn im Laden haben Kinder nichts zu suchen, sagt Opi.

»Sehr vorteilhaft, gerade für den etwas stärkeren Herrn«, sagt Opi, und wir hören, wie er Stoff von einem Ballen wickelt.

Von der Kundschaft sehen wir nur die Beine. Es sind Männerbeine.

»Wenn der Herr hier mal schauen mag«, sagt Opi, und die Beine gehen weg. »Eine Ware in dieser Qualität wird überhaupt nicht zu Konfektion verarbeitet.«

»Nu, Kinderchen«, flüstert Omi hinter uns. »Der Lauscher an der Wand hört seine eigne Schand.« Wir müssen zurück in die Werkstatt.

Als es Mittagessen gibt, habe ich noch gar keinen Hunger, aber Omi sagt: »Iss nur, Kindchen, iss. Hast was zuzusetzen, wenn die Zeiten mal nicht so gut sein werden.« Omi und Opi haben viel zuzusetzen.

Es gibt Fleisch und Kartoffeln und Sauce und Gurkensalat mit saurer Sahne und Zitrone, der schmeckt am besten. Bei Omi und Opi gibt es jeden Tag Fleisch, nur freitags nicht. Dann essen sie Fisch. Bei uns gibt es nur sonntags Fleisch, deshalb müssen wir uns gar nicht so vorsehen mit dem Freitag, müssen nur daran denken, dass wir dann keine Wurst essen dürfen. Aber meistens ist die Wurst freitags sowieso längst alle.

Omi und Opi beten anders als wir vor dem Mittagessen. Opi sagt: »Gelobt sei Jesus Christus.« Omi sagt: »In Ewigkeit. Amen«, und Vati sagt: »Mahlzeit.« Wir sagen gar nichts.

Opi steckt sich die Serviette in den Hemdkragen. Bei uns bekommen die Kleinen ein Lätzchen, und die Erwachsenen legen ihre Servietten auf den Schoß. Opi must all seine Kartoffeln und verrührt sie mit der Sauce zu einem Brei. Mutti sagt, das tut man nicht, man soll nur so viel musen, wie auf eine Gabel geht. Zum Nachtisch gibt es Vanillepudding mit Schokoladensauce. Wenn ich gerade sitzen könnte, würde vielleicht noch etwas von dem Pudding in mich reinpassen. Aber Vati, Matthias und ich sitzen auf dem Sofa und müssen uns weit vorbeugen zu unseren Tellern auf dem Couchtisch. Omi und Opi sitzen in ihren Sesseln, die sie zum Essen so nah wie möglich an den Tisch schieben. Einen Esstisch haben sie nicht, auch kein Bett. Ihr Sofa wird abends ausgeklappt, dann können sie darauf schlafen.

Nach dem Essen werden die Sessel zurückgeschoben. Vati und Opi rauchen eine Zigarette, dann nehmen Omi und Opi ihre Brillen ab, sitzen in ihren Sesseln und machen die Augen zu. Wir gehen mit Vati in die Werkstatt. Vati näht, und wir spielen in der Hölle Eisenbahnfahren. In der Hölle ist es schön dunkel, da fallen einem viele Geschichten ein, und wenn man singt, klingt es wie in einem Tunnel.

Kaum haben Omi und Opi die Augen wieder aufgemacht, gibt es Kaffee und Kuchen. Der Kuchen ist das Schlimmste im Geschäft. Es gibt immer Schwarzwälder Kirschtorte, und mir wird jedes Mal schlecht.

»Ich bin noch ganz satt«, sage ich. Aber Omi hat mir schon ein Stück auf den Teller geschoben. Wenn ich gar nicht anfange, könnte keiner etwas sagen, denn ich habe mir den Kuchen ja nicht selbst aufgetan.

»Willst uns krank werden, Hannachen?«, fragt Omi.

»Ich hab Bauchweh«, sage ich. Da nimmt Opi meinen Teller und isst ihn leer, und Omi sagt: »Ja, was werden wir da jetzt machen? Das Kindchen hinlegen?«

Ich nicke, ziehe die Beine unterm Tisch hervor und lege sie hinter Matthias und Vati und mache die Augen zu. Als das Geschirrgeklapper aufhört, mache ich die Augen wieder auf. Das Bauchweh ist weg. Ich flitze in die Werkstatt und verkrieche mich in der Hölle.

»Ich hab gehört, ihr braucht neue Wintermäntel«, sagt Opi. »Da wollen wir gleich mal Maß nehmen.«

»In der Kabine?«, frage ich.

»Natürlich«, sagt Opi, und wir rennen die kurze Treppe runter und verschwinden hinter den Vorhängen.

Omi holt das Auftragsbuch aus einer Schublade. »Kragenweite«, sagt Opi, und dann sagt er eine Zahl, und Omi schreibt alles, was Opi sagt, in das Buch. »Schulterlänge. Taille«, sagt Opi. »Stillhalten!«, aber ich kann nicht stillhalten, denn es kitzelt so. Er zieht an meinem Ohr, bis es wehtut, und ruft: »Stillgestanden!« Da kann ich es.

»Rückenlänge«, sagt er.

Die Stoffe sind alle dunkel, braun und grau, blau und schwarz.

»Dunkelblau«, sagt Opi, und Omi sagt: »Wie wär's mit einem Samtkrägelchen für das Fräuleinchen?«

Als alle unsere Maße im Buch stehen, greift Opi in seine Jackentasche. Es klimpert. Auf seiner Hand liegen Geldstücke. Er sucht zwei aus. Eins bekomme ich, eins Matthias. Wir sagen »Vielen Dank, Opi« und machen die Hand zu, ohne das Geld anzusehen. Er beugt sich zu uns runter, und wir geben ihm ein Küsschen. Auf der Treppe machen wir die Hände auf. Wir haben sehr, sehr viel Geld bekommen, beide eine ganze Mark. Außer Opi schenkt uns nie jemand Geld. Aber ich bekomme jetzt jede Woche zwanzig Pfennig Taschengeld, weil ich zur Schule gehe.

Die Tür bimmelt. Vati und Opi sind schon im Laden, und in der Ecke hängt auf der Schneiderpuppe der halb fertige Anzug für Herrn Doktor Kaufmann. Vati hat das blaue Stecknadelkissen am Handgelenk wie eine Uhr.

»Gestatten Sie?«, sagt Vati, aber wir können nicht sehen, was er dabei macht.

Wir hören, wie der Vorhang auf- und zugeschoben wird. Nun

zieht Herr Doktor Kaufmann den neuen Anzug an, der noch lauter Reihfäden hat, die weiß aus dem Stoff leuchten.

»Hier nehmen wir noch einen Tick weg«, sagt Vati. »Aber sonst, tadellos.« Er räuspert sich.

»Im Bund eine Idee zu eng?«, fragt Opi. »Wenn Sie mal ein paar Schritte gehen mögen, Herr Doktor Kaufmann.«

Wir sehen Beine, und die Markstücke in unseren Händen sind ganz warm geworden.

»Wie sitzt der Schritt?«, fragt Opi. Wir müssen lachen und gucken uns nicht an, damit wir es uns verkneifen können.

Wieder macht der Vorhang ritsch und ratsch. Ich habe gar kein Portemonnaie für meine Mark. Wo soll ich sie bloß aufbewahren? Matthias hat eine Hosentasche. Da kommt sie rein.

»Du darfst auf keinen Fall zu doll hopsen«, flüstere ich.

»Ich hopse nicht, wenn wir mit Vati im Geschäft sind«, sagt er.

»Empfehlung an Ihre Frau Gemahlin«, sagt Vati und hält Herrn Doktor Kaufmann die Tür auf.

Der sagt: »Guten Tag, die Herren«, als ob er kommen und nicht gehen würde.

***

Die Esslust unserer Großeltern väterlicherseits wurde damit erklärt, dass sie aus der kalten Heimat kommen, einer Gegend, die, wie der Name schon sagt, besonders kalt sei. Je kälter es ist, umso mehr müsse man essen, erfuhren wir, was nicht sonderlich einleuchtete, denn nun lebten die Großeltern ja auch in Hamburg und teilten mit uns Wohnort und Außentemperaturen.

Meinen Großeltern väterlicherseits war ihr Katholischsein weniger anzumerken als meiner Großmutter mütterlicherseits ihr Nichtkatholischsein. Weder in der Wohnung im Sprinkenhof noch im Geschäft gab es irgendwelche Hinweise auf ihren Glauben, kein Kruzifix, keine Madonna, weder Bibel noch Gebetbuch. Einzig ihr eigenartiges Tischgebet konnte als Indiz gelten.

Ich wusste, dass die Eltern meines Vaters sonntags nur selten zur Kirche gingen, und diese Information verband sich mit dem erwähnten Begriff der Taufscheinkatholiken. Der passte allerdings nur für die Danziger Großmutter, die sogar bereit gewesen war, ihren Glauben der Liebe wegen zu verleugnen. Die junge Frieda war verliebt gewesen in einen Mann, der zwar ihre Gefühle erwiderte, eine Eheschließung aber ausschloss, weil sie katholisch und er evangelisch war. Das stürzte Frieda ins Unglück, und damit es sich nicht wiederhole, behauptete sie, evangelisch zu sein, als sie Ernst kennen lernte. Ernst war zwar tatsächlich evangelisch, ging seit geraumer Zeit aber lieber in katholische Kirchen. Ihm gefielen die Gottesdienste dort so viel besser, dass er mit dem Gedanken liebäugelte, zu konvertieren. Als Frieda das erfuhr, rückte sie mit der Sprache heraus. Ernst war ihr keineswegs böse, sondern freute sich und wurde katholisch. Seine Eltern freuten sich nicht. Im Gegenteil: Sie waren so empört, dass sie der katholischen Trauung ihres Sohnes fernblieben.

Die wenig ausgeprägte Frömmigkeit von Frieda und Ernst passte auch zu anderen Bewertungen, die meine Hamburger Großmutter und ihre Schwestern über »die Danziger« abgaben: einfache, leider recht unkultivierte Leute, die nie ein Buch in die Hand nahmen, die weder ins Theater noch in die Oper gingen, einzig interessiert an ungesund fettem Essen in ungesund großen Portionen und an ihrem Geschäft, das sie, und das fand durchaus Anerkennung, mit Umsicht und Geschick führten. Ernst galt als tüchtiger Handwerksmeister, dem seiner Hände Arbeit, die ja wahrlich nicht schändet, in der verlorenen Heimat einigen Wohlstand eingebracht hatte. Ob man jedoch die nicht unbeträchtliche Summe, die ihm als Lastenausgleich für das verlassene Haus zugefallen war, für angemessen erachten sollte, das hielt man schon für eine offene Frage. Immerhin hatte man selbst ja auch große Opfer bringen müssen, hatte zwar das Haus behalten, aber den Ernährer verloren.

Obwohl mein Vater mit seinen Eltern von Montag bis Samstag zusammenarbeitete oder wenigstens zusammentraf, bis sie Anfang der siebziger Jahre innerhalb eines Vierteljahres beide starben, und obwohl sie an allen wichtigen Familienfesten teilnahmen, hatten sie nur wenig Einfluss auf unser Alltagsleben. Halb bewusst übernahm ich ihre Abwertung, wohl auch, weil mir die obligatorische Kirschtorte so schlecht bekam und weil mein Großvater ein poltriger Mann war, dessen kratzige Küsse zur Begrüßung und zum Abschied ich nicht als Zärtlichkeiten empfand. Die großzügigen Geldgeschenke, die er uns regelmäßig machte, wurden jedoch hoch geschätzt, wenn auch im Stillen, denn auf der anderen Seite der Familie galten sie als ein wenig anrüchig, zumindest als pädagogisch bedenklich.

Seine Frau war sehr still und liebevoll freundlich. In ihrer Nachgiebigkeit und Konzentration auf orale Genüsse hatte sie meinem Vater Flaschen mit dünnem Griesbrei mit zur Schule gegeben und erzählte gern, dass ihr Mann noch als Vierjähriger mit einem Schemelchen hinter seiner Mutter hergelaufen sei, um sich von ihr stillen zu lassen. Eine Geschichte, die ab und zu bei Familienfeiern erzählt und belacht wurde und nach der sich mein Großvater, eher geschmeichelt als beschämt, von meiner Hamburger Großmutter und ihren Schwestern Kommentare anhören musste wie: »So ein Schlingel!« oder »Das lässt ja tief blicken«. Dazu wurde dann mit erhobenen Zeigefingern gefuchtelt.

Sonst fiel meine Danziger Großmutter vor allem durch ihre Bewegungslosigkeit zwischen den Mahlzeiten auf. Was sie mir fremd bleiben ließ, war vermutlich vor allem die Langeweile, zu der sie verdammte. Sie spielte nicht mit uns. Sie erzählte nicht, las auch nicht vor, sang nicht.

Als die Maßschneiderei als Broterwerb nicht mehr taugte, wurde das Geschäft im Sprinkenhof geschlossen und ein richtiges eröffnet, ein Textileinzelhandelsgeschäft. In dem arbeiteten die Großeltern noch eine Weile mit. Hinter dem Laden lag eine Einzimmerwohnung. In die zogen Frieda und Ernst. Und so blieb es dabei: Da, wo das Geschäft war, waren auch die Großeltern, und wenn sie nicht arbeiteten oder kochten, saßen sie in ihren Sesseln.

Familienfeiern fanden schon aus Platzgründen bei uns statt. Und bei den Tischgesprächen stellte sich heraus: Über alle konfessionellen, sozialen und politischen Differenzen hinweg gab es Einigkeit in zwei Punkten, die eng zusammenzuhängen schienen. Erstens: Das Allerschlimmste, was geschehen könnte, wäre ein weiterer Weltkrieg, der dritte. Das Schlimmste wäre, wenn Adenauer nicht Kanzler bliebe und die Sozialdemokraten »an die Macht« kämen.

Die Informationen zur Einschätzung der politischen Lage verdankte die gesamte Familie dem Hause Springer. Da alle sich durch die Lektüre nur einer Zeitung bestens unterrichtet fühlten, sprach jeder von »der Zeitung«. Bei meinem Großvater und meinem Vater bedeutete das die Bild-Zeitung, bei meiner Großmutter und ihren Schwestern das Hamburger Abendblatt.

Dass von Links nur und viel Unheil drohte, darin waren ausnahmsweise sogar die katholische Kirche und meine Flottbeker Großmutter einer Meinung: Pastor Nieblich verlas im Gottesdienst vor Bundestagswahlen bischöfliche Hirtenbriefe, in denen die guten Hirten ihre Schäfchen klar verständlich dazu aufforderten, eine christliche Partei zu wählen, das hieß, die Partei, die sich christlich nannte.

Bis zu meinem dreizehnten oder vierzehnten Lebensjahr lebte ich in dem Gefühl, ein Regierungswechsel würde umgehend den Einmarsch der Russen zur Folge haben und auch bei uns zu Unfreiheit, Enteignung und Lebensmittelknappheit führen, so wie in der Ostzone.

Diese Angst war felsenfest untermauert worden durch ein Erlebnis mit Onkel Richard kurz vor meiner Einschulung. Dieser Nennonkel war ein Skatbruder meines Großvaters in Danzig gewesen. Er lebte seit der Flucht in Grevesmühlen. Bei einem seiner Besuche im Westen machte er kurz Station bei uns. Er stand mit meiner Mutter im Esszimmer und wollte ihr etwas erzählen. Bevor er es tat, schloss er alle Zimmertüren. Dann flüsterte er meiner Mutter etwas zu. Meine Mutter erklärte mir hinterher, in der Ostzone könne man nicht frei sprechen, dort kämen Leute, die etwas gegen den Staat sagen, ins Gefängnis, und deshalb habe Onkel Richard sich angewöhnt, sehr vorsichtig zu sein.

Ich habe nie vergessen, wie glücklich ich war, in einem Land zu leben, in dem man ungestraft sagen konnte, was einem in den Sinn kam. Wenn ich sang »Die Gedanken sind frei«, dachte ich lange an Onkel Richard.

Mein Vater sagt am Telefon: »Richard war in Danzig Direktor einer großen Versicherung. Im Westen hätte er eine Bombenpension bekommen, aber er hatte Angst, hier aufzufliegen. Wir haben es nie richtig rausbekommen, aber er war ein hohes Tier bei den Nazis, wahrscheinlich war er beim SD. Vielleicht hat er dann für die Stasi gearbeitet. Wer weiß. Er ist Anfang der sechziger Jahre gestorben.«

Die üblen Vermutungen, die über Onkel Richard kursierten, wurden dadurch in Frage gestellt, dass er bei den Danzigern ein und aus ging. Er sei eine Art Hausfreund gewesen, erzählt mein Vater, ein wohlhabender Junggeselle, sehr galant zu den Damen, denen er die für sie unerquicklichen Skatabende der Männer mit Blumen und Konfekt versüßte.

»Bei uns wurde ja sehr offen und kritisch über die Nazis geredet, aber das hatte nie Folgen«, sagt mein Vater. Entweder war Richard doch nicht beim SD, oder er war seinen Freunden gegenüber dennoch loyal.

Meine Danziger Großeltern lehnten die Nazis aus politischen, wirtschaftlichen und persönlichen Gründen ab. Tante Meta, die Schwester meiner Großmutter, war in ihrer Heimatstadt Königsberg verheiratet mit Alwin Schneeberg. Alwin war stolzer Träger des EK I, Inhaber eines Tabakwarengroßhandels und einer stattlichen Anzahl von Tabakläden, ein jovialer und erfolgreicher Mann. Meta und Alwin hatten einen Sohn, Gerhard. Die Nazis bezeichneten Alwin als Juden und Gerhard als Halbjuden.

Alwin Schneeberg und mein Großvater debattierten vernünftig, obwohl sie dabei reichlich tranken. Sie rauchten große Mengen Zigaretten und etliche Zigarren und kamen zu dem richtigen Schluss: Die Schneebergs mussten Deutschland verlassen. Dazu riet auch der mit den Schneebergs befreundete Gauleiter. »Am besten nach Amerika«, sagte mein Großvater.

Alwin kaufte einen neuen großen Wagen und regelte seine Geschäfte, so gut es noch ging. Er kam mit Heinrich, einem Bruder seiner Frau, überein, dass Heinrich einen der Tabakläden übernehmen und den vereinbarten Kaufpreis nach und nach begleichen solle. 1938 verließ Alwin mit Frau und Kind und einigem Geld, aber mit nur kleinem Gepäck seine Heimat und reiste in einem weiten Bogen von Königsberg nach Frankreich.

In der Nähe von Nizza gründeten die Schneebergs eine Hühnerfarm. Zum Zeichen ihres Wohlergehens schickte Meta Schneeberg unverfängliche Nachrichten nach Danzig an ihre Schwester. Einmal war es ein kleines Päckchen mit frischen Mandarinen an kleinen grünen Zweigen. Daran erinnert sich mein Vater. Als er vom Grün der Mandarinenblätter spricht, rollen ihm Tränen übers Gesicht.

Heinrich hielt sich nicht an die vereinbarten Zahlungen, aber meinem Großvater gelang es durch gute Beziehungen, Umsicht und Tatkraft, den gesamten Hausrat der Schneebergs als Erbe seiner Frau von Königsberg nach Danzig bringen zu lassen. Von Danzig verschiffte er alles nach Nizza, und mein Vater, damals elf Jahre alt, dachte darüber nach, wie sich die vornehmen Möbel der Schneebergs auf einer Hühnerfarm machen würden.

1943 erschien mitten in der Nacht ein französischer Fremdarbeiter in der Herren- und Damenmaßschneiderei meiner Großeltern in Danzig und bat um Papiere für Gerhard Schneeberg, die bewiesen, dass er aus Nazisicht ein halber Arier war.

Mein Großvater reiste nach Königsberg, beschaffte die Papiere und legte sie bereit. Als der französische Kurier zum zweiten Mal auftauchte, gab man ihm das Gewünschte und hoffte inständig, dass die Papiere Gerhards Leben retten würden. In Danzig war man gut informiert, nicht nur, weil man dort lebte, wo die Nazis den Krieg begonnen hatten und die Verantwortlichkeiten außer Frage standen, sondern auch, weil man es für notwendig hielt, möglichst genau Bescheid zu wissen.

Die Papiere haben den Schneebergs nichts genützt. Nach der Besetzung Südfrankreichs verhaftete man Alwin und Gerhard Schneeberg und brachte sie ins Lager Drancy. Meta Schneeberg war kurz zuvor gestorben. An Herzschwäche oder einem Herzinfarkt, sagt mein Vater.

In Drancy wurden Alwin und Gerhard in einen Zug nach Auschwitz oder Dachau gezwungen und vermutlich in diesem Zug vergast. Trotz aller Bemühungen, mehr Informationen bekamen meine Großeltern nach dem Krieg nicht.

Mein Großvater mütterlicherseits, Mitglied der NSDAP wie seine Frau und deren Schwestern, war als Major der deutschen Besatzungsarmee in Frankreich eben zu der Zeit, als mein Großonkel väterlicherseits und dessen Sohn von Nizza aus ihren Mördern zugetrieben wurden.

12

Alle sind aufgeregt. Wir machen uns fein. Vati geht nicht ins Geschäft, obwohl Dienstag ist. Muttis Bauch ist schon ziemlich dick. Sie erwartet ein Kind. Sie sagt: »Ich erwarte zwei Kinder.«

Eins kommt gleich. Wir fahren zum Altonaer Bahnhof und sind pünktlich.

Ich weiß nicht mehr genau, wie Elisabeth aussieht. Sie war so lange fort. Mutti hat ihr viele Briefe geschrieben, und wir haben

Bilder für Elisabeth gemalt. Sonntags dürfen die Kinder im Kinderheim ein Päckchen bekommen. Mutti hat Elisabeth für jeden Sonntag ein Päckchen geschickt. Kaum hatten wir es zur Post gebracht, hat sie überlegt, was ins nächste kommt.

Ich war die ganze Zeit froh, dass ich zu Hause und nicht allein im Kinderheim bin. Wir haben jeden Abend für Elisabeth gebetet, für ihre Haut und dass sie kein Heimweh hat und bald wieder zu uns kommen kann. Mutti hat beim Beten oft geweint.

Die Lokomotive fährt ganz langsam, weil sie gleich halten muss. Aber heute sind wir nicht gekommen, damit Matthias sich die Loks ansehen kann. Wir sind hier, um Elisabeth abzuholen. Wenn sie da ist, sind wir wieder eine richtige Familie. Ich bin kribbelig und schlenkere mit den Armen. Vati hat Dorothea auf dem Arm. Mutti hat einen knallroten Kopf und stellt sich auf die Zehenspitzen, damit sie Elisabeth sofort sehen kann.

Jetzt lässt die Lok allen Dampf raus, den sie nicht mehr braucht, und der Zug hält. Ich freue mich auf Elisabeth. Wir freuen uns alle. Am meisten freut sich Mutti. Jetzt werden die Türen aufgemacht. Andere Väter und Mütter, die auch auf ihre Kinder warten, versperren uns die Sicht.

Mutti laufen Tränen übers Gesicht. Vati gibt ihr sein Taschentuch.

»Da ist sie!«, ruft Mutti. Ihr Kinn zittert. Ihr Bauch wackelt. Sie läuft los.

»Ihr bleibt hier!«, sagt Vati. Wir bleiben stehen und warten. Als erstes sehe ich den roten Puppenkoffer zwischen lauter Beinen leuchten. Die Beine gehen weg. Da hockt Mutti vor dem Puppenkoffer und umarmt das erwartete Kind. Vati setzt Dorothea ab und nimmt Elisabeth auf den Arm.

Wir sind endlich auch an der Reihe und geben Elisabeth ein Küsschen. Sie sagt nichts. Ich bin trotzdem glücklich, weil ich jetzt wieder genau weiß, wie sie aussieht. Sie sieht aus wie immer. Nur an ihrem Kleid erkennt man, dass sie gewachsen ist. Es ist zu kurz geworden.

Vati geht los, um Elisabeths Koffer zu holen. Wir warten auf dem Bahnsteig bei der Bank neben dem Papierkorb. Mutti setzt sich hin und nimmt Elisabeth auf den Schoß. Sie lacht und weint und streicht mit den Händen über Elisabeths Arme, die ganz gesund sind.

Zu Hause ist alles vorbereitet wie an einem Geburtstag. Noch schöner sogar, denn Großmutti hat eine Girlande über die Haustür gehängt. Die Tanten haben Luftballons aufgepustet und ans Treppengeländer gebunden. Alle sind aus dem Häuschen und reden durcheinander, nur Elisabeth sagt nichts. Sie stupst nur mal kurz gegen die Luftballons.

Wir bringen sie ins Kinderzimmer und zeigen ihr ihr Bett. Es ist frisch bezogen, und auf dem Kopfkissen liegt das Bild, das ich für sie gemalt habe. An der Tür hängt das Bild, das Matthias für sie gemalt hat. Nur Dorothea ist mit ihrem nicht fertig geworden. Elisabeth guckt sich alles an, als wäre sie nur zu Besuch und würde nach dem Kaffeetrinken wieder weggehen. Ich warte auf ihre Freude.

***

Das Kind, das mit kranker Haut verschickt worden war, kam als ein anderes wieder, mit heiler Haut, aber verletzter Seele. Wann hat sie uns erzählt vom Kinderheim? Am Abend, am nächsten Tag, Wochen später? Irgendwann erfuhren wir von ihren Qualen, davon, dass ihre Arme nachts festgebunden worden waren, damit sie sich nicht kratzen konnte, davon, dass man sie zum Essen gezwungen hatte und auch die letzte Weigerung nichts nützte, weil sie dann ihr Erbrochenes in sich hineinlöffeln musste. Schrecken und Mitgefühl waren groß. Meine guten Vorsätze waren es auch. Ich wollte mich nie wieder mit ihr streiten. Unter keinen Umständen wollte ich dazu beitragen, dass sie sich ärgert, aufregt, kratzt. Ihre Haut sollte gesund bleiben. Nie wieder sollte sie uns verlassen müssen, ein »verschicktes« Kind sein, was Dorothea sich so vorstellte, dass das Kind in einen Karton gepackt und zur Post getragen wird, so wie die Päckchen, die wir Elisabeth schickten, Woche für Woche, eine Ewigkeit lang.

Sechs Wochen hätte sie an der Nordsee bleiben sollen, aber daraus waren zwölf geworden. Im Kinderheim grassierten Röteln, und da die Mutter schwanger war und eine Rötelinfektion eine große Gefahr bedeutet hätte, sah man nur eine Lösung: Elisabeths Kur wurde verlängert, verdoppelt.

Die Erwachsenen waren entsetzt. Es wurde nicht viel mit uns darüber gesprochen, aber dass das Sorgenkind misshandelt, dass ihm Unrecht widerfahren, schweres Leid zugefügt worden war, darüber waren sich alle einig. Nie wieder würde man ein Kind solchen Quälereien aussetzen.

Wir Kinder wussten nichts von Erziehungsmaximen jener Zeit in anderen Familien, in Heimen, Internaten. Wir wussten nicht, wie selbstverständlich Erwachsene Gewalt ausübten, überall. Wir wussten nicht, dass sogar das Gesetz von »elterlicher Gewalt« sprach, von »Erziehungsgewalt«, von »Züchtigungsrecht«. Da wir die Außenwelt daraufhin befragten, was in ihr katholisch und damit gut oder anders und deshalb weniger gut oder schlecht war, lag der Schluss nahe, dass die Erzieherinnen im Kinderheim an der Nordsee deshalb so furchtbar waren, weil sie nicht den richtigen Glauben hatten. Erst Jahre später erlebten wir, dass gerade Lehrer und Lehrerinnen in katholischen Schulen Brutalität und vermeintliche Gottesgebote auf besonders infame Weise verquickten. Noch später erfuhren wir, dass die meisten Christen, unabhängig von ihrer Konfession, gewalttätig waren und mit Höllenstrafen und ewiger Verdammnis drohten, um ihre Kinder gefügig zu machen, und sie so fürs ganze Leben zeichneten mit dem Kreuz.

Irgendwann stellten wir fest, dass Menschen durch ihren Glauben nicht davor bewahrt werden, schlecht zu sein, und wir sahen, dass Ungläubige gut sein können. Das machte uns wütend und froh.

Andere Eltern glaubten an Disziplin und Leistung. Sie glaubten daran, dass man sich Freude verdienen müsse, und fanden Freude am Verdienen. Ist das typisch protestantisch? Verdanken ihre Kinder ihnen Zielstrebigkeit? Vermissen sie Unbeschwertheit? Freude? Was ist notwendige und was falsche Freude?

Letzte Nacht habe ich von meinem Vater geträumt. Er war ein kleiner Junge, hatte aber sein Gesicht von heute. Das war traurig. Im Traum wusste ich nicht, warum.

Beim Frühstück habe ich nachgedacht über den Vorsatz, meine katholische Unordnung nicht unbesehen für etwas Besseres zu halten als protestantische Ordnung, meinen Hang zu Predigten nicht für bekömmlicher als Schweigen.

Das Gefühl, durch Mission zu beglücken, habe ich nie völlig ablegen können. Durch Liebe zu erlösen, erlöst zu werden, gegen diesen Wunsch ist nichts einzuwenden, drückt er doch Gegenseitigkeit aus. Die Gefahr besteht darin, dass ich aufhöre zu lieben, wenn die Hoffnung schwindet, der andere könne wenigstens der werden wollen, nach dem ich mich sehne.

Warum habe ich oft dankbar gedacht, dass ich weniger schwer an meiner Kindheit trage als andere? Um mich zu trösten? In der alten Umkehr von Leid in Mitleid? Andere Eltern konnten etwas, was meine nicht konnten. Meine Eltern konnten etwas, was andere nicht konnten. Messen lässt sich weder persönliches Unvermögen noch privates Glück. Man kann nur versuchen, es zu erkennen und zu beschreiben.

Ich lebe satt im Frieden. Wie könnte ich mir sonst die Zeit dafür nehmen. Dieses Glück ist messbar und existentieller Maßstab.

Gibt es eine Religion, die Humor begünstigt, Witz, Ironie? Muss das ein Widerspruch in sich sein? Warum wird vom jüdischen Humor gesprochen, aber nicht vom christlichen?

13

Es erhob sich mit einem Male vom Himmel ein Brausen, als fahre daher ein gewaltiger Sturm; dort, wo sie saßen. Und alle wurden erfüllt vom Heiligen Geiste. Er ist der dritte im Bunde. Er ist kein Mann. Er ist keine Frau. Der Heilige Geist erleuchtet uns. An seinem Fest weicht die innere Finsternis. Die Tage sind schon lang und warm. Pfingsten muss niemand traurig sein, denn keiner sucht eine Herberge oder Windeln für ein armes Kind. Keiner kommt zu Schaden, niemand wird gequält und ums Leben gebracht. Pfingsten ist die reine Freude. Die Freude wohnt im Kopf, da, wo unser Verstand ist.

Zehn Tage nachdem Jesus aufgefahren war in den Himmel, schickte er den Heiligen Geist, den Geist der Wahrheit, um seine Jünger nicht allein zu lassen bis zum Jüngsten Tag. Ein Bild gibt es von ihm nicht, sonst wäre er ja kein Geist. Das Auge ist sein Symbol, das sehende Auge. Während Mutti vorliest, male ich das Auge mit langen Wimpern drumherum. Das Auge sieht mich an. Eine Idee sieht mich an. Sie gefällt mir. »*Weisheit und Verstand, Rat und Stärke, Wissenschaft und Frömmigkeit und die Gabe der Furcht des Herrn,* das sind die sieben Gaben des Heiligen Geistes«, sagt Mutti, und ich merke mir Weisheit und Verstand, Rat und Stärke. Der Heilige Geist macht mich froh, ohne dass ich lange warten muss, denn Gedanken habe ich immer. Die Sonne scheint. All unsere Pflichten sind erledigt. Vati ist schon zu Hause. Er hat sich hingelegt, und Mutti erklärt uns einen Tag vor Pfingsten alles, was wir morgen wissen müssen.

Durch den Heiligen Geist wurden die Apostel und Jünger gestärkt. Der Heilige Geist vertrieb die Kleingläubigkeit und Menschenfurcht aus ihren Herzen, tröstete sie in der Verfolgung und verlieh ihnen Geduld im Leiden. Er gab ihnen die Kraft, für den Glauben sogar das Leben hinzugeben.

»Sag noch mal die sieben Gaben«, bitte ich.

Matthias malt eine Taube. Die Taube ist auch Symbol für den Heiligen Geist, und die Flamme, die ist am leichtesten zu zeichnen.

»Durch den Heiligen Geist erhalten wir Anteil am Leben des unendlich heiligen Gottes. Dieses herrliche Geschenk nennen wir Gnadenleben. Wenn wir Kinder Gottes sind, sollen wir auch als seine Kinder leben: Wir sollen ihn lieben, ihn verherrlichen, die Sakramente empfangen und seinen heiligen Willen erfüllen.« Mutti klappt den Katechismus zu.

»Der Heilige Geist ist nicht leicht zu verstehen«, sagt sie.

»Ich finde am schwersten zu verstehen, dass Vater, Sohn und Heiliger Geist ein Gott sind und nicht drei«, sagt Matthias.

Mutti nickt. »Gott kann von uns nicht wirklich verstanden werden. Aber er versteht uns vollkommen.«

»Und wer versteht mich?«, fragt Vati und steht plötzlich neben Mutti und gibt ihr einen Kuss.

***

Der Heilige Geist war ganz und gar Vorstellung, eine Idee, der ich nicht Gestalt geben musste. Eine Idee, die in mir selbst Gestalt annehmen konnte. Der Geist, der die Köpfe der Menschen erleuchtet, wurde viel faszinierender für mich als Jesus und sein Opfertod. Pfingsten war mein Lieblingsfest, und meine Firmung, bei der nicht Pastor Nieblich, sondern der Bischof mir die Hand auf den Kopf legte und den heiligen Geist zu mir bat, war das Sakrament, durch das ich mich am stärksten ergriffen und ausgezeichnet fühlte. Für mich war der Heilige Geist ein Geist der Freiheit. Mein Verstand war ein Gottesgeschenk. Dazu gehörte das Gewissen, die Unterscheidung zwischen Gut und Böse.

Die Fragen des Beichtspiegels nach sündigen Gedanken überging ich lässig, denn ich sah meine Gedanken immer als meine an und nicht vom Teufel oder von Gott eingegeben. Das verdankte ich meiner Mutter, die uns nicht in die Irre schickte. Wir lebten zwar in ihrer Ideenwelt, aber Ausflüge waren erlaubt. Sie enteignete unsere Gedanken nicht. Bestraft wurden nicht ketzerische Fragen, sondern unsoziale Taten. Und vor allem: Sie negierte unsere Gefühle nicht.

Die Gedanken sind frei – dieses Lied war eine Hymne, die von den älteren Frauen, von der Mutter, von uns Kindern häufig und mit starken Gefühlen gesungen wurde. Mit diesem Gesang feierten sie und wir den für niemanden und nichts erreichbaren Kern von Eigensinn, der, das spürte ich früh, Kraft auch zur Einsamkeit forderte.

Die Vorwürfe meiner Großmutter, ihre zum Katholizismus konvertierte Tochter habe wirre Gedanken, falsche Gedanken, schädliche Gedanken, bestätigten den Sinn der Hymne nur: Wenn Gedanken sich nicht unterscheiden würden, könnte man ihre Freiheit nicht besingen. Wichtiger noch war, dass die Mutter so sehr gelitten hatte und litt unter dem Anspruch ihrer Mutter auf Gleichklang mit der Tochter in Gedanken, Worten und Taten, dass meine Mutter den Respekt vor der Eigenart und dem Eigenleben anderer, insbesondere dem ihrer Kinder, zu einer zentralen und ausdrücklichen Maxime machte und keineswegs im Widerspruch sah zu unserer religiösen Erziehung.

Der Glaube sollte ein Geschenk an uns sein. Und sie ging selbstverständlich davon aus, dass wir es so freudig annehmen wie sie selbst und Trost und Zuversicht daraus schöpfen würden ein Leben lang. Der Segen lag in dem Wunsch, die Frohe Botschaft möge uns schützen und stärken. Er schützte uns auch vor der Botschaft selbst.

Außer den Geburtstagen, die nur zu Hause, und kirchlichen Festen, wie Mariä Lichtmess, Mariä Himmelfahrt, Fronleichnam und Himmelfahrt, die vor allem in der Messe gefeiert wurden, begingen wir alle großen Feiertage in der Kirche und in der Familie gleichermaßen: Weihnachten, Ostern, Pfingsten. Heilige Messe und

Kommunion in der Kirche, zu Hause ein Festmahl und Gäste – das gehörte zusammen. Wir gingen an den *Tisch des Herrn* und an allen hohen Feiertagen an die feierliche Tafel im großen Erdgeschoss-Esszimmer. Man bereitete sich auf beides vor: durch Beichte und Gebet und durch Aufräumen, Saubermachen, Einkaufen, Tischdecken und Kochen. In Feierfreude und Gastfreundschaft passten alle und alles zusammen, Religion und die Hamburger und Danziger Familien. Alle waren sich einig, eine Familie zeichnet sich aus durch ihre gemeinsamen Mahlzeiten, durch geteilte Genüsse.

Bei Tisch durfte es keine Streitereien geben, Gäste waren hingegen sehr willkommen. Bei Tisch hatte man sich anständig zu benehmen, aber es durfte lebhaft zugehen. Ohne Gelächter wäre das Essen kein Genuss gewesen. Wer die Tischgesellschaft gut unterhielt, genoss Ansehen. Gespräche, Anekdoten, Wortspiele – möglichst »geistreich«, Situationskomik, all das gehörte genau so dazu wie schönes Geschirr, Tischschmuck, Tafelsilber und Wein.

Im Kern der Sache war man sich einig, über die Gestaltung im Einzelnen allerdings nicht, und deshalb rümpfte man übereinander die Nase, spätestens, wenn das Fest vorbei war. Die Danziger legten vor allem auf Qualität und Quantität der Speisen und Getränke großen Wert. Als ich älter war, spürte ich durchaus, wie kritisch die Blicke der Schwester meines Vaters waren, wenn meine Mutter mehr schlecht als recht zusammengeklatschte Kuchen auf den Tisch stellte, gekaufte Biskuittortenböden, mit Pfirsichen oder Ananas aus Dosen belegt und mit Tortenguss bestrichen. Unsere Cousine und Cousins wuchsen heran mit dem Urteil, dass wir arm dran seien, weil es bei uns nicht genug Fleisch und keine Konditorkuchen gab, während wir wiederum sie bedauerten, weil die Lebensgewohnheiten ihrer Eltern als arg oberflächlich angesehen wurden.

Kam auch die Verwandtschaft meines Vaters, seine Eltern, Schwester und Schwager mit Tochter und Söhnen, dann verließen die Männer die Tafel im Erdgeschoss gern, um im ersten Stock in unserem Esszimmer Skat zu kloppen. Die Frauen deckten den Tisch ab, dann gingen auch sie nach oben und setzten sich ins Wohnzimmer. Die Männer qualmten die Bude voll, betranken sich mehr oder weniger heftig und wurden von Stunde zu Stunde lauter, während die Frauen nebenan immer kleinlauter und müder wurden und darauf warteten, dass endlich Schluss gemacht würde mit dem elendigen Auf-den-Tisch-Hauen und erregten, aber unverständlichen Gesprächen über falsch gezählte Trümpfe und vertane Gelegenheiten, den Gegner fertig oder Schneider zu machen. Die Tür zwischen Wohn- und Esszimmer war zwar geschlossen, denn die Frauen wollten nichts hören von Aufforderungen wie »Hosen runter« und Kommentaren wie »Ach, du liebes Dittchen«, aber ein wirksamer Schutz vor dem Krach war sie nicht.

Die Damen tranken Likör oder Bowle und unterhielten sich. Die Tanten und Großmutter Franziska verabschiedeten sich irgendwann, voller Bedauern für die Zurückbleibenden, die nichts anderes taten, als zu warten und, weil sie sich nicht lange Interessantes mitzuteilen hatten, einzunicken, ab und zu aufgeschreckt durch lautstarke Äußerungen der Männer.

Kein Fauxpas bei Tisch, keine Entgleisung danach, keine Antipathie, kein Alkoholexzess konnten die Freude am gemeinsamen Tafeln auf Dauer verderben und das Bekenntnis zur Gastfreundschaft ins Wanken bringen. Die Eltern modifizierten und vertieften diese Tradition. Wir durften Gäste mitbringen, auch unangemeldet. Ein »offenes Haus« zu haben, darauf war man stolz, daran erfreute man sich. In Gesellschaft zu essen, in Gesellschaft zu sein, dabei zu scherzen und zu trinken, war und blieb ein alle verbindendes Vergnügen.

»Denk an etwas Schönes«, lautete der Rat, wenn es um das Gegenteil von Vergnügen ging, wenn gleich das Pflaster abgerissen werden, gleich die Impfspritze pieken würde. Ich habe beim Zahnarzt noch als Erwachsene jahrelang an etwas Schönes gedacht. Die Kraft, die Macht von Gedanken, von Ideen stand nie in Frage. Nur das magische Denken verlor sich. Wenn ich bis zum Briefkasten die Luft anhalten kann ... Wenn ich nicht auf die Linien zwischen den Steinplatten trete ...

»Wenn ich mir Mühe gebe«, das klingt anders. Aber schaffe ich es, mir Mühe zu geben? Und wohin führt sie mich? Was ist das Ziel? Welche Fähigkeiten habe ich? Habe ich sie von Gott? »So Gott will« lässt sich irgendwann erweitern zu: »So Gott will, habe ich die Kraft, mir Mühe zu geben.« Wie wird man optimistisch, wie pessimistisch?

Wenn Gott allmächtig ist, bleiben wir ohnmächtig, es sei denn, wir verbünden uns mit Gott. Ohne Gott, so wird jetzt wieder gesagt, neige der Mensch zur Hybris, obwohl genau das Gegenteil zu besichtigen ist. Erstaunlicherweise verlautet das just in dem Moment, in dem Gotteskrieger einander und uns bekämpfen. Ein Aspekt dürfte der Wunsch nach Parität sein. Ihr kämpft im Namen Gottes? Wir tun es auch! Parität? Ach was! Ihr seid Hinterwäldler. Unsere Religion ist aufgeklärt, unser Gott der einzig wahre.

Ein Finger im Wind reicht, um festzustellen: Die veröffentlichte Meinung hat sich gewaltig gedreht. Der amerikanische Präsident wird vielstimmig kritisiert, aber unser betender Bundespräsident erfreut sich großer Beliebtheit, und die Kommentatoren und Berichterstatterinnen bescheinigen ihm respektvoll große Unabhängigkeit. Das Staatsoberhaupt scheint unangreifbar, obwohl ihm weit mehr als Gebetsfreudigkeit und Indezenz vorzuwerfen ist.

In unserem geringschätzigen Lächeln über den amerikanischen Präsidenten, der behauptete, Gott spräche aus ihm, scheinen wir zu übersehen, wie weit wir ihm bereits gefolgt sind. Und unser politisches Spitzenpersonal versäumt klarzustellen, dass wir nicht an einem Mangel an Werten leiden, sondern uns verpflichtet haben auf die besten, die wir je hatten. Und dass es einzig um die Frage geht, wie werden wir ihnen gerecht.

Ich denke an die abscheulichen Märtyrergeschichten, die mich als Kind gleichermaßen abstießen und faszinierten, an die Kamikazeflieger Hitlers, an die Selbstmordattentäter heute. Ich denke daran, dass das Christentum eine Kultur des Leidens und Sterbens, des Jenseitigen ist, bis heute.

Der kranke Papst lässt per Fernsehkameras die ganze Welt teilhaben an seinem Siechtum. Er zeigt sich am Fenster des Krankenhauses. Nun wird er im gläsernen Papamobil im Schritttempo zurück in den Vatikan gefahren, hölzern, todkrank. Die Menge jubelt ihm zu. Er lässt eine Art Passionsweg inszenieren.

»Der Mensch lebt nicht von Brot allein«, hat er in Afrika zu den Hungernden gesagt und sie gesegnet.

14

Mutti kann Dorothea nicht mehr auf den Schoß nehmen. Sie kann sich nicht mehr bücken. Sie kniet mit einem Feudel im Schlafzimmer vor einer Pfütze.

Ich will ihr helfen, aber sie sagt: »Das schaff ich schon, meine Süße. Geh ins Wohnzimmer. Ich komme gleich.«

Ich warte auf dem Flur. Es dauert lange, bis sie fertig ist, weil sie alles ganz langsam tut. Im Badezimmer wäscht sie sich die Hände, dann macht sie die Tür zu. Ich warte und lausche. Sie hat abgeschlossen. Vielleicht muss sie spucken, aber das würde ich hören. Zum Glück schließt sie wieder auf.

»Das war das Fruchtwasser«, sagt sie. »Ich muss ins Krankenhaus.«

Manchmal sagt Großmutti: »Na, du bist aber ein Früchtchen.« Das bedeutet, man war frech und komisch.

Gebenedeit ist die Frucht deines Leibes.

Mutti stemmt die Hände in ihre Seiten und streckt mir ihren Bauch entgegen. Sie stöhnt. Ich glaube, sie hat Angst. Sie kneift die Augen zu und atmet durch die Zähne, dass es zischt.

»Ich muss Vati anrufen«, sagt sie.

Langsam geht sie die Treppe runter und hält sich am Geländer fest. Ich bin schon längst beim Telefon auf der halben Höhe, nehme den Hörer ab, und sie sagt: »Drei, sechs, sieben«, und ich wähle. Dann nimmt sie den Hörer. Sie hält die Hand über die Muschel und flüstert: »Lauf mal schnell zu Tante Gertrud und sag ihr Bescheid.«

Tante Gertrud nimmt die Wäsche von der Leine. Die Wäscheklammern lässt sie in das Stoffsäckchen plumpsen, das sie sich um den Hals gehängt hat.

»Mutti muss ins Krankenhaus«, sage ich.

»Ach du liebe Zeit«, antwortet Tante Gertrud. Ihr fällt ein Strumpf runter. Ich hebe ihn auf. Er ist gar nicht schmutzig geworden, aber sie schwenkt ihn hin und her.

Mutti ist schon wieder nach oben gegangen. Ihr Koffer liegt auf dem Bett. Sie hat ihn schon letzte Woche gepackt mit Wäsche für sich und das Baby. Sie legt ihren Bademantel zusammen. Der muss mit.

»Meine Große«, sagt sie. »Nun wird es heute nichts mit deinem allein länger Aufbleiben. Aber wenn ich wiederkomme.«

Sie macht den Koffer zu und setzt sich daneben aufs Bett.

»Versprichst du mir etwas?«, fragt sie, und ich nicke. »Ihr müsst ganz lieb sein, während ich im Krankenhaus bin, damit die Tanten und Großmutti es nicht so schwer haben mit euch.«

»Bewegt sich das Baby?«, frage ich.

»Ja, es bewegt sich«, sagt sie. »Und bald kannst du es sehen, wenn es strampelt.«

Sie streichelt mich, und ich lege meine Arme um ihren Hals. Ihr Nacken ist feucht.

»Hol die andern rein«, sagt sie. »Ich will mich doch von allen in Ruhe verabschieden.«

Matthias ist mit Großmutti ins Planetarium gefahren, weil er sich sehr für Sterne interessiert. Tante Irene ist auch nicht da. Elisabeth und Dorothea spielen draußen. Vorhin waren sie in der Sandkiste. Ich suche sie und rufe. Sie sitzen mit Puppengeschirr im Rhododendrongebüsch und tun so, als ob sie Kuchen essen. Sie haben keine Lust reinzukommen. Ich nehme Dorotheas Hand und ziehe sie mit. Da fällt der Sand von ihrem Teller.

Vati kommt. Die Autotür klappt zu. Er geht schnell ins Haus. Nun weint Dorothea doch nicht und kommt freiwillig mit.

Vati ist nervös. »Ist das alles?«, fragt er. Mutti nickt. Er nimmt den Koffer. Sie gibt Dorothea ein Küsschen, dann Elisabeth, mir auch noch eins. »Gib Matthias ein Küsschen von mir«, sagt sie, und dann geht sie langsam die Treppe runter. Bis sie beim Auto ist, hat Vati längst den Koffer in den Kofferraum gelegt. Er hält Mutti die Tür auf, und sie steigt langsam ein. Vati fährt los, und wir laufen hinterher und winken und winken, bis er am Ende der Straße um die Ecke gebogen ist.

»Aufräumen und Hände waschen«, sagt Tante Gertrud, »gleich gibt's Abendbrot.«

Tante Gertrud ist ganz schön ruppig, wenn sie mit uns allein ist. Mutti sagt, das liegt daran, dass Tante Gertrud Rotkreuzschwester ist und im Krieg nicht zimperlich sein durfte mit all den Männern, die verwundet waren.

Ich habe Bauchweh. Aber ich sage nichts. Ich helfe Dorothea beim Ausziehen und lege all ihre Sachen ordentlich auf den Stuhl, damit Tante Gertrud nicht schimpft.

Vati hat die Wiege schon letzte Woche vom Boden geholt. Sie steht im Schlafzimmer. Mutti hat den schönen Stoff gewaschen und gebügelt. Er heißt Himmel. Der Himmel gibt dem Baby Schutz und Ruhe. Alles ist vorbereitet, und vielleicht ist das Baby schon auf der Welt, und wir wissen es nur noch nicht. Mein Bauch tut weh. Wenn das Baby zu groß ist für die Wiege, wenn es ein eigenes Bett braucht, bekommt es mein Bett oder das von Matthias. Wir bekommen neue Betten und ein eigenes Zimmer, ich das Turmzimmer, Matthias das daneben. Dann kann keine von den Kleinen mehr an unsere Sachen gehen und sie kaputtmachen, und wenn wir ins Bett sollen, müssen wir die Treppe rauf. Ich habe Bauchweh.

Vati ist wieder da. Vielleicht spielt er nach dem Abendbrot mit uns Mensch ärgere dich nicht.

»Nein«, sagt er, »ihr geht jetzt ins Bett.« Er sieht komisch aus und macht alles anders als sonst. Er zieht sich nicht um. Er reißt an seiner Krawatte und knöpft den Kragen auf. Er krempelt sich die Ärmel hoch. Beim Luftholen stöhnt er fast wie immer, nur etwas lauter. Dauernd guckt er zur Uhr.

Ich habe Matthias das Küsschen von Mutti gegeben, und nun bringt Großmutti uns ins Bett.

»Müsst ihr noch beten?«, fragt sie.

Wir knien uns hin. Matthias betet vor. Zum Glück sagt er nichts von dem toten Brüderchen. »Vielen Dank für die schönen Sterne und den Planeten Erde«, betet er. Großmutti nickt. Sie lächelt ernst und ganz lieb. Sie ist dem lieben Gott auch dankbar, nur der Kirche nicht.

An den Seiten des Rollos kommt Licht ins Zimmer. Draußen ist es noch hell. Es ist heiß; ich strampel die Decke weg, und weil Matthias das Wichtigste vergessen hat, bete ich leise: »Lieber Gott, lass Mutti am Leben und das Baby auch. Mach, dass es nicht so lange dauert, bis sie wieder bei uns ist, und dass wir uns dann alle zusammen freuen.«

Ich kann nicht schlafen. Mein Bauch tut weh. Ich stehe auf und lausche. Großmutti spielt mit Vati Halma. »Ein Conjäckchen ist auch ein Jäckchen«, sagt sie. »Zum Wohle!«

»Wohlsein«, sagt Vati, und mir ist gar nicht wohl.

Im Schlafzimmer steht Dorothea vor Muttis Bett. »Du kannst mit mir kuscheln«, flüstere ich und nehme ihre Hand.

Ihre Haare riechen nach Sonne. Ihr Kopf liegt auf meiner Brust. Sie schläft ein. Ihr Kopf ist schwer, und mein Bauch tut nicht mehr weh.

Es ist Morgen. Dorotheas Füße liegen neben meinem Ohr. Vati schnarcht. Alle schlafen noch. Ich freue mich, weil die Sonne scheint, weil Sommer ist, weil die Sommerferien angefangen haben und wir jeden Tag im Garten spielen. Mutti ist im Krankenhaus. Dass mir das nicht als Erstes eingefallen ist. Am liebsten würde ich wieder einschlafen, damit ich nicht daran denken muss, aber ich bin ganz wach und gucke die kleinen Füße von Dorothea an. Sie sind fast sauber, weil sie nicht so gern barfuß läuft wie ich. Meine Füße sind ziemlich schwarz und zwischen den Zehen ist Dreck, den ich rauspulen und beschnüffeln kann. Ich rolle den Dreck zu winzigkleinen schwarzen Würsten und schmeiße sie auf den Fußboden.

Das Telefon klingelt. Ausnahmsweise ist Vati sofort wach. Er springt aus dem Bett und holt mich auf der Treppe ein. »Ich geh ran!«, sagt er, nimmt den Hörer ab und meldet sich.

Beim Zuhören dreht er sich um und guckt aus dem Fenster.

»Ja«, sagt er, und ich kann sein Gesicht nicht sehen. Er hört weiter zu.

»Gott sei Dank!«, sagt er, und gleich noch mal: »Gott sei Dank!«

Er hat vergessen, seine Hausschuhe anzuziehen. »Vielen Dank, Schwester«, sagt Vati. »Auf Wiederhören.« Er legt den Hörer auf die Gabel, dann schlägt er die Hände vors Gesicht, als ob er gerade zur Kommunion gegangen wäre. Ich warte. Sein Pyjama hat blaue Streifen, schmale und breite. Seine Haare sind verwuschelt. Er pustet durch seine Hände, als ob er einen Dauerlauf gemacht hätte.

Endlich dreht er sich um. »Mutti geht es gut«, sagt er. »Es ist ein Mädchen, ein gesundes Mädchen.« Er nimmt mich auf den Arm und drückt mich an sich. Gleich kriege ich keine Luft mehr. Er dreht sich mit mir im Kreis, und ich umarme seinen Hals.

Beim Frühstück fragt Elisabeth: »Wie heißt das Baby?«

»Franziska«, antwortet Vati.

»Wie ich«, sagt Großmutti zufrieden.

***

Das Kind bewegte sich nicht mehr. Das Kind ist in der Mutter gestorben, eine Woche bevor sie alle Hoffnung verlor und es dennoch aus sich herauspressen musste. Das Brüderchen sollte Ulrich heißen. Wenn es gelebt hätte, wäre es schwer behindert gewesen. Das tote Kind war das fünfte Kind. Nur die Mutter hatte neun Monate mit diesem Kind gelebt. Nachdem sie es geboren hatte, hat man es ihr nicht gezeigt, sondern gleich weggebracht, ohne zu sagen, wohin. »Es ist schon in Verwesung übergegangen«, sagte die Hebamme. Das tote Brüderchen war in der Mutter reif geworden, aber in ihr gestorben. Es wurde geboren, ohne das Licht der Welt zu erblicken. Dass es nicht getauft werden konnte, war das Schlimmste. Deshalb ist die Mutter nicht nur traurig, sondern verzweifelt.

»Wenn doch nur das Kind leben würde und ich tot wäre«, sagte die Mutter. Niemand verstand sie. Ich verstand, sie hätte uns gern für immer verlassen, wenn sie dadurch das Kind hätte retten können. Von da an war alle Sicherheit fragwürdig.

Sie weinte und weinte. Sie war untröstlich. Der Vater war froh, dass es so gekommen war und nicht anders. Sie entsetzte sich über die Lieblosigkeit des Mannes dem toten Kind gegenüber. »Das Kind ist doch das Allerwichtigste«, sagte sie und wurde böse, wenn er sagte: »Die Hauptsache ist, dass du lebst.«

Die Mutter wollte Leben schenken und hatte Tod geboren. »Etwas Schlimmeres kann einer Mutter nicht passieren«, sagte sie und brachte uns bei, dass die Mutter ein Gefäß, eine Hülle ist für das kostbarste Gottesgeschenk. Die Hülle kann kaputtgehen, aber das Geschenk muss unbedingt heil bleiben. Sonst geschieht ein nicht wieder gutzumachendes Unheil. Das Leben des ungeborenen Kindes hat immer Vorrang vor dem der Mutter, erklärte sie uns. Das ist für eine Mutter selbstverständlich. Aber es ist auch ein Gottesgebot. Deshalb ließ sie sich durch die halbe Stadt fahren, um im katholischen Krankenhaus zu entbinden, dort, wo die Ärzte sofort verstanden, wenn sie sie daran erinnerte, das Leben des Babys retten zu müssen, sollten sie vor der Frage stehen, ob die Mutter oder das Kind überleben dürfe.

Jeden Abend beteten wir für das tote Brüderchen. So wurde auch dieses Kind der Mutter nicht vergessen. So vergaßen wir nicht, dass wir die Mutter beinahe verloren hätten.

»Wenn es wenigstens ein Junge würde«, hatte die Großmutter gesagt, nachdem sie lange gescholten hatte über die fünfte Schwangerschaft, über Unvernunft und Verantwortungslosigkeit. Da wünschte sich die Mutter einen Sohn, um ihre Mutter zu versöhnen.

»Vielleicht wollte Gott mir zeigen, was folgt, wenn ich die Demut außer Acht lasse«, sagte sie später. Nie wieder hat sie sich einen Sohn gewünscht, stattdessen dankte sie Gott aus vollem Herzen für jede der vier gesunden Töchter, die sie nach dem toten Sohn erwartete und gebar, obwohl der Arzt gesagt hatte, vier Kinder seien mehr als genug, mehr dürften es nicht werden.

Körperliche Liebe und Kinderzeugen waren eins. Nicht das leiseste Aufbegehren musste sie unterdrücken gegen das Gebot ihrer Kirche, entweder auf das eine zu verzichten oder das andere zu begrüßen.

Die Großmutter hatte schon beim dritten Kind gescholten, beim vierten erst recht. Beim fünften war sie außer sich geraten. Die Mutter hatte sich besondere Mühe gegeben, die Großmutter gnädig zu stimmen. Für sie war sie ins Tierheim gefahren den weiten Weg mit der S-Bahn, dann ein ganzes Stück zu Fuß gegangen, um den herrenlosen Hund hinzubringen, den die Großmutter aufgegabelt hatte. Der Hund war krank gewesen. Bei ihm hatte sie sich mit Toxoplasmose infiziert.

»Wenn es doch wenigstens ein paar Stunden gelebt hätte, wenn ich es doch wenigstens hätte taufen können«, sagte die Mutter. Die schmerzensreiche Mutter. Maria ohne Kind. Wir knieten vor dem Marienaltar im Seitenschiff der Kirche. Ich durfte eine Kerze anzünden für das tote Brüderchen. Wir beteten: *Gegrüßet seist du Maria, voll der Gnade, der Herr ist mit dir.* Maria war aus hellem Holz, ihr Schleier war aus Holz. Das Jesuskind auf ihrem Schoß auch. Sie lächelte. Meine Mutter ist nicht aus Holz. Sie weint und hat es zum ersten Mal schwer mit Gott, weil das Kind tot ist und sie am Leben geblieben. *Maria zu lieben ist allzeit mein Sinn; in Freuden und Leiden ihr Diener ich bin.* Vor Maria mit dem Kind steht ein Fliederstrauß.

Um ein Haar wäre die Mutter dem toten Brüderchen nachgestorben. Der Tod hatte das Kind giftig gemacht, die Mutter vergiftet. Durch die Nabelschnur war sie mit dem Tod verbunden. Ihr Leben hing am seidenen Faden. Ich war fünf Jahre alt und lernte, wenn Mutter und Kind nicht zusammen leben können, dann will die Mutter sterben. Ich wusste, wenn meine Mutter stirbt, will ich auch in den Himmel. *Mein Herz, o Maria, brennt ewig zu dir in Liebe und Freude, o himmlische Zier!* Meine große Angst war, dass ich nicht mit ihr zusammen begraben werden würde. Ich sagte ihr, dass ich unbedingt mit ihr in einem Sarg liegen wolle, damit ich immer mit ihr kuscheln könne. Sie war gerührt. Sie sagte nicht, dass wir am Leben bleiben, aber sie nahm mich in die Arme und lächelte wie Maria, bevor sie gleich wieder weinte.

Sie ließ mich das fühlen, was sie selbst so gut kannte. Ihre Mutter war oft krank, oft unglücklich gewesen. Auch sie hatte schon als kleines Kind gefürchtet, die Mutter zu verlieren. Sie ließ mich, ohne es zu wollen, erben, worunter sie selbst gelitten hatte.

Nach Kriegsende drohte ihre Mutter, sich das Leben zu nehmen, sagte, nun habe nichts mehr einen Sinn, das Weiterleben sei unmöglich. Sie wollte tot sein, aber nicht allein. Mutter und Kinder gehören zusammen, im Leben und im Sterben. Auf dem Friedhof wollte sie ihre Töchter erschießen und sich selbst. Meine Mutter war einverstanden, aber ihre Bemühungen sprachen vom Gegenteil. Sie ließ ihre Mutter möglichst selten allein, bewachte sie, um zu verhindern, dass sie sich umbrachte. Ihre Schwester Henny wollte leben, unbedingt und mit Freuden. »Eines war klar«, sagt Henny, »als meine Mutter mir nach dem Leben trachtete, hatte sie jedes Recht an mir verloren. Ich war frei.«

Der Flieder ist lila und weiß. Er duftet mehr als die Kerzen. Es ist Mai. Es ist der Marienmonat. *Du bist gebenedeit unter den Weibern, und gebenedeit ist die Frucht deines Leibes.*

Die Frucht war im Leib meiner Mutter verdorben und sie vollkommen allein mit ihrer Trauer. Alle redeten, als sei das Glück größer als das Unglück. »Hauptsache, du lebst!«

Der Arzt benimmt sich wie ein Schlachter. Der Mann will kein Witwer sein. Die Kinder warten darauf, dass die Mutter leben möchte, um bei ihnen zu sein und sie wachsen zu sehen. Der Priester lässt sich verleugnen, als sie an seiner Tür klingelt. Ihm gilt ihre letzte Hoffnung, einer möge sie verstehen, sie trösten und beruhigen mit Worten, die sonst keiner kennt. Sie sieht ihn am Fenster hinter der Gardine. Die Haushälterin öffnet und sagt: »Pastor Nieblich ist nicht im Hause.«

Sie weiß, dass er eine andere Frau, die kurz vor ihr ein Kind am Ende der Schwangerschaft verloren hatte, sogar besucht hat. Diese Frau ist reich. Die Mutter möchte Pastor Nieblich sprechen, doch er lässt sich verleugnen, lässt sie von seiner Schwelle weisen. Sie ist völlig verloren. Nicht mal der Seelsorger sorgt sich um ihre Seele. Diesen Verrat vergisst sie ihm nie. Sie sagt kein Wort darüber, wenn sie mit ihm spricht, wenn sie im Beichtstuhl kniet. Sie riecht, dass er Leberwurst gegessen hat. Er ist ein Mensch aus Fleisch und Blut, der futtert und sündigt, aber er bleibt der distanzierte, vornehme Stellvertreter Gottes, der nie persönlich wird. Ihr Vorwurf bleibt bei ihr. Ein Trumpf, der sie sticht, gnadenlos, stumm.

Wie es war im Anfang, so auch jetzt und allezeit und in Ewigkeit.

Nachts sucht die Mutter im Traum ihr totes Kind. Ihre lebendigen Kinder kriechen zu ihr ins Bett. Dann wacht sie auf und weint in deren Schlafwärme. Sie legt das kleinste Kind auf ihren Bauch, damit alle Platz haben und niemand den Vater stört. Dann träumt sie etwas anderes.

***

Maria, breit den Mantel aus, mach Schirm und Schild für uns daraus. Wir sind die Ersten, die zur Marienandacht gekommen sind. Schwester Ursula zündet die Kerzen auf dem Altar an. Sie nickt uns zu.

Wir setzen uns in die erste Reihe. Herr Paulsen steigt die Wendeltreppe zur Orgel rauf. Jetzt sind wir nicht mehr allein. Andere Frauen sind gekommen, ein alter Mann, einige Kinder. Pastor Nieblich trägt kein Messgewand, sondern ein weißes Spitzenkleid über der schwarzen Soutane. Er beginnt als Erster zu singen: *Wunderschön prächtige, hohe und mächtige, liebreich holdselige, himmlische Frau, welcher ich ewiglich kindlich verbinde mich, ja mich mit Leib und mit Seele vertrau! Gut, Blut und Leben will ich dir geben.* Mutti wischt sich mit einem Taschentuch die Tränen ab und steckt es in ihren Ärmel. Sie singt. Ich singe. Wir singen. *Alles, was immer ich hab, was ich bin, geb ich mit Freuden, Maria, dir hin.*

Die Mutter ist das Kind. Das Kind ist die Mutter. Sie gehören zusammen. Geht die Mutter zur Kirche, geht das Kind mit. Geht sie zu Gott, will das Kind sie begleiten. Ohne sie kann ich nicht sein. *Maria zu lieben ist allzeit mein Sinn.*

***

Manchmal denke ich, all die Toten hat sie noch einmal beweint mit den Tränen um ihren zweiten Sohn: Ihre Großmutter, ihren Bruder, ihren Vater, ihren Verlobten, den Verlobten der Schwester, den Vater ihres Verlobten. Sechs Tote waren es gewesen allein in der engsten Familie von 1940 bis 1945. Die tote Großmutter anzusehen, die alt und krank gewesen war, wurde ihr verboten. Als der Bruder nach einem Verkehrsunfall starb, durfte sie zur Beerdigung nicht vom Bodensee nach Hause kommen. Die anderen Männer wurden als Soldaten in der Fremde begraben.

Nach dem toten Kind starb siebzehn Jahre lang niemand in der Familie, und alle, die ihm folgten, waren alt. *Im Angesicht des Todes.* Alle, die dem toten Kind folgten, wurden angeschaut in ihren Särgen. Alle bekamen einen Platz im Familiengrab. Dort liegen sie; ihre Grabsteine lügen nicht.

Ich merkte mir, dass eine Mutter ums Leben kommen kann mit jedem Kind. Ich merkte mir, dass Männer entweder tot sind oder dass man sich Sorgen um sie machen muss, weil die Gefahr groß ist, dass sie bald sterben, als Soldaten oder auf der Straße. Die Mutter stand oft am Fenster und wartete und hoffte, dass dem Vater nichts passiert sei mit dem Auto. Sie machte sich Sorgen um Matthias, weil er so klein und zart und blutarm war.

Männer waren die Herren der Welt und natürlich des Himmels, aber sie waren klein oder gefährdet. Sie waren weit fort oder tot. Wirklich stark war nur Tante Irene.

Als Franziska geboren worden war, herrschte die helle Freude. Sie war das schönste Baby von allen, und jeder sah, sie würde das schönste Kind der Familie werden, mit Locken und Grübchen. Als der Vater sie zehn Tage später ins Haus trug, war es ein Triumph, ein Triumph über den Tod, über die Angst, all die Angst. Das Kind in der Wiege wurde umringt und bewundert. Jede seiner Regungen wurde gefeiert und besprochen. Wenn sich der winzige Mund verzog, sahen wir das erste Lächeln. Wenn das Kind schlief, wollten wir es wachgucken, damit es uns ansah. »Was für ein goldiger Fratz!«, sagte die Großmutter.

Wir durften die kleine Schwester im Arm halten. Wir sahen zu, wenn sie gewickelt wurde. Wir kämmten ihr blondes Haar mit der weichen Babybürste. Wir durften Puder auf den spitzen Po und die Spalte zwischen den krummen Beinchen streuen. Wir ertasteten die Fontanelle und streichelten das Seidenhaar. Wir waren entzückt, wenn das Baby seine winzigen Finger um unsere großen Finger schloss, und waren verblüfft, wie viel Kraft es hatte. Wir bewunderten die Füße mit den schrumpeligen Sohlen, die winzigen Zehen mit den noch viel winzigeren Zehennägeln. Wir sahen die Mutter glücklich und waren es selbst. Beim Abendgebet dankten wir dem lieben Gott für unser lebendes Schwesterchen und bestellten Grüße an unser totes Brüderchen.

Der Sommer war heiß, und wir waren wieder eine heile Familie, in der alle erwarteten Kinder zwar lange unterwegs, aber doch endlich angekommen waren. Die Mutter konnte böse werden und mit uns schimpfen und schreien. Sie konnte nervös sein oder abgespannt. Das war nicht so schlimm, denn nun wollte sie wieder bei uns bleiben. *Siehe, ich bin bei euch alle Tage.* Sie saß mit ihren Kindern um den Tisch im Garten, beschattet vom Kastanienbaum, stillte Franziska und erzählte uns Geschichten, während unsere mit Zucker bestreuten Zwiebackbröckchen in der Buttermilch weich wurden und versanken.

An einem Tag weinte sie aber doch lange. Sie weinte vor Glück. Da hatte sie vom Kinderarzt gehört, dass viele Frauen, die während ihrer Schwangerschaft Contergan genommen hatten, Babys mit verkrüppelten Armen und Beinen zur Welt gebracht hatten. Sie küsste Franziskas Hände und Füße und erzählte uns, dass sie dieses Medikament auch bekommen hatte, weil sie am Anfang der Schwangerschaft so schlecht hatte einschlafen können, dass sie es aber nicht geschluckt hatte, weil sie dachte, man könne ja nie wissen, ob die Medizin, die gut für die Mutter ist, nicht schlecht sei für das Kind.

Wir wussten, wie viel Angst sie gehabt hatte, dass ihr neues Baby krank sein könne durch Nachwirkungen der Toxoplasmose, durch ihre Vergiftung. Sie erzählte uns nicht, dass sie sofort, als sie wieder schwanger geworden war, nicht mehr im Traum nach dem toten Kind suchte. Sie dankte Gott dafür, dass er ihr geholfen hatte, alles richtig zu machen mit Franziska, und sang mit uns *Großer Gott, wir loben dich.*

Das kleine Mädchen, das der Mutter in die Todessehnsucht folgt, bringt mich um den Schlaf. Um mich zu beruhigen, setze ich mich im dunklen Zimmer ans Fenster und schaue in die fahle Vollmondnacht.

Ich habe immer gedacht, die katholische Kirche habe meine trostlose Mutter nach dem Krieg aufgehoben und im Leben gehalten. Jetzt liegt mir die Frage näher, wie besinnungslos hat die Kirche sie gemacht mit der Pflicht zur Demut, mit Enthaltsamkeit, Gebärzwang und Marienkult, mit der Geringschätzung bereits geborenen Lebens?

Wenn ich an meine Mutter denke, die ihr totes Kind beweinte, dann bin ich erschüttert über ihre Einsamkeit. Obwohl so viele um sie waren, gab es niemanden, der sie hätte verstehen wollen, verstehen können. Es gab nicht einen einfühlsamen Menschen, der mit ihr sprach, der sie hielt, der ihren Schmerz anerkannte. *Aber sprich nur ein Wort.* Ihre Kirche stützte sie nicht, sondern machte ihr Unglück ausweglos, indem sie das ungetaufte Baby kategorisch aus der ewigen Seligkeit ausschloss. Es war verloren für immer, und nach einer Weile verlangte meine Mutter von sich, das zu akzeptieren als Gottes Wille. Dass nicht Gott, sondern Menschen sie tragen könnten im Unglück, dieser Wunsch war so gründlich enttäuscht worden, dass sie ihn längst aufgegeben hatte als egoistisch, als maßlos. Gott war der Einzige. Er sollte helfen auch gegen den Kummer, den Schmerz des Unverstandenseins durch die anderen. Gott und die Kinder. Die Kinder, die Gott ihr geschenkt hatte, die immer um sie waren, mit denen sie betete, denen sie sich erklärte und die erfühlten, worüber nicht zu sprechen war.

Nur die Sorge, meine Nachbarn zu erschrecken, hält mich davon ab, laut zu schreien. Ich möchte Holz hacken oder ein Beet umgraben. Das geht nicht in der Nacht.

Um mich zu beruhigen, krame ich in alten Fotos. Hier ist es: das knapp einjährige Kind, in dem ich mich auch erkenne. Wie ein Gladiator steht es aufrecht in dem weiß lackierten Korbwagen. Es schaut tatendurstig und grimmig in Fahrtrichtung, Spuckebläschen vor den Lippen. Alle, die ein liebreizendes Mädchen zu sehen hofften, wurden enttäuscht. Meine Mutter sagt, ich sei sehr unfreundlich zu Fremden gewesen, und sie habe bedauernde Blicke geerntet. Sie sagt es mit Vergnügen. Offensichtlich fand sie schon damals

Gefallen an meinem Eigensinn, den sie ungewollt torpedierte und gewollt stärkte. Die Gladiatorin weiß noch nichts von Jesus und Maria, wird noch nicht von hilflosen Erwachsenen verwiesen an einen unerreichbaren Gott.

Ich bin davongekommen, aber meine Mutter habe ich lange frei gehalten von Vorwürfen. Ihre Unterwerfung unter eine vermeintlich höhere Moral machte sie unangreifbar. Sie war ja nicht selbstsüchtig. Sie wollte ja nichts für sich. So sah es lange aus. Vor allem aber kannte ich ihren Kummer, als sei er mein eigener. Ihre Schwäche provozierte meine Stärke, Stärke, mit der ich sie schützen wollte, um nicht mit ihr unterzugehen. Diese Stärke stand lange auf tönernen Füßen, denn sie durfte von Schwäche nichts mehr wissen. In Hingabe, in Nachgiebigkeit lauerte Gefahr. Nur die Liebe zu einem Mann bot ein Schlupfloch. Wenn sie enttäuscht wurde, stand ich auf und ging fort, stark noch in der Schwäche, die niemand sehen sollte. Wer viel Kraft braucht, um sich abzustoßen, läuft Gefahr, keine sanften Bewegungen mehr hinzukriegen.

Als Teenager spürte ich, dass meine Mutter vor eigener Verantwortung floh in Duldsamkeit und unter Kirchengebote, die die Mutter auf einen Sockel stellten und entschuldigten in der Welt. Aussprechen konnte ich es lange nicht. Wenigstens machte ich sie ein paar Jahre später wütend: Mein flammendes Plädoyer für eine Fristenlösung, für das Recht, nicht auf Gedeih und Verderb gebären zu müssen, führte einige Male zu erregten und unversöhnlichen Auseinandersetzungen. »Mord bleibt Mord«, schrie sie. Ihrem Postulat der Unterwerfung das der Selbstbestimmung entgegenzusetzen, half mir, auch wenn ich wusste, dass ich selbst es nicht in letzter Konsequenz nutzen würde. Wäre ich trotz akribischer Verhütung schwanger geworden, hätte ich nicht abgetrieben.

Mir ist elend und kalt. Ich habe nicht damit gerechnet, mich so zu treffen beim Schreiben.

15

»Vati kommt, Vati kommt!«, rufe ich. Ich habe so sehr auf ihn gewartet. Mutti hat auf ihn gewartet. Matthias auch. Wir alle haben auf ihn gewartet und dabei alles vorbereitet für den Sonntag.

Als wir mit dem Frühstück fertig waren, hat Mutti gesagt: »Ich brauch noch Geld, mein Schatz.« Vati hat die Brieftasche aus seinem Jackett gezogen, hat sie aufgeklappt und hat Mutti zwanzig Mark gegeben. »Das reicht heute nicht«, hat Mutti gesagt und den Schein angeguckt. Vati hat das Gesicht verzogen und ihr noch zehn Mark gegeben. »Vielen Dank, mein Schatz«, hat Mutti gesagt. Vati gibt Mutti nie alle Scheine. Die meisten behält er in seiner Brieftasche und nimmt sie wieder mit, obwohl er nicht einkaufen muss.

Dann ist Vati ins Geschäft gefahren und wir sind zum Markt gegangen und haben schönes Essen gekauft. Danach haben wir aufgeräumt und sauber gemacht.

Ich winke, Vati fährt die Auffahrt rauf, und ich mache die Gartenpforte hinter ihm zu. Vati steigt aus dem Auto und schließt die Tür ab. Ich renne zu ihm und gebe ihm ein Küsschen. Er holt seine Aktentasche aus dem Kofferraum und einen Blumenstrauß.

Ich laufe die Treppe rauf und sage allen Bescheid: »Vati ist da!« Mutti sitzt am Esszimmertisch und stillt Franziska, dabei liest sie Elisabeth und Dorothea »Die Häschenschule« vor.

Vati gibt Mutti einen Kuss auf den Mund. Dorothea und Elisabeth geben Vati ein Küsschen auf die Wange.

Vati geht ins Schlafzimmer. »Kann denn wirklich niemand den Papierkorb leer machen? Muss ich das jeden Tag wieder sagen?«, schimpft er und knallt die Schlafzimmertür zu.

Ich schnappe mir den Papierkorb, laufe die Treppe runter und kippe ihn im Ascheimer aus. Immer sieht er zuerst in den Papierkorb und dann, ob noch Schuhe von uns irgendwo rumstehen. Wie schön wir Staub gesaugt, wie gründlich wir um die Teppiche herum gebohnert haben, wie gut die Fransen gekämmt sind, das sieht er nicht.

Mutti knöpft sich die Bluse zu. Vati kommt aus dem Schlafzimmer zurück. Er hat sich umgezogen und die Blumen ausgewickelt. »Für dich, mein Spatz«, sagt er, legt die Blumen auf den Tisch und setzt sich so, dass man sieht, er will gleich wieder aufstehen.

»Ich bin vollkommen erschossen«, sagt er.

»Dann leg dich doch ein bisschen hin«, sagt Mutti.

»Ja, das muss ich wohl«, sagt Vati, kitzelt Franziska mit dem Zeigefinger am Kinn und steht wieder auf.

Wir laufen die Treppe runter in den Garten. Ich habe keine Lust, mit den anderen zu spielen, weil ich mich so darauf gefreut hatte, mit Vati zu spielen. Mutti schiebt den Kinderwagen mit Franziska neben die Sandkiste.

Ich sitze auf meinem Kletterbaum und sehe mir die Äpfel an. Sie sind noch klein und ungenießbar. Die Vorfreude ist die größte Freude. Das stimmt nicht. Die Vorfreude ist aber oft die längste Freude. *Geh aus, mein Herz, und suche Freud in dieser schönen Sommerszeit in deines Gottes Garten.* Beim Singen denke ich an den Geschmack der Äpfel und habe plötzlich so viel Spucke im Mund, als hätte ich wirklich in einen reingebissen. Dorothea steht unterm Baum. Sie streckt mir beide Arme entgegen und sagt: »Thea auch.«

All die Spucke will plötzlich raus aus meinem Mund und genau dorthin, wo Dorothea steht. Ich muss mich wie verrückt zusammennehmen, muss runterschlucken, runterschlucken. Das war knapp, aber ich habe es geschafft. Jemanden anzuspucken, vor ihm auszuspucken gehört zu den gemeinsten Gemeinheiten.

»Du bist noch zu klein«, rufe ich. Aber sie bleibt einfach stehen mit ihren erhobenen Armen, und ihre Augen sind ganz groß vom Wünschen. Ich klettere zu ihr runter. »Wollen wir mal gucken, ob Vati ausgeschlafen hat?« Sie nickt.

Mutti pellt Kartoffeln. »Dürfen wir Vati wecken?«, frage ich. Mutti schaut auf ihre kleine goldene Armbanduhr. »Ja«, sagt sie.

Ich mache vorsichtig die Wohnzimmertür auf. Dann gebe ich Vati ein Küsschen. Er macht die Augen auf und sagt erstaunt: »Na?«

Thea klettert auf das Sofa, klettert auf Vati und sagt: »Ei, ei.« Sie streichelt ihn, und er kitzelt sie. Thea lacht und prustet und kichert, und zwischendurch schreit sie: »Nein, nein, nein.«

Dann sagt Vati: »So. Nun ist Schluss!« Er steht auf. »Jetzt waschen wir das Auto«, sagt er.

Wir Großen dürfen helfen. Zuerst spritzt Vati das Auto mit dem Gartenschlauch nass, dann seifen wir es mit Schwämmen und Schaum gründlich ein.

»Gründlich, habe ich gesagt«, sagt Vati und zeigt eine Stelle an meiner Tür ohne Schaum. Am gründlichsten müssen wir vorn sein, am Kühler und am Nummernschild. Vati macht das Dach und all die anderen Stellen, an die wir nicht kommen.

Der Schaum wird gründlich abgespritzt, und dann ledern wir ab. Das macht keinen Spaß. »Polieren müssen wir heute nicht«, sagt Vati. Das ist gut, denn das dauert sehr lange.

»Komm mal her, mein Freundchen«, sagt Vati und winkt Matthias mit dem Zeigefinger zu sich, so wie die Hexe Hänsel und Gretel lockt. »Das soll trocken sein?« Matthias war nicht gründlich genug.

»Thea auch!«, sagt Dorothea, und Vati sagt: »Wusel hier nicht rum.«

Ich ziehe den Schlauch um die Ecke und an der Küche vorbei. Das ist schwer. Vati spült den Eimer und wringt die Lederlappen aus. Er ist sehr ordentlich und ärgert sich dauernd über unsere Unordnung. Die Tanten sind auch sehr ordentlich, aber obwohl sie fast immer da sind, ärgern sie sich weniger über uns.

Vati geht noch mal ums Auto, guckt sich alles genau an. Er sieht zufrieden aus.

»Dürfen wir spritzen?«, frage ich.

»Es ist doch gar nicht mehr so warm«, sagt er.

Matthias und ich rufen: »Doch!«, und Thea sagt auch: »Doch!«

Elisabeth will nicht nass gespritzt werden. Das ist nicht gut für ihre Haut und tut ihr weh.

Vati sagt nichts und stellt den Eimer an die Hintertreppe. Vielleicht geht er jetzt einfach rein, vielleicht dürfen wir spritzen. Bei ihm weiß man nicht so schnell, woran man ist. Er nimmt den Eimer und geht ins Haus.

»Iiiiihhh«, schreit Thea. Vati hat uns angeschmiert. Er ist vorn wieder rausgegangen und hat sich angeschlichen mit dem Schlauch. In Windeseile ziehen wir unsere Sachen aus. Wir schreien wie am Spieß und rennen vor ihm weg auf den Rasen. Das Wasser ist schön kalt. »Angeschmiert, mit Butter lackiert«, rufen wir.

»Na wartet«, sagt Vati, und wir kreischen noch lauter.

Beim Abendbrot fragt Vati: »Und morgen?«

»An die Ostsee! Bitte, Vati, bitte, bitte!«

»Wenn es nicht regnet«, sagt Vati. Und Mutti sagt: »Ihr dürft jetzt aufstehen und eure Sachen zusammenpacken. Es soll morgen genauso schönes Wetter werden wie heute.«

»Aber keinen Prüll«, sagt Vati. Prüll ist alles, was man mitnimmt, obwohl man es nicht dringend braucht. Prüll ist auch, was wir rumliegen lassen.

Wir flitzen los und suchen unser Badezeug und holen Handtücher aus dem Schrank und legen alles auf Muttis Bett.

Vor Aufregung kann ich nicht einschlafen. Wenn ich einschlafen könnte, wäre schneller morgen. Ganz leise, damit ich die anderen nicht störe, erzähle ich Renate, wie die Ostsee aussieht und wie es sich anfühlt, wenn man eine Qualle berührt. Ich werde Renate zu Hause lassen, dann kann ich mich besser um Thea kümmern, und außerdem spiele ich gar nicht so gern mit meiner Puppe, ich erzähle ihr nur viel.

Plötzlich ist Morgen. Ich höre sofort, dass schönes Wetter ist. Es regnet nicht, und hinter dem Rollo scheint die Sonne.

Matthias ist auch schon aufgewacht. Wir schleichen auf Zehenspitzen in den Flur, machen die Schlafzimmertür zu und spielen vorsichtig mit der Holzeisenbahn. Wir sind wirklich leise, weil wir Angst haben, Vati wacht auf und wird böse und will nicht mit uns an die Ostsee fahren, weil er nicht ausgeschlafen ist. Nun ist auch das Baby aufgewacht und schreit.

»Kann man denn nicht mal am Sonntag seine Ruhe haben«, schimpft Vati. Und Mutti sagt: »Du musst sowieso aufstehen, mein Schatz.«

Alles dauert schrecklich lange. Ich mache mein Bett und setze Renate aufs Kopfkissen. Matthias kann seine Strümpfe nicht finden. Das Baby trödelt beim Trinken, deshalb kann Mutti uns nicht helfen. Ich ziehe Dorothea an. Am längsten braucht Vati. Ich bin froh, dass ich eine Frau werde und mich nicht rasieren muss. So was Umständliches jeden Morgen.

Wir sind fertig, endlich. »Geht schon mal runter und sagt Bescheid«, ruft Mutti, die noch schnell die Eier abschreckt.

Wir klopfen unten. Großmutti und die Tanten sitzen am Frühstückstisch. »Guten Morgen«, sagen wir. »Guten Morgen, ihr Süßen«, sagt Großmutti. »Guten Morgen«, sagen Tante Irene und Tante Gertrud. »Wir gehen jetzt in die Kirche«, sagt Matthias. »Wir werden das Kind schon schaukeln«, sagt Großmutti.

Wenn wir alle zusammen weggehen, lässt Mutti oben die Tür offen, damit man unten hört, wenn Franziska weint.

Ich mache die Gartenpforte auf. Wir warten und warten und warten. Dann kommt Mutti. Sie hat einen Milchfleck auf der Bluse, aber ich sage nichts, sonst kommen wir nie los. Dann kommt Vati. Er duftet gut und hat noch nasse Haare. Sein Scheitel ist gerade. Matthias‘ Scheitel sitzt auch.

»Deine Bluse ist nass«, sagt Vati, und Mutti guckt an sich runter und rennt zurück. »Steigt ein«, sagt Vati.

»Sing mal 'n bisschen zu«, flüstere ich so leise, dass nur Matthias es hören kann, aber Pastor Nieblich denkt gar nicht daran, sich zu beeilen.

»Oremus«, sagt er, und ich denke an Kartoffelsalat.

»Dominus vobiscum«, sagt er, und ich denke an Dominosteine, obwohl Sommer ist.

»Gehet hin in alle Welt«, sagt er, und ich sage aus Versehen »Ja« statt »Amen«. Matthias guckt mich an, und wir müssen uns ganz doll zusammennehmen, um nicht loszuprusten.

Beim Frühstück beeilen wir uns ausnahmsweise. Mutti isst gar nichts, sondern schmiert Käse- und Mettwurstbrote für unterwegs. Immer zwei Klappbrote wickelt sie in Butterbrotpapier, und um zwei Pakete macht sie ein Gummiband. »Gummibänder wieder mitbringen«, sagt sie. Sie bleibt zu Hause.

In der Küche füllt sie den Kartoffelsalat in Marmeladengläser und schraubt sie zu. Sie wickelt sieben Gabeln in eine Papierserviette. In eine andere Papierserviette schüttet sie ein bisschen Salz für die Eier und macht mit einem kleinen Gummiband ein Säckchen aus der Serviette.

Sie malt uns allen mit dem Daumen ein Kreuz auf die Stirn, nur Vati nicht. »Fahr schön vorsichtig mit der kostbaren Fracht«, sagt sie, und dann küssen und umarmen sie sich.

Uns kann aber sowieso nichts passieren, denn Pastor Nieblich hat das Auto gesegnet und mit Weihwasser besprengt. Deshalb stehen wir unter dem Schutz des heiligen Christopherus.

Wir sitzen alle hinten. Im Sprinkenhof steht Opi mit seinem Stock schon vor der Tür. Er steigt vorn ein. Er sitzt immer vorn. Omi sitzt hinten bei uns und nimmt Dorothea auf ihren Schoß.

Vati und Opi sprechen über Zoppot. Omi seufzt.

»Was ist Zoppot?«, fragt Matthias.

»In Zoppot sind wir in der Ostsee baden gegangen«, sagt Vati, »als wir noch in Danzig wohnten.«

»Ach, Jungchen«, sagt Omi und streicht ihm über den Kopf.

Wir singen »Muss i' denn, muss i' denn zum Städtele hinaus« und »Im Frühtau zu Berge« und »Hoch auf dem gelben Wagen«. Vati singt nicht mit, aber wir kennen die Lieder alle genau, schließlich singen wir sie zu Hause andauernd, vor allem beim Abtrocknen. Opi brummt, Omi summt.

Wenn Omi und Opi mit an die Ostsee kommen, dann haben wir einen Strandkorb, und es gibt Eis. Opi zieht seine Strickjacke aus, krempelt die Hosenbeine hoch und zieht Schuh und Strümpfe aus. In ein großes Taschentuch macht er an jeder Ecke einen Knoten und legt es sich auf den Kopf. Vor seine Brille klemmt er zwei dunkle Gläser, damit ihn die Sonne nicht blendet. Aus dem Strandkorb werden unten Fußstützen wie Schubladen gezogen. Opi setzt sich in den Strandkorb und legt die Beine hoch. Die gucke ich mir nicht an, aber ich weiß, sie sind blass, rosa und verwundet.

Manchmal will Matthias mich ärgern und erzählt mir beim Kuscheln, wie Opis Füße und Beine aussehen. Er weiß, dass ich dann in mein Bett gehe und er mir den Rücken nicht kraulen muss. Wenn ich die Eier in seinem Hodensäckchen befühle, kann er eins oder beide verschwinden lassen. Wenn er sagt: »Die sind mir im Krieg abgeschossen worden«, gehe ich nicht in mein Bett, weil ich weiß, dass er seine Eier gleich wieder ins Säckchen plumpsen lassen kann.

Omi setzt sich neben Opi in den Strandkorb, aber sie bleibt, wie sie ist, zieht nichts aus, nichts anderes an. So sitzen sie, bis wir wieder nach Hause müssen.

Bis Opi mit allem fertig ist, sind wir längst im Badezeug und rennen über den warmen Sand zum Wasser. Bis zu den Knöcheln dürfen wir allein rein.

Vati schaufelt einen Sandwall rund um den Strandkorb, nicht so hoch wie die anderen, nur ausreichend, damit er einen bequemen Platz für seinen Kopf hat beim Schlafen. Aber erst badet er mit uns. Er zeigt uns, wie man schwimmt. Mit den Armen machen wir alles richtig, aber die Beine und der Po sacken unter Wasser, und dann gluckern wir ab und husten und prusten, und er sagt: »Siehste, das kommt davon.«

Wir müssen zurück, dorthin, wo das Wasser ganz flach ist, und

Vati schwimmt raus. Er kann sehr gut und schnell schwimmen. Sein Kopf wird immer kleiner. Sein Kopf ist nur noch ein Punkt. Ich sehe den Punkt nicht mehr und habe Angst.

Matthias sagt: »Der kommt schon wieder.« Er hat Recht. Plötzlich ist Vati wieder da. Ich winke ihm. Er geht unter. Darauf falle ich aber nicht mehr rein. Er taucht. Ganz nah am Ufer zeigt er sich wieder, hat schon Grund unter den Füßen und schnäuzt ins Wasser. Dann hält er den Kopf schief und schüttelt das Wasser aus seinen Ohren, erst rechts, dann links.

»Mal sehen, wer als Erster am Strandkorb ist«, sagt er und rennt los. Er ist wie immer der Erste und kämmt sich die verstrubbelten Haare. Sein dunkelrotes Badelaken legt er ordentlich an den Sandwall, setzt sich drauf, zündet sich eine Zigarette an und sagt: »Trocknet euch ab.«

Wir essen Kartoffelsalat und Eier. Das ist gar nicht leicht. Man muss aufpassen, dass kein Sand ans Ei oder an die Gabel kommt.

»Komm her, Kindchen«, sagt Omi und hilft Dorothea.

Nach dem Essen legt Vati sich auf sein Badelaken und macht die Augen zu. Er möchte nicht, dass Elisabeth sich an ihn kuschelt, und sagt: »Nun lasst mich mal einen Moment in Ruhe!«

Matthias und ich schnappen uns die Schaufel und gehen ans Wasser. Es macht kleine Wellen und Geräusche. Wir graben einen breiten Kanal und sehen zu, wie die Wellen ihn füllen, überspülen und zusammensacken lassen. Matthias gräbt und buddelt mit den Händen. Das Meer nimmt kein Ende, nicht am Horizont und nicht hier, wo es eine Welle nach der anderen ans Land schickt. Das, was ich sehe, hat Gott auch gesehen, und deshalb steht in der Heiligen Schrift: *Und Gott sah, dass es gut war.*

»Ist es nicht schön, dass der liebe Gott die Welt für uns gemacht hat?«, frage ich.

»Kann man wohl sagen«, antwortet Matthias.

***

In der Welt zu sein und ihre Schönheit zu erkennen, ergriffen, ausgefüllt zu werden durch vollkommene Lebensfreude, die nicht außer sich gerät, gehört zu meinen tiefen Kindheitserfahrungen. Es sind Augenblicke absoluter Harmonie. Das Ich ist aufgehoben in der

Welt, und da es ruhig ist, kein Schmerz, keine Angst, kein Gedanke, kein Tun es ablenkt, ist es bereit und fähig zur intensivsten Wahrnehmung. Es sind göttliche Momente, die Dank erzwingen und aus sich selbst heraus auf eine übermenschliche Kraft deuten: Dieses Glück, ich selbst und die Welt müssen einen Ursprung haben.

Ich kann mich genau an solche Glücksmomente in früher Kindheit erinnern. Am Meer oder an einem See, bei Autofahrten durch die leicht gehügelte Landschaft im Westen Schleswig-Holsteins und direkt vor der Haustür, in unserem Garten. Das Gefühl, ganz bei sich zu sein und gleichzeitig in absolutem Einklang mit der Welt, lässt sich auf sehr unterschiedliche Weise verstehen. In meiner Kindheit waren es Momente, in denen Gott bei mir war und ich bei Gott. *Durch ihn und mit ihm und in ihm,* diese Worte aus der Liturgie passten gut. Es waren allerdings auch Momente, die keinerlei Erklärung bedurften, über die ich nicht nachdachte. Es waren Augenblicke, in denen die anderen Menschen anwesend waren, aber keine Rolle spielten. Sie waren weder Ziel von Sehnsucht noch Auslöser von Angst oder Freude. Sie waren einfach da, so wie das Meer oder ein Baum oder der Tau im Gras. Das Erhabene des Augenblicks setzt das Gefühl der Individualität, des Für-sich-Seins voraus, ein Für-sich-Sein ohne Einsamkeit. Wunschlos. In Gottesdiensten kam dieses Gefühl nicht vor. Dort war ich viel zu beschäftigt, und es fehlte die Natur.

Ich glaube, dass diese Momente nichts mit meiner religiösen Erziehung zu tun hatten, aber sie machten mir Gott selbstverständlich. Genau genommen war mir Gott nur in diesen Momenten selbstverständlich. Genau genommen war ich ein katholisch denkendes und handelndes Kind, das betete, beichtete, kommunizierte, sang und schwieg, aber wenn es für mich darauf ankam, verließ ich mich auf eher praktische Überlegungen. Drohendem Krieg begegnete ich mit vermeintlich ausgetüftelten Fluchtplänen, der Angst um meine Mutter mit Wachsamkeit und dem Bemühen, ihr, so gut ich konnte, zu helfen, der Sorge um die Seele meiner Großmutter mit dem Vorsatz, die erste Gelegenheit zu einer heimlichen Nottaufe zu nutzen.

Ich hatte gelernt, Gott habe uns als sein Ebenbild erschaffen, aber wie jedes Kind schuf ich Gott nach dem Ebenbild der Menschen, die mich umgaben. Gott hatte große Ähnlichkeit mit meiner

Mutter, liebte mich also bedingungslos, stellte Ver- und Gebote auf und musste um Vergebung gebeten werden, wenn ich mich nicht an sie gehalten hatte. Gott war wie mein Bruder, denn ich konnte ihm alles sagen. Aber wie sollte ich an Gottes Allmacht glauben, wo doch meine Mutter oft eine verzweifelte Frau am Ende ihrer Kräfte und mein Bruder ein kleiner Junge war? Wenn Gott allmächtig ist, warum hatte er dann unser Brüderchen nicht leben lassen und nicht dafür gesorgt, dass alle Männer heil wieder nach Hause gekommen waren aus dem Krieg? Wieso gab es überhaupt Krieg, wenn Gott gut ist, alles sieht und nur mit dem Finger zu schnippen braucht? Es hätte schon anspruchsvollerer Theologie bedurft, um mich davon zu überzeugen, dass Gott mehr ist als ein großer Zauberer, auf dessen Künste man sich keineswegs verlassen kann.

Gott hatte natürlich auch Ähnlichkeit mit meinem Vater. Mit ihm hängt wohl zusammen, dass ich mir den zürnenden Gott wie ein Gewitter vorstellte, dass ich verstand, dass Gottes Liebe eine Gnade ist und nichts, worauf man Anspruch hat. Nach dem fürsorglichen Vater, der die Not seiner Kinder sieht und ihnen machtvoll hilft, hatte ich große Sehnsucht. Manchmal wurde sie gestillt, aber ich lernte früh, Wünsche an meinen Vater für mich zu behalten, um sie zu bewahren. So wurden sie kleiner Jahr für Jahr.

Gott war wie Tante Irene, die vernünftigste erwachsene Person in der Familie und Chefin des Hauses. Zuverlässig und resolut kümmerte sie sich um das Wesentliche. Sie bestellte Kohlen zum Heizen und Sand für die Sandkiste. Sie verhandelte mit Handwerkern, prüfte und bezahlte Rechnungen. Sie teilte die Kosten für Wasser, Strom und Telefon unter den Hausbewohnern auf und kassierte das Geld ein. Sie war die Einzige mit einer regulären Berufsausbildung und einem zuverlässigen und ordentlichen Einkommen.

Sie hatte alles, was man brauchte, aber meist nicht auftreiben konnte: Briefmarken, Scheren, Bindfäden, Nähnadeln, Werkzeug, Papier, Stifte und Kleber aller Art, und an ein Wunder grenzte, dass all dies mit einem Griff zu haben war und nicht gesucht werden musste. Tante Irene schaufelte morgens Kohlen in den großen Ofen im Keller, der das Haus zentral heizte. Sie war die kraftvolle Hüterin des Feuers. Wenn sie meiner Mutter ein Paket Butter in die Hand drückte und dabei sagte: »Für die Kinder«, dann geschah das völlig beiläufig und nicht mit Lobgesängen auf die eigene tief empfundene

Kindes- oder Nächstenliebe, mit der meine Großmutter ihre guten Taten so gern begleitete. Meine Großmutter wollte beim Gutsein gesehen und bewundert werden. Tante Irene war einfach gut.

Die Menschen, mit denen ich lebte, kannte ich genau. Gott war ein Fremder mit einem Haus, das ich gern besuchte.

Der Sonntag war tatsächlich der Tag des Herrn. Der Sonnabend war bestimmt von den vielen Vorbereitungen auf den Sonntag, vom Essen Einkaufen und vom Erledigen der Pflichten. Jedem Kind fielen nach und nach mehr Aufgaben zu beim Saubermachen, und dabei gab es Drückebergerei und Streit. In späteren Jahren nahm ich die Rolle einer Vorarbeiterin ein und verfiel in hilflose Wut, wenn jemand nicht tat, was getan werden musste.

Am Sonntag war all das Vergangenheit. Am Morgen gingen wir in die Kirche, in die Kindermesse um neun oder ins Hochamt um halb elf. Danach gab es die schönste Mahlzeit der Woche. Ein ausgiebiges Frühstück zur Mittagszeit, ein feierliches Fastenbrechen, denn alle Kinder, die schon zur Kommunion gehen durften, blieben bis nach dem Gottesdienst nüchtern so wie die Eltern. Immer noch komme ich bis zum Mittag ohne Frühstück aus, habe keinen Hunger am Morgen und fühlte mich von der ersten Reise an vollkommen vertraut mit den Essgewohnheiten im katholischen Südeuropa, die denen unserer Sonntage entsprachen. Warm gegessen wurde am Abend.

Der Frühstückstisch war ungewöhnlich reich gedeckt mit frischem Käse und Wurst, mit Marmelade und Honig, oft mit selbst gebackenem Weißbrot und Brötchen. Mein Vater machte mit Hilfe von Weinbrand aus seinem Kaffee ein Getränk namens Pharisäer. Es wurde geredet und gegessen ohne Hast, keiner musste ins Geschäft oder in die Schule, der halbe Sonntag lag noch vor uns, und am Frühstückstisch wurde besprochen, wie wir ihn nutzen wollten, mit einem Ausflug, einem Spaziergang, mit Spielen im Garten oder am Esszimmertisch, und das Besondere war, dass all dies mit dem Vater zusammen stattfand. Je nach Jahreszeit und Wetter gingen wir zum Rodeln in den Jenischpark oder fuhren mit dem Auto an die Elbe bei Hetlingen, wir spielten Federball und Krocket, Karten und Brettspiele, wir liefen den Süllberg runter und wieder hinauf, wir fuhren an einen See. Das Schönste waren Sommerausflüge an die Ostsee.

Dein Wille geschehe, wie im Himmel so auf Erden. Am Sonntag standen Gott und der Vater im Zentrum. Der Tag des Herrn wurde bestimmt von den Freuden, die wir Gott und dem Vater verdankten, und von ihren Privilegien.

Der Vater war an diesem Tag bei uns, aber er durfte nicht verärgert werden, auf ihn galt es Rücksicht zu nehmen. Weil er an diesem Tag zu Hause eine warme Mahlzeit aß, war das Essen besser als an allen anderen Tagen. Nur am Sonntag gab es ein Gericht mit Fleisch, von dem er sich das größte Stück nahm. Alle Schüsseln wurden ihm zuerst gereicht. Er setzte sich als Einziger an den gedeckten Tisch wie ein Gast, oft als Letzter, auf den alle warten mussten. Er half nicht beim Aufdecken oder Abräumen, nicht beim Abwaschen oder Abtrocknen. Das Oberhaupt der Familie ließ sich bedienen, rief zur Ordnung und bestimmte die Atmosphäre. War er guter Dinge und uns wohlgesonnen, war die Stimmung blendend, dann fühlte ich mich ausgelassen glücklich. Fing er aber an, mit uns zu schimpfen, drohte er, unsere Zimmer zu inspizieren, und fand dort unakzeptable Unordnung, dann war der Sonntag halb oder ganz verdorben, dann wurde womöglich gar nichts aus Spiel und Ausflug. Wir mussten aufräumen. Er legte sich schlafen.

Unser Wohnzimmer hieß Jahrzehnte lang Herrenzimmer, und die Mutter war ebenso abhängig von den Launen und Wünschen des Vaters wie wir und akzeptierte sie widerspruchslos, jedenfalls in unserem Beisein. Der Sonntag war für sie kein freier Tag, im Gegenteil, alles sollte besonders gut »klappen«. Das Essen, die Kinder und sie selbst, sein Zuhause sollte dem Mann Freude machen, Kinder und Vater miteinander verbinden. Manchmal konnte sie wenigstens in Ruhe schlafen, weil wir mit dem Vater ohne sie etwas unternahmen.

Am Sonntag war der Vater Vater, wandte sich seinen Kindern zu, kontrollierte, ob die Haare seines Sohnes kurz genug waren, ob die Ordnung stimmte, wenn nicht, schlug er mit der flachen Hand auf den Tisch und sprach ein »Machtwort«.

Wegen seines Geschlechts hatte er das letzte Wort über Frau und Kinder. Alle erkannten den Vater als Oberhaupt der Familie an, so wie den Papst als Oberhaupt der katholischen Kirche. Sie waren Stellvertreter Gottes auf Erden. Ihr Wort machte jeder Diskussion ein Ende. Sie entschieden, alle anderen fügten sich.

Zu sonntäglichen Vergnügungen im Winter gehörte gelegentlich, dass der Vater im verdunkelten Wohnzimmer einen Stummfilm an die mit einem Bettlaken verhängten Vorhänge projizierte. Der Streifen hieß »Affe Flick kauft ein«, ein Slapstick-Spaß mit einem draufgängerischen Affen, der in einem Laden sein Unwesen treibt und dabei unaufhaltsam und genüsslich ein sagenhaftes Tohuwabohu anrichtet. Auf die Frage, was sie denn einmal werden wolle, sagte Franziska: »Affe oder Papst.« Sie war ungefähr fünf Jahre alt und hatte genau verstanden, welche Positionen wirklich reizvoll sind.

Während mein Bruder als Erstkommunikant nicht mehr Ascheimermann oder Lokführer, sondern Priester werden wollte, war für uns Mädchen bald klar, in der Kirche würden wir immer nur zum Fußvolk zählen.

Der Sonntag war zwar der Tag des Herrn und der halbe Samstag gehörte auch schon ihm, aber alle anderen Tage waren dominiert von den Frauen, von der Mutter, der Großmutter, den Großtanten. Die drei Frauen im Erdgeschoss boten wegen ihres sehr unterschiedlichen Charakters und ihrer unterschiedlichen sozialen Situation interessanten Lehrstoff. Die Großmutter sagte häufig »Ich als Mutter ...« oder »Ich als Großmutter ...« und gab so unmissverständlich zu verstehen, dass sie auf besondere Rechte pochte Tochter und Enkeln gegenüber. Manchmal sagte sie: »Ich als Kriegerwitwe ...« Meine Mutter sagte nie: »Ich als Mutter ...« oder »Ich als Ehefrau ...«

Aus dem Familienstand Privilegien ableiten zu wollen, funktionierte bei den Frauen nicht, das lernte ich, denn die Großmutter hob natürlich immer dann ihren Status hervor, wenn sie etwas einklagen wollte, was ihr nicht freiwillig gewährt wurde. Von ihr lernte ich auch, wie unfair es ist, persönliche Wünsche mit Gottes Wort zu untermauern. Wenn sie »als Großmutter« sich auf das Gebot »du sollst Vater und Mutter ehren« berief, dann verspielte sie jedes Mal ein kleines oder großes Stück meiner Zuneigung. Bei ihr gelang mir nach der Pubertät, was ich bei meiner Mutter lange nicht konnte: Ich weigerte mich zu akzeptieren, dass Gott als sakrosankte Hilfsperson ihre Forderungen heiligte.

Tante Gertrud war spät und nur für fünf Monate Ehefrau geworden. Auf ihre Eheschließung wies sie gern hin, brüstete sich aber nicht damit, Witwe zu sein, vielleicht, weil völlig klar war, dass eine Kriegerwitwe dadurch geadelt wurde, dass ihr Mann sich und sie ihn fürs Vaterland geopfert hatte, während Tante Gertruds Mann entkräftet und betagt an einem Abszess gestorben war, aus Schwäche also und nicht als Krieger. Das verschwieg man besser.

Bestimmend sowohl für die Außen-, Innen- und Finanzpolitik der drei Schwestern war jedoch Irene, Fräulein Irene Schmitz, Lehrerin und Respektsperson, mit der alle, auch der Vater, wesentliche Fragen zu Haus, Garten und Geld abstimmen mussten. Sie hatte so viel selbstverständliche Autorität, sie wurde so geschätzt und gemocht, dass sie irgendwelcher Hilfsargumente oder -personen nicht bedurfte. Niemand von uns wäre auf die Idee gekommen, sie wegen ihrer Ehe- und Kinderlosigkeit zu bedauern. Sie selbst tat es auch nicht. Gesprochen wurde in diesem Zusammenhang – von anderen – nur darüber, dass Irene als junge Frau auf dem S-Bahnsteig des Dammtor-Bahnhofs den Heiratsantrag eines Vetters so entschieden abgelehnt hatte, dass der dastand wie ein begossener Pudel und danach nie wieder auf die Sache zurückkam. »Friedrich, sei kein Quatschkopp«, soll sie gesagt haben, so wurde kichernd kolportiert.

Irene war durch ihr Einkommen als Einzige unabhängig genug, ihr Elternhaus jederzeit verlassen zu können und sich irgendwo eine Wohnung zu mieten.

Ihre seit Kindertagen kränkelnde Schwester Gertrud führte den Haushalt im Erdgeschoss. Und als ihre Schwester Franziska rebellierte gegen das »entsetzliche Einerlei« pünktlicher Tisch- und Schlafenszeiten, schimpfte über die damit verbundene Unfreiheit, verbat sich Irene »den unverschämten Ton« ihrer jüngsten Schwester, akzeptierte aber gelassen, dass die nun selbst einkaufte und alltags nur für sich in der Küche werkelte, wo sie allerdings ihre Schwester Gertrud durch ihre Unordnung »zur Weißglut« brachte. Ganz besonders fiel auf: Tante Irene machte als einzige Person im Haus dauerhaft einen zufriedenen und ausgeglichenen Eindruck. In der Kindersprache ausgedrückt lagen die Dinge so: Tante Irene bestimmte, Tante Gertrud zog mit, die Großmutter meuterte.

Vater, Sohn und Heiliger Geist, die heilige Mutter Maria, das Kind in der Krippe, das Opferlamm, die gehorsame Tochter, die Sünderin – in der Kirche gab es keine Figur, der ich hätte nachfolgen können oder wollen im späteren Leben. Zu Hause ließ sich viel eher eine Wahl treffen.

Jahr um Jahr wurde deutlicher, was ich nicht sein wollte: abhängig, bevormundet, rechtlos. Demut und Gnade. Diese Worte allein können mich immer noch in alte Wut führen. Der gnädige Herr. Die gnädige Frau. Gnade vor Recht. Schwäche soll sich mit Demut verbinden. *Herr, ich bin nicht würdig.* Sehr geehrte Herren! Hochachtungsvoll. Alles passte zusammen. Das passte alles nicht für mich.

Mein glühender Kinderglaube glimmte auf beim Singen in der Kirche, beim feierlichen Schlusssegen, beim gewohnten Beten und beim Blick in die Wiege, in die meine Mutter nun nicht mehr Jahr um Jahr, sondern nur noch alle zwei Jahre ein Neugeborenes legte. Das Wunder des Lebens war das eindrucksvollste und blieb das einzige dauerhaft überzeugende.

Dass auf den Kindern Hoffnung ruht, ist das Selbstverständliche. Dass ein Vater seinen Sohn opfert, ist grauenvoll, aber auch real, nicht nur in der Praxis des Krieges.

Mein Bruder, von allen Frauen und Mädchen heiß geliebt, hatte beim Vater den schwersten Stand, wurde von ihm besonders kontrolliert, strenger bestraft, in Wut geschlagen, viel seltener zärtlich behandelt. Vater und Sohn zu erleben, hieß, heilfroh zu sein über das eigene Geschlecht, und auch das passte zu den religiösen Männergeschichten.

Vater, warum hast du mich verlassen? Wenn Jesus aus eigenem Entschluss sein Leben eingesetzt hätte, um das Leben eines einzigen anderen Menschen zu retten, hätte er mein Held sein können. Aber er gab vor, von seinem Vater geschickt zu sein in Qual und Folter, in Selbstaufgabe, zur abstrakten Errettung der ganzen Welt. Jeder Misshandelte, jeder unschuldig Getötete vergrößert die Schuld und rückt menschenwürdiges Leben in weitere Ferne.

Ein guter Vater stellt sich schützend vor seine Kinder. Ein im Namen des Vaters getöteter Sohn macht den Vater monströs. Was nützt es, wenn der Sohn, der sich dem erbarmungslosen Vater unterwirft, später zu seiner Rechten sitzt in alle Ewigkeit und herrscht wie er?

Mein Bruder hat Töchter, keinen Sohn. Was hätte ein Sohn ihn gelehrt? Manchmal wundere ich mich, wie wenig in all den Debatten über Kinderlosigkeit darüber gesprochen wird, mit welchen Vater- und Mutterbildern uns unsere christliche Gesellschaft versehen hat. Dass sie so wenig verlockend und dennoch außerordentlich haltbar sind, liegt ja nicht nur an unseren individuellen Familiengeschichten.

Mir war lange nicht bewusst, wovon ein Kind mich hätte erlösen können. Die Drohung, in die Fußstapfen meiner Mutter und meiner Großmutter gestoßen zu werden, war zu groß, der Wunsch nach einem Kind zu klein. Nur in Momenten größter Verliebtheit tauchte er auf als Sehnsucht, die Liebe möge aus Zweien Eins machen auf Dauer, sich verkörpern in der Einzigartigkeit eines neuen Menschen. Mutter zu werden und zu sein, mit Kindern zu leben, damit hatte diese Idee nichts zu tun. Dieses Leben kannte ich, hatte es mit geführt, mit gefühlt in Ausweglosigkeit und Freude. Auch jeder Handgriff saß: Wie man die Temperatur des Fläschchens an der eigenen Wange prüft, einen Säugling füttert, badet, wickelt, das verlerne ich nie; als ich mit neunzehn mein Elternhaus verließ, war meine jüngste Schwester sechs Jahre alt.

Ich habe lange gedacht, es sei wichtig, sich nicht erlösen lassen zu müssen von den eigenen Kindern. Jetzt, wo ich so viel über meine Eltern nachdenke, bin ich nicht mehr sicher, ob nicht grad das besonders schön ist und außerdem gar nicht zu vermeiden. So oder so: Wir antworten doch alle auf das, was war.

Wenn meine Neffen und Nichten mich für einige Tage besuchen, erinnere ich mich gern an Tante Irene und weiß, dass ich mein unbeschwertes Tantenglück auch ihr verdanke, nicht nur den wunderbaren Jungs und Mädchen, die ums Haus toben. Was sehen sie in uns? Ahnen sie, wofür wir sie brauchen?

Mit den Kindern war meine Mutter unverstellt sie selbst, die Liebe unverbrüchlich noch im Streit. War der Vater da, verlor sie sich in Rücksichtnahme. Ich musste oft fortgehen, viel und lange allein sein, um die zu werden, die ich sein wollte.

16

Ich sitze neben Christel in der dritten Bank. Die Hefte vor uns sind noch leer. Wir schreiben unser erstes Diktat. Christel trägt blutige Pflaster an den Ohrläppchen. Gestern sind sie durchbohrt worden wie die Hände und Füße von Jesus bei der Kreuzigung. Es waren aber nicht die Schergen von Pontius Pilatus, sondern der Friseur, und Christels Mutter hat darum gebeten, dass ihre Tochter auf diese Weise verletzt wird, damit sie Ohrringe tragen kann.

»Tun dir die Ohren weh?«, flüstere ich.

»Nur ein bisschen«, flüstert Christel zurück.

Mit der Hand glättet sie die weiße Seite im neuen Heft und merkt gar nicht, dass dort nun ein Fettfleck ist, weil sie noch Butter von ihrem Pausenbrot am Finger hatte.

In der Mitte des Hefts, dort, wo man sieht, dass die Seiten durch weiße Fäden zusammengehalten werden, liegt das rosa Löschblatt. Vorsichtig, damit es nicht geknittert wird, lege ich es quer unten auf die erste Seite und darauf meine Hand. Eigentlich brauchen wir keine Löschblätter, denn noch schreiben wir mit Bleistiften, aber Tante Irene hat mir gezeigt, dass das Heft so nicht dreckig wird, selbst wenn man keine frisch gewaschenen Hände hat. In der zweiten Klasse bekomme ich einen Füller. Dann kann ich schreiben wie die Erwachsenen.

»Oma geht ins Haus. Punkt«, diktiert Fräulein Schlawig.

Als sie es zum zweiten Mal wiederholt, bin ich längst fertig und gucke, wie weit Christel ist. Sie hat geschrieben »Oma get ins Haus«, und ich stoße sie an, damit sie ihren Fehler verbessert.

»Johanna«, sagt Fräulein Schlawig, »steh auf.«

Ich stehe auf.

»Du bist das erste Kind in dieser Klasse, das bei einer Klassenarbeit abguckt. Schäm dich! Nimm dein Heft und setz dich in die letzte Bank.«

»Ich habe gar nicht ...«, weiter komme ich nicht.

»Nun lüg nicht auch noch«, sagt Fräulein Schlawig.

Ich warte darauf, dass Christel sagt, dass ich ihr nur helfen wollte. Christel starrt auf ihr Heft. Ich möchte nach Hause laufen, bleibe aber wie angewurzelt stehen.

»Wird's bald«, sagt Fräulein Schlawig.

Ich gehe zur letzten Bank. Alle gucken mich an. Nichts hilft gegen die Tränen. Ein Tropfen breitet sich auf meinem schönen Löschblatt aus. Beim Schreiben kann ich mir keine Mühe mehr geben, weil ich immerzu denke, wie gern ich schon zu Hause wäre.

Fräulein Schlawig sieht mich nicht mehr an. Wir klappen die Hefte zu und legen sie ans Ende der Bank. Michael darf sie einsammeln. Er sieht mich auch nicht an.

»Heute gibt es keine Hausaufgabe«, sagt Fräulein Schlawig. »Genießt den schönen Sommertag!«

Endlich darf ich nach Hause. Auf dem Schulhof gehen Christel und Sybille neben mir. »Alle Katholiken lügen«, sagt Sybille und tut so, als wäre ich gar nicht da.

Christel nickt. »Das sagt mein Vater auch. Und dass sie falsch sind und verschlagen.«

Ich laufe über den roten Grant; ich laufe durch die Tür im hohen Gitterzaun, dann über die Straße und an den Heckenrosen vorbei. Da steht Michael. Er stellt mir ein Bein, aber ich weiche rechtzeitig aus. Er hält meinen Ränzel fest, er hält mich fest und stopft irgendwas in meinen Kragen. Michael lacht. Mein Rücken brennt und juckt. Ich laufe weiter. Es soll so aussehen, als wäre nichts geschehen. Mein Rücken steht in Flammen. Schon wieder laufen mir Tränen runter.

An der Kirche bin ich völlig aus der Puste. Ich kann nicht mehr laufen. Wenn ich mich ausruhe, kann Michael mich einholen. Über der Kirchentür steht »Ein feste Burg ist unser Gott«. Immer wenn ich mit Mutti an der evangelischen Kirche vorbeigehe, erzählt sie, dass einer ihrer Mitschüler, damals, als sie hier zur Schule ging, daraus »Ein fester Bursch ist unser Gott« gemacht hat. Es ist so schön, wenn sie lustige Geschichten erzählt.

Ich interessiere mich für einen kleinen Burschen, der gar nicht fest ist, sondern ziemlich jämmerlich aussieht, wenn er mit seinem rotz- und dreckverschmierten Gesicht am Zaun steht. Er heißt Hänschen, ist vier Jahre alt und wohnt mit seinen Eltern und Geschwistern in einer Nissenhütte. Das Haus von Hänschen sieht aus wie ein riesiges Rohr, das man der Länge nach durchgesägt, mit den Schnittflächen auf die Erde gestellt und vorn und hinten verschlossen hat. Es glänzt silbrig in der Sonne. Von Hänschen ist nichts zu sehen. Darüber bin ich froh, denn mein Rücken hört nicht auf zu jucken.

Wenn Hänschen morgens schon draußen ist, dann gebe ich ihm die Hälfte von meinem Schulbrot ab. Wenn nicht, dann nehme ich mir vor, die Hälfte für ihn aufzusparen. Ich schaffe es nur selten, weil die Schule mich so hungrig macht. Ich schäme mich, wenn ich Hänschen nichts geben kann, denn er ist sehr arm. Wir sind nicht arm, Mutti hat nur oft zu wenig Geld, um Essen zu kaufen, deshalb bitte ich sie nicht, mir zwei Klappscheiben für meine Brottasche zu schmieren. Wenn ich es schaffe, in der Pause nur das halbe Brot zu essen und Hänschen den angebissenen Rest durch den Zaun zu stecken, dann ist das ein sehr, sehr gutes Gefühl. Heute gibt es überhaupt keine guten Gefühle.

Endlich: unsere Gartenpforte. Das ist das Tor zum Paradies.

Mutti fragt: »Spätzchen, was ist denn mit dir los?«

Sie wäscht meinen Rücken mit einem kühlen Waschlappen ab und sagt: »Ich weiß, wie sich das anfühlt. Mich haben die Jungs auch immer mit Juckpulver gepiesackt. Wenn Michael das noch mal macht, dann gehen wir zusammen zu ihm nach Hause und besprechen die Sache.«

Zum Mittag gibt es Arme Ritter und die Geschichte vom heiligen Georg, dem Ritter, der einen gefährlichen Drachen tötete. Ich überlege, ob der Name Georg nicht noch schöner ist als Lazarus oder Johannes.

»Vielleicht bekommst du ja drei Söhne«, sagt Mutti, »dann kannst du einen Lazarus, einen Johannes und einen Georg nennen.«

Georg, der Drachentöter, beweist: Keine Bosheit, keine Ungerechtigkeit kann das Gute auf Dauer besiegen. Es setzt sich immer durch, spätestens im Himmel.

»Ist das Böse da, damit das Gute noch stärker wird?«

Mutti wundert sich. »Ach, meine Große«, sagt sie in diesem ganz besonderen Ton, der mein Herz hüpfen lässt, »was du schon alles verstehst.«

Nun ist der Tag doch schön. Wenn ich nicht all das Böse erlebt hätte, könnte ich jetzt nicht so glücklich darüber sein, zu den Guten zu gehören, zu den Drachentötern, zu denen, die ihren Mantel oder ihr Brot mit den Armen teilen und trotzdem verhöhnt und verspottet werden.

Mutti teilt den letzten Armen Ritter mit der Gabel in vier Stücke. »Für jeden eins«, sagt sie.

Ich ziehe meine Spielhose an und renne mit Matthias die Treppe runter. Ich bin als Erste am Telefon auf der halben Höhe und pruste. Drei Stufen, dann acht. Wieder eine scharfe Rechtskurve und die Kellertreppe runter. Die Kellertür steht offen. Beinahe wären wir mit Tante Gertrud zusammengestoßen, die ein Tablett reinträgt.

»Ach, Kinder, passt doch auf«, ruft sie ärgerlich.

Wir drücken uns an ihr vorbei, die schmalen Stufen neben dem Küchenfenster rauf in den Garten und sehen, dass die Tanten und Großmutti am Gartentisch essen, weil so schönes Wetter ist.

»Ihr seid ja leider schon satt«, sagt Großmutti. »So ein Pech! Sonst könntet ihr einen Löffel Nachtisch bekommen. Aber rote Grütze mögt ihr ja sowieso nicht.«

Großmutti und die Tanten verbeißen sich das Lachen, und ich tue so, als würde ich das nicht sehen.

»Ja, leider«, sage ich, bleibe wie eine feine Dame stehen und halte Matthias fest.

»Ach, Fräulein Schmitz«, sagt Großmutti, »wer soll nur all die Grütze essen? Das schaffen wir ja nie im Leben.«

»Und morgen ist sie schlecht. Das ist wirklich bedauerlich«, antwortet Tante Irene.

»Können wir Ihnen helfen?«, frage ich.

»Ja, wenn Sie uns ein wenig Gesellschaft leisten und bei der roten Grütze helfen könnten, das wäre außerordentlich liebensgewürzig«, sagt Tante Irene.

Großmutti und die Tanten sagen manchmal Wörter absichtlich falsch, damit alle lachen müssen.

Matthias' Mund ist rot verschmiert von der Grütze. Deshalb muss ich an die blutigen Pflaster von Christel denken.

»Warum habt ihr keine Löcher für Ohrringe?«

»Weil wir keine Neger im Kral sind, meine Zuckerschnute«, antwortet Großmutti und leckt ihren Löffel ab.

***

Aus der Gemeinschaft ausgeschlossen zu werden war die schlimmste Drohung. Wenn das Ausgeschlossensein nicht zu Hause, sondern in der Schule geschah, dann verdeckte herbe Süße die Sehnsucht nach Genossenschaft. Es adelte mit Individualität. Sehr verführerisch. Durchaus stärkend. Man muss nicht dazu gehören, man kommt auch allein klar. Trotzige Selbstbehauptung. Die Gefahr liegt in der Rechtfertigung: Ich will gar nicht dazugehören, weil ihr blöd seid, weil ihr dem falschen Glauben anhängt. Es ist nicht leicht zu sagen, wo schöner Eigensinn aufhört und gefährliche Selbstüberhebung beginnt.

Ich war als junge Frau krank vor Kummer, wenn ich mich meinem Liebsten nicht mehr zugehörig fühlte, und dennoch bereit, das Alleinsein eher zu akzeptieren als eine Gemeinschaft, die auf Angst vor Veränderungen fußt, auf Angst vor Einsamkeit. Was ist der Unterschied zwischen Toleranz und Beliebigkeit, zwischen der Fähigkeit, im Anderssein nicht die Liebe zu verlieren, und dem großen Egal, das ich bei vielen vermute, die sich einrichten im Schweigen, im Verschweigen, sogar vor sich selbst? Um lange duldsam zu sein, habe ich anderen zu viele Jahre zugeschaut beim Verharren im Unglück, beim Erstarren in Vorwürfen, die sie vor allem selbst trafen. Deshalb spreche ich nicht gern von Treue. Dieser Begriff taugt so wie der der Nächstenliebe meist nur dazu, anderen vorgehalten zu werden. Ich kenne niemanden, der sich selbst der Untreue bezichtigt oder seinen Mangel an Nächstenliebe beklagt.

Wenn ich jemandem Fühllosigkeit vorwerfe, kann ich traurig oder wütend werden oder ihn bemitleiden, so wie den kleinen Hans in der Nissenhütte, den Jungen, dem vermeintlich mehr fehlte als mir selbst, dem ich etwas zusteckte durch den Zaun, der uns trennte. Bei einer solchen Gabe kommt es darauf an, warum man gibt. Gibt man in der Überzeugung, dass jeder Recht auf das Nötige hat, oder gibt man, um die eigene Bedürftigkeit zu überdecken? Selbst der Wunsch, gut zu sein, birgt interessante Fragen.

Wie eng Mitleid mit Aggression verschwistert ist, davon weiß ich einiges aus der Zeit, in der ich Missionsschwester werden wollte und unter Frauen lebte, die sich gegenseitig bedauerten für ihr falsches Leben und einander in die Pflicht zu nehmen suchten, in die Pflicht, so zu sein, wie sie selbst es sich wünschten. Das Recht des Einzelnen zählte für meine Großmutter nicht. Gefragt waren Unterwerfung und Dankbarkeit. Meine Mutter unterwarf sich, aber nicht auf die gewünschte Art, sie litt und erholte sich im Mitleid für ihre Mutter.

Mit Liebe hatte das nichts zu tun. Von uns Kindern wurden Gehorsam und Einsicht verlangt.

»Hast du dich besonnen?«, fragte meine Mutter, wenn sie uns zur Strafe einsperrte im Kinderzimmer, aussperrte aus der Gemeinschaft.

»Ja, ich will wieder artig sein«, waren die Sesam-öffne-dich-Worte.

Man kann meine Familie eigenartig finden oder bedauernswert. Es gab sogar Leute, die sie wunschgemäß als ideal ansahen: die vielen Kinder, die afghanischen Windhunde, die efeubewachsene Backsteinvilla mit Zinnen und Turm, ein Zusammenleben der Generationen über Jahrzehnte. Tradition, Gastfreundschaft, turbulentes Leben.

Irgendwann sah ich, dass meine Großmutter Gäste einlud zur Bewunderung. Sie hielt Hof. Man sollte erzählen, wie humorvoll, wie kultiviert, wie herzlich, charmant und freigiebig es zuging bei ihr. Wer sich dieser Aufgabe entzog, wurde nicht mehr eingeladen. Austausch war ihr unmöglich. Sie suchte nach Bestätigung. Wenn sie sagte, jemand habe hinreißende Ideen, dann meinte sie Vorschläge für gemeinsame Vergnügungen. Wenn sie jemanden für interessant erachtete, dann war er männlich und prominent, geeignet als Trophäe, deren Glanz den eigenen verstärkte.

Sie war eine Päpstin, die von einem unsichtbaren Thron letzte Wahrheiten verkündete und sich stolz zugute hielt, nicht zu kuschen, sondern auch Unliebsames auszusprechen. »Freunde macht man sich heutzutage damit ja nicht«, war ein typischer Satzanfang, dem dann Banales oder Entsetzliches folgte. Ihr »heutzutage« ließ keinen Zweifel daran zu, dass das Glück in der Vergangenheit lag, während die Prüfungen der Gegenwart dem Schicksal anzulasten waren, das ihr Mann und Sohn genommen hatte, und der Unvernunft und Hartherzigkeit der nächsten Generation.

Sich selbst machte sie für nichts verantwortlich. Sie erhob Vorwürfe, sie klagte an, sie zürnte. Nachts betrank sie sich und schrieb auf, wie viel Liebe sie ihren Kindern gegeben hatte und wie sehr sich ihre Töchter nun versündigten an ihr durch Lieblosigkeit. Ihre Vorhaltungen, ihre Wut provozierten Trotz und Widerstand. Der Glaubenskrieg meiner Mutter und meiner Großmutter verdeckte das Eigentliche: Sie konnten nicht voneinander lassen in Frieden und lähmten sich im Kampf. Sie litten unter den Verletzungen, die sie sich zufügten, aber eine Trennung kam ihnen nie ernsthaft in den Sinn.

Das Lebensglück lag für meine Großmutter weit in der Vergangenheit, nämlich in ihrer eigenen Kindheit. Dieses Glück wurde mit inbrünstiger Sorgfalt gehütet und ausgebaut, der Vater vergöttert, die Mutter ignoriert. Es wurde wie mancher Wein immer kostbarer, selbst dann noch, als wesentliche Teile längst ungenießbar geworden waren und sich in ein reines Handelsobjekt verwandelt hatten.

Das alte Glück strahlte in unsere Kindheit hinein als Freude und unerfüllbarer Anspruch. Wir wurden zum Kosten eingeladen. Indem die Erwachsenen mit uns das wiederholten, was sie selbst so sehr genossen hatten, stifteten sie tatsächlich neues Glück und belebten das alte für sich selbst. In unseren Augen sahen sie auch sich. Ihre Fürsorge und Liebe kam auch ihnen zugute, sodass meine Mutter einen Auftrag ausführte, den zwar niemand erteilt haben wollte, aber dessen Erfüllung nicht nur mit Krach und Sorgen, sondern auch mit neuer Zuversicht, mit Sinn, Wärme und Vergnügen verbunden war.

Ein merkwürdiger Widerspruch lag darin, dass Kinder übereinstimmend als das Wichtigste im Leben angesehen wurden, ihre Zeugung von den älteren Frauen allerdings so gut wie nie erwähnt wurde und die Zeit zwischen Empfängnis und Geburt regelmäßig von den Vorwürfen meiner Großmutter überlagert war, die bei jedem Ungeborenen gute und weniger gute Gründe fand, seine Existenz als unpassend, falsch und schädlich zu bezeichnen, um sich in der Stunde der Geburt von der zeternden Hexe in eine liebevolle Großmutter zu verwandeln, deren Enkelkinder nicht in Haft genommen werden sollten für die Verantwortungslosigkeit ihrer Eltern.

Vor allem aber wollte sie für uns wichtig sein, von uns so geliebt werden, wie nur Kinder es können: fraglos und bewundernd. Auch sie fühlte sich in Gesellschaft von Kindern besonders wohl und wäre selbst am liebsten immer Kind geblieben. Sie spielte mit großem Vergnügen mit uns, war eine Gefährtin in unserem von ihr bereicherten Kinderland, verlor aber nie den Argwohn, wir könnten ihr entfremdet werden durch Eifersucht und Katholizismus ihrer Tochter. Als wir uns ihr tatsächlich entfremdeten, war ihr Unglück komplett, aber sie sah nie, welche Gründe es wirklich hatte.

Einer lag darin, dass wir bereits die dritte Generation waren, deren Kindheit mit einem harten Schnitt enden sollte: So verständnis- und liebevoll sie den Kindern begegnete, so rigide kujonierte sie die Heranwachsenden. Nach der Pubertät vertraute sie nicht auf gemeinsame Erfahrungen, sondern bekämpfte Eigensinn und Freiheitssehnsucht. Die Kinder sollten Kinder bleiben. An uns schieden sich die Geister: Großmutter Franziska und ihre Schwestern beäugten und kommentierten unser Erwachsenwerden und -sein mit Misstrauen und moralischen Vorhaltungen. Vater und Mutter ließen uns frei.

Die letzte Schwangerschaft ihrer Tochter geißelte meine Großmutter nicht nur als unvernünftig, sondern auch als verwerflich. Die körperliche Liebe zwischen Ehepaaren im fortgeschrittenen Alter galt ihr als unanständig, dekuvrierte die Frauen als lüstern und ihre Männer als rücksichtslos. Die Lüsternheit der Frauen war die eindeutig schlimmere charakterliche Entgleisung. Meine Mutter war siebenunddreißig Jahre alt bei der Geburt ihres jüngsten Kindes. Genauso alt wie meine Urgroßmutter, als die ihr letztes Kind gebar, das Mädchen, das meine Großmutter werden sollte. Diesen Einwand ließ meine Großmutter allerdings nicht gelten, wies ihn als unverschämt zurück. Als Kind wusste ich nicht, dass mein Großvater mütterlicherseits viele Jahre eine Geliebte gehabt hatte. Darüber zu sprechen war für meine Großmutter und ihre Schwestern ebenso undenkbar, wie unbekleidet auf die Straße zu gehen.

Wir wollten es nicht wissen, aber später ahnten wir, dass unsere Eltern sich gern das Sakrament der Ehe spendeten. Meine Mutter beharrte darauf, dass auf der Liebe Segen ruhe, Gottes Segen. Dass sie sie beruhigte, sie, die ewig Stillende, stillte – heute kann, heute mag ich es mir vorstellen, und es macht mich traurig und wütend, wenn ich daran denke, wie viel Verzicht sie akzeptierte durch das Verhütungsverbot ihrer Kirche, wie es die Sprachlosigkeit zementierte und die Einsamkeit.

Im Dunkeln liege ich wach und bin bekümmert, wenn ich daran denke, wie wenig Liebe die älteren Frauen meiner Kindheit beruhigte, wie lange sie allein waren in ihren schmalen Jungfrauen- und Witwenbetten, wie förmlich sie lebten. Nicht einmal ihre Gespräche waren sonderlich persönlich oder gar intim. Sie hatten einen nicht eben kleinen Freundeskreis. Besuch haben, Besuche machen war wichtig, aber exklusive, vertrauliche Beziehungen, eine beste, eine besonders enge Freundin hatte keine.

Meine Großmutter hintertrieb Zweisamkeit sowohl bei meiner Mutter als auch bei uns, als wir älter waren. Sie reagierte argwöhnisch und eifersüchtig, wenn sie das – meist begründete – Gefühl hatte, ihre Anwesenheit sei nicht erwünscht, störe ein Gespräch, weil es mit ihr anders verlaufen würde als ohne sie. Gemeinschaft, Gemeinsamkeit sollte alle einbeziehen, vor allem sie. In einer guten Familie schottet sich niemand ab.

Wenn ihr nicht werdet wie die Kindlein, sagte sie gern. Das Fest der

Liebe war das Fest des Kindes. Das Fest, das viele Widersprüche in sich trug und versöhnte, war Weihnachten.

17

Macht hoch die Tür, die Tor macht weit. Gleich ist es fünf. Gleich ist es so weit. Ich ziehe Matthias einen geraden Scheitel. Er hält den Kamm unter den Wasserhahn und steigt auf einen Stuhl, damit er sich beim Kämmen im Spiegel sehen kann.

Mein Haar ist lang geworden. Die Zöpfe halten von morgens bis abends, wenn ich nicht im Garten tobe.

Es kommt der Herr der Herrlichkeit. Wir können die Adventslieder auswendig. Ich singe sie auf dem Schulweg, beim Abtrocknen, beim Basteln. Im Bett singe ich sie ohne Töne.

Alle haben wir uns fein gemacht. Sogar meine Schuhe sind geputzt. Endlich geht's los.

Ich bin als Erste auf der halben Höhe, als Erste unten vor der Esszimmertür. *Ein König aller Königreich.*

Es ist zwei Minuten nach halb sechs. Wir klopfen und öffnen die Tür, ohne auf Antwort zu warten, denn wir sind fest verabredet und fast pünktlich. In der Bibliothek ist alles vorbereitet. Die Noten sind aufgeschlagen. Schwarz und hell, hell und schwarz, lang, lang, kurz begrüßen uns die Tasten des Flügels. Kerzen brennen. Es sind neue Päckchen da. Sie sind klein und baumeln an einem Strauß aus Tannenzweigen. Eins ist lang und dünn, die anderen sind eckig. Nein, es ist auch ein rundes dabei.

Tante Irene setzt sich auf den Drehhocker vorm Flügel. Tante Gertrud, Großmutti und wir stellen uns neben sie. Wir müssen auf ihren Kopf achten. Sie nickt, wenn wir lossingen sollen.

Ein Heiland aller Welt zugleich, der Heil und Leben mit sich bringt, derhalben jauchzt, mit Freuden singt: Gelobet sei mein Gott, mein Schöpfer reich an Rat! Tante Gertruds Stimme klingt komisch. Sie muss sich räuspern. Aber dann singt sie wieder deutlich: *O komm, mein Heiland Jesu Christ, meins Herzens Tür dir offen ist.*

Kirchenlieder sind Gebete mit Musik, sagt Mutti. Wir beten zusammen, und auch die Tanten und Großmutti wünschen sich den Heiland in ihr Herz. Wenn das nicht so wäre, würden sie nur summen, so wie ich es mache, wenn ich den Text nicht weiß. Oder sie würden lalala singen wie Dorothea.

Ich schaue auf das *Zweiglein der Gottseligkeit* mit den Päckchen. Die Päckchen hängen an goldenen Bändern, und nach dem Singen darf sich jedes Kind eins abschneiden.

O komm, o komm, Emmanuel! Nach dir sehnt sich mein Israel. Ich singe mit, aber ich warte auf meine Lieblingslieder: *Es ist ein Ros entsprungen* und *Maria durch ein Dornwald ging.*

Mutti setzt sich hinter dem Flügel auf das Bett von Tante Irene, das am Tag aussieht wie ein Sofa. Sie kann nicht mehr stehen mit dem zappeligen Baby auf dem Arm. Auf ihrer Bluse ist ein dunkler Fleck. Die Milch fließt manchmal aus ihr heraus wie Tränen. Manchmal fließt beides gleichzeitig aus ihr heraus. Dann gebe ich mir Mühe, ihr zu helfen, damit sie wenigstens mit dem Weinen aufhören kann.

Gestern durfte Dorothea anfangen, heute bin ich Erste, morgen Matthias, übermorgen Elisabeth, Franziska ist noch zu klein. Ich möchte das rote Päckchen, das lange dünne. Es sieht genauso aus wie das, was Elisabeth vorgestern abgeschnitten hat.

Tante Irene pinselt mir mit meinem Zopf im Nacken herum, so wie der Friseur es nach dem Haareschneiden bei Matthias mit einem richtigen Pinsel macht. Ich glaub, sie hat gemerkt, wie gründlich ich das rote Päckchen angesehen habe.

»Na«, sagt sie. »Da bin ich aber gespannt, was du heute abschneidest.«

Sie weiß es schon und ich natürlich auch. Der Bleistift ist wunderbar spitz und lang und kein bisschen angeknabbert. Er duftet nach Holz, nach Blei und ein klein wenig nach Tanne. Das Beste ist die silbrige Metallkappe, die die Spitze schützt. Elisabeths Stift hat keine Kappe. Gut, dass ich erst heute wieder Erste war.

»Ab übermorgen können wir die Weihnachtslieder üben«, sagt Tante Irene und blättert in ihren Noten. »Dann sind es nur noch sieben Tage, bis das Christkind kommt.«

Zu uns kommt das Christkind. Natürlich. Zu Christel kommt der Weihnachtsmann. Kinder, zu denen der Weihnachtsmann kommt, wissen nicht, worauf es ankommt, worum es geht. Die können einem Leid tun.

Auf der Treppe fuchtele ich mit meinem Bleistift vor Elisabeths Nase herum, die Silberkappe genau vor ihren Augen. Sie soll sehen, dass sie zwar früher einen Bleistift bekommen hat, meiner aber besser ist.

Sie schreit, als hätte ich sie gehauen oder mit der Bleistiftspitze gepiekt. Sie brüllt wie am Spieß und hält sich mit ihren roten Händen an einem Geländerpfosten fest. Nun schreit auch das Baby. Mutti will Elisabeth an die Hand nehmen und mit nach oben ziehen, aber Elisabeth klammert sich fest, macht aus ihrem Schreien ein Kreischen.

Während Mutti Franziska nach oben trägt, kommen von unten die Tanten und Großmutti angelaufen. Wie immer. Wenn Elisabeth ihren Willen nicht bekommt, brüllt sie, bis die Erwachsenen kommen, sie »das arme kranke Kind« nennen, sie trösten und mit uns schelten.

Großmutti setzt sich neben Elisabeth auf die Treppenstufe, streicht ihr über die struppigen Haare, in denen keine Spange hält, die viel zu kurz sind für Zöpfe, aus denen man keine Frisur machen kann. Manchmal nennen wir sie Puvogel, dann schreit sie auch.

Ich laufe nach oben, verdrücke mich schnell im Kinderzimmer und bringe meinen Bleistift in Sicherheit in meinem Schatzversteck unterm Bett. Mutti ruft mich. Elisabeth hat aufgehört zu schreien, damit sie petzen kann. Wieder mal verdirbt sie uns alles. Jetzt wird bestimmt nicht mehr vorgelesen.

»Das war sehr hässlich von dir«, sagt Mutti. »Geh ins Bett. Ich möchte dich heute nicht mehr sehen.«

Die Tannenbäume, die neben der Kohlenklappe draußen am Haus lehnten, sind schon vor zwei Tagen in den Weihnachtszimmern verschwunden. Unten ist der Salon abgeschlossen und oben das Wohnzimmer. Vor den Schlüssellöchern baumelt innen eine Pappe, die Vorhänge vor den Fenstern bleiben auch tagsüber zugezogen. Sehen können wir nichts, aber riechen. Tannenduft ist durch die Ritzen gekrochen und hat sich im ganzen Haus verteilt.

Tante Gertrud schält in der Kellerküche Kartoffeln. In unserer Küche ist es heiß, vom Rotkohl auf dem Herd und von all unserer Aufregung.

Alle Frauen haben frische graue und braune Locken. Der Esstisch im Erdgeschoss ist ausgezogen und mit dem großen Tischtuch bedeckt, das gestärkt und gemangelt und in Papier eingewickelt von der Wäscherei geliefert wird. Es ist glatt und steif. Im Gegensatz zu uns sind die Tanten immer rechtzeitig mit allem fertig. Darauf kann man sich verlassen. Und deshalb ist auch der Tisch schon seit gestern gedeckt für das feierliche Abendessen. Leuchter mit roten Kerzen stehen in der Mitte, nur die kleinen Tannenzweige fehlen noch. Man sieht genau, wo die Erwachsenen sitzen. An ihren Plätzen stehen Weingläser.

Am Heiligen Abend essen die Tanten und Großmutti mittags Buchweizengrütze mit Milch. Das ist das einzige ihrer Gerichte, von dem ich nichts abhaben möchte. Sie mögen es auch nicht besonders, aber erzählen jedes Jahr, dass es Heiligabend mittags immer Buchweizengrütze gab, schon als sie selbst Kinder waren.

Vor der Geburtstagsfeier für das Jesuskind sind alle noch viel aufgeregter als vor der Geburt eines Geschwisterchens, und das Warten fällt viel schwerer. Wir geben uns große Mühe, nicht zu zanken und nicht zu doll zu toben, damit Mutti mit all ihrer Arbeit fertig wird und unsere guten Sachen nicht dreckig werden. Matthias' Haare sind mit Zuckerwasser gekämmt, dann sitzen sie auch ohne Spange ordentlich. Er hat seinen Anzug angezogen und seinen Schlips. Dorothea und Elisabeth tragen die Smokkleider, die mir schon lange zu klein sind. Ich hab mein blaues Perlonkleid an. Das ist zwar ein Sommerkleid, aber das schönste, das ich habe. Auch unsere Puppen sind feingemacht für die Bescherung. Nur Mutti ist noch nicht umgezogen, sondern stillt Franziska.

Ich bin so kribbelig, dass ich am liebsten rennen oder springen würde, aber ich trockne das Frühstücksgeschirr ab, denn Mutti hat gesagt, solange wir nicht mit allem fertig sind, kann es keine Bescherung geben.

Es dauert und dauert. Ich laufe die Treppe runter, um zu sehen, was die Tanten und Großmutti machen. In der Küche ist niemand. Alle Zimmertüren sind geschlossen, und kein Mucks ist zu hören. Sie halten Mittagsschlaf in der Bibliothek, Tante Gertrud und Großmutti auf den beiden Sofas und Tante Irene auf ihrem Bett. So wie jeden Tag. Als ob dies ein Tag wie jeder wäre. »Die haben die Ruhe weg«, sagt Matthias, der plötzlich neben mir steht.

Aber da macht Tante Gertrud die Tür auf. Sie ist zerzaust und gähnt. Normalerweise geht sie jetzt die Treppe runter, um Kaffee zu kochen, aber heute kommen alle zu uns zum Kaffeetrinken.

»Jetzt muss ich mich aber sputen«, sagt Großmutti und reckt und streckt sich.

»Dürfen wir zugucken?«, fragt Matthias.

»Ja, ihr Rangen.« Wir hüpfen hinter ihr her in die Kellerküche. Sie zieht sich einen weißen Kittel über, gießt Essig in einen Topf und zündet die Gasflamme an. Im Handstein liegen blutige Karpfenstücke. Man kann noch genau erkennen, wie sie zusammengehört haben, als die Fische noch lebten. Ich mag nicht hingucken. Sie spült den Fisch ab. Großmutti legt die Stücke alle nebeneinander, die Haut mit den Schuppen nach oben. Sie packt den Topf am langen Stiel, und behutsam träufelt sie die Flüssigkeit über den Karpfen.

»Simsalabim«, flüstert sie, »dreimal schwarzer Karpfen.« Da werden alle Karpfenstücke blau. Der Essigdampf beißt in der Nase. Wir stehen in der Hexenküche.

»Nun marsch nach oben«, sagt sie. »Es geht gleich los.«

Wir rennen. Schon auf der halben Höhe riechen wir den Kaffee. Mutti gießt kochendes Wasser aus dem Kessel in die weiße Filtertüte mit dem braunen Pulver. Auf dem Tisch stehen unsere selbst gebackenen Kekse und Stollen.

Es klingelt, zweimal schnell hintereinander. Wir pesen nach unten, um die Tür zu öffnen. Omi und Opi ziehen sich die Mäntel aus. Ich halte Opis Stock. Opi legt seinen Hut auf die Garderobe. Omi und Opi beugen sich für ein Küsschen zu mir runter. Matthias braucht nur die Hand zu geben und einen Diener zu machen. Das wäre mir auch lieber. Vati trägt einen großen Karton herein. Wir stehen im Weg, und er sagt: »Macht doch die Augen auf!«

»Soll ich etwas nehmen?«, frage ich. Er antwortet nicht, stöhnt nur, wahrscheinlich, weil er so schwer tragen muss.

»Ach, Marjellchen, was bist du groß geworden«, sagt Omi und knipst ihre Handtasche auf und zu.

Omi und Opi brauchen viel Zeit, um die Treppe raufzusteigen. Opi poltert dabei mit seinem Stock.

»Einfache Leute, aber mit dem Herzen auf dem rechten Fleck.« So sind Omi und Opi. Das hat Großmutti zu Frau Hartwig gesagt.

Mutti sagt, vor dem lieben Gott sind alle Menschen gleich. Für die Tanten und Großmutti sind die Menschen sehr verschieden. Sie sagen, einfache Leute darf man nicht spüren lassen, dass sie einfach sind, weil sie sich sonst schämen. Deshalb ist Großmutti immer ganz besonders freundlich zu Omi und Opi. Sie sagt: »Liebe Frieda, lieber Ernst! Wie schön. Herzlich willkommen!« Und um zu zeigen, wie sehr sie sich freut, tänzelt sie um die beiden herum, bis sie sitzen und Omi sagt: »Franziska, immer vergnügt, immer jugendlich.«

»Eure Schwiegertochter ist leider noch nicht fertig«, sagt Großmutti. »Ist ja auch kein Wunder bei fünf Kindern.«

Tante Irene zündet alle vier Adventskerzen an. Draußen wird es endlich dunkel.

Mutti hat vergessen, ihre Ärmel zuzuknöpfen, aber sie ist nun endlich da und schenkt Kaffee ein. Jetzt warten wir nur noch auf Vati. Wie immer braucht er am meisten Zeit, um sich schön zu machen.

»Fangt doch schon mal an«, sagt Mutti. Sie weiß, dass Omi und Opi gern Kuchen essen, aber nicht gern lange darauf warten.

Während wir alle ein Stück Stollen mit Butter essen, nur Tante Gertrud nicht, weil sie auf ihre Galle achten muss und es nachher ja Karpfen gibt, wird es noch dunkler.

Auf der Fensterbank steht ein Licht für die Leute in der Ostzone. Bei denen sind die Russen und nehmen ihnen die Freiheit. Zu essen haben sie auch nicht genug. In unserem letzten Paket waren Kaffee und Fett, Dosenfleisch und Schokolade und ein Zettel, auf dem fein säuberlich stand, was wir alles eingepackt hatten. »Geschenke. Keine Handelsware« muss groß auf das Packpapier geschrieben sein, und das Band darf nicht verknotet werden.

Die Schlafzimmertür öffnet sich, Vati kommt. Er hat sich einen dunkelblauen Anzug angezogen und duftet wie morgens nach Rasierwasser. Seine Krawatte hat lauter kleine weiße Punkte und zur Feier des Tages einen besonders schönen Knoten.

Zum Glück kann er sehr schnell essen und alle einholen, sodass Tante Irene endlich anfängt mit der Weihnachtsgeschichte. Sie liest uns seltener vor als Mutti und Großmutti, kann es aber am besten, weil sie Lehrerin ist. Opi steckt sich eine Zigarre an. Omi macht die Augen zu, deshalb kann ich sie in Ruhe angucken. Ihr Mund ist klein und rund wie ein O. Auch ihre Nase ist winzig. Das Größte an ihr sind die Haare, aber die sind nicht echt.

»Ihr Kinderlein kommet, o kommet doch all.« Ich singe ziemlich laut. Omi macht die Augen auf und singt mit, aber sie kann nur die erste Strophe. Wir singen alle Strophen. Das dauert sehr lange, und ich muss mich zusammennehmen, um nicht schon aufzustehen. Dann dürfen wir uns aufstellen. Die Jüngste zuerst, das ist Franziska auf Muttis Arm. Dann Dorothea, Elisabeth, Matthias und ich.

Aus dem Weihnachtszimmer hören wir Glocken läuten, sie läuten besonders feierlich und lange, danach ist Musik auf der Platte. Die Tür geht auf. An den Beinen kommt uns Kälte entgegen, weil im Weihnachtszimmer die Heizung ausgestellt ist, aber mein Gesicht ist sehr warm. Alle Lampen sind ausgeknipst. Es ist trotzdem hell von den vielen, vielen Kerzen am Tannenbaum. Die Spitze berührt beinah die Zimmerdecke.

Jedes Kind wird zu seinem Gabentisch geführt. Ich weiß sofort, wo meine Geschenke liegen, denn gleich neben der Tür sitzt Renate in einem neuen Kleid und mit roten Schuhen, und neben Renate steht ein kleiner Stofflöwe. Er sieht genauso aus wie der glückliche Löwe aus meinem Lieblingsbuch.

***

Ich kann nicht einmal sagen, dass es in der Advents- und Weihnachtszeit harmonisch zuging. Meine Mutter bekam noch weniger Schlaf als sonst, weil sie halbe Nächte Spielzeug früherer Generationen, viele Jahre verwahrt auf dem Dachboden, für uns in Stand setzte und Puppenkleider strickte. Tags litt sie noch mehr an Erschöpfung und dem Gefühl, einfach nicht fertig zu werden mit all dem, was zu tun und auszuhalten war.

Was diese Zeit heiligte, war die Übereinkunft der Erwachsenen, alles Trennende, so gut es ging, zu übergehen und gemeinsam in einem rauschenden Fest den Geburtstag eines Kindes zu feiern, das für die einen göttlich, für die anderen Kulturstifter war, aber von allen aus voller Überzeugung als Friedensfürst besungen wurde: *Christ ist erschienen, uns zu versühnen.* Das machte fröhlich.

Das Kind lag in der Krippe stellvertretend für alle Kinder, deren

Ankunft auf der Welt ihren Eltern zunächst Sorgen macht, weil es an Wohnraum, an Milch und Brot, an Sicherheit fehlt. So waren die Kinder ja fast immer in allen Generationen gekommen, auch in unserer Familie. Kinder hatten Hunger. Sie brauchten Platz. Sie wurden krank. Sie machten krank. Sie waren eine Überforderung. Waren sie aber einmal da, entpuppten sie sich als das einzige Glück, in dem alle übereinstimmten. Sie waren die Hoffnung, die Zukunft, Wegweiser in hellere Zeiten, für die man selbst womöglich keine Kraft mehr haben, die man vielleicht nicht einmal selbst erleben würde.

Die Übereinkunft, in dem Neugeborenen das Leben an sich zu feiern, die ideologischen Kämpfe auszusetzen, wie ja selbst an den Weltkriegsfronten vielerorts Waffenruhe praktiziert worden war, führte in das glückliche Gefühl der Einigkeit. Vom ersten Advent bis zum Fest der Heiligen Drei Könige waren wir alle eines Glaubens und trafen uns in Liedern und Gebräuchen, an denen ich heute noch hänge.

Die Frauen tauchten ein in den Weihnachtsglanz ihrer Kindheit. Sie reichten die Stafette weiter an uns. Es bedurfte keiner Ermahnungen. Ihre Begeisterung war die Kraft, die uns alles einprägte und zur Nachahmung einlud. Die Liste der Besonderheiten war lang: Nur Tante Irene befasste sich einen ganzen Sonntag lang mit der Produktion brauner Kuchen, knetete den gehaltvollen Teig mit Sukkade und Orangeade, rollte ihn aus und schnitt mit selbst gemachten Schablonen Sterne unterschiedlicher Größe aus dem dünnen Teig, die dann gebacken, an den Spitzen mit Zuckerguss bepinselt und nach dem Auskühlen auf alten Holzständern zwischen grün lackierten Garnrollen zu Tannenbäumen mit beschneiten Astspitzen zusammengesetzt wurden. Eine ernsthafte Angelegenheit, und dabei sein zu dürfen war eine Ehre.

Tante Gertrud war zuständig für den Eierlikör, dessen Rezept von ihrer Mutter stammte und dem sie exklusiv, nach allerlei Einkäufen, unter anderem in der Apotheke, grammgenau folgte. Harmlos wie Vanillesauce sah der Likör aus, hatte jedoch die Fähigkeit, die Damen bei den beliebten Adventskaffeekränzchen zu beflügeln, sodass alle großen Wert darauf legten, auch im folgenden Jahr wieder eingeladen zu werden. Und er sicherte Gertrud Ansehen, das ihr sonst zu ihrem steten Verdruss verweigert wurde.

Nur am Nachmittag des 24. Dezembers zog meine Großmutter den weißen Kittel an, der sie aussehen ließ wie eine Ärztin, um dem blutigen Geschäft mit den Karpfen nachzugehen. Nur sie rieb die Meerrettichstange, bis ihr die Tränen liefen und sie für uns Kinder in ein theatralisches Indianergeheul ausbrach, das uns erheblich mehr faszinierte als der fade Fisch mit den scheußlichen Gräten, der eine halbe Stunde später serviert wurde.

Die größte Sensation, die Bescherung, lag dann bereits hinter uns. Sie vervielfältigte die Bescherungen an Geburtstagen, an denen das Geburtstagskind morgens zu seinem Gabentisch geführt wurde. So schön der war, mit Blumen, einer Kerze und Geschenken, so schön es war, Hauptperson des Tages zu sein – das war nichts im Vergleich zu den vielen Kerzen am Tannenbaum, zu der Vielzahl von Gabentischen, zum gleichzeitigen Beschenktwerden aller.

Immer war das Geld knapp, und wir waren nicht verwöhnt. Immer gab es auch so genannte praktische Geschenke, Kleidung, etwas für die Schule. Aber die Erwachsenen merkten sich unsere wichtigsten Wünsche, erkundeten sie, ließen uns Wunschzettel schreiben, und sie waren begabt darin, Spannung und Vorfreude zu schüren und zu halten. Ich kann mich an keine größere Enttäuschung erinnern, wohl, weil sie darauf achteten, dass jedes Kind ein Hauptgeschenk bekam, auf das es tatsächlich inständig gehofft hatte. Wir erlebten, dass Wünschen hilft.

An den Gesichtern der Erwachsenen sahen wir, wie groß die Freude ist, anderen eine Freude zu machen. Ein bisschen erlebten wir sie auch selbst, denn wir hatten gebastelt, gestickt, gemalt und so selbst Geschenke hergestellt, die gewürdigt wurden und uns Dank eintrugen.

Weihnachten lebten wir in äußerer Erregung und innerem Frieden im Schlaraffenland. Alles, was es sonst nur selten, abgezählt und karg bemessen oder gar nicht gab, lag in Hülle und Fülle auf unseren Tellern: Fleisch und Orangen, Süßigkeiten und Gebäck. Wir schwelgten, bis wir keinen Bissen mehr runterbringen konnten, und waren versöhnt mit allen Margarinestullen, Buttermilchsuppen, Restepfannen, mit allen ungestillten Gelüsten, die zwischen Neujahr und Weihnachten lagen. Die Genüsse unserer Zungen korrespondierten mit denen unserer Seelen und stärkten uns für die Nöte des langen Jahres, das vor uns lag und dessen weitere Feste es trotz ihrer Schönheit nicht annähernd mit diesem aufnehmen konnten.

Verliere ich mich in Erinnerungen? Verdecken die schönen die weniger angenehmen? Es gibt auch die an die völlig ausgelaugte Mutter, die kurz vor der Bescherung droht, Weihnachten fiele aus und wir müssten alle zu Bett, wenn nicht auf der Stelle Ruhe einkehre, der Esstisch abgeräumt werde, unsere Streitereien aufhörten. Die an das Gesicht des Vaters, das keineswegs weihnachtlich froh wirkt, wenn er endlich, wieder später als gedacht, nach Hause kommt, das sich erst verwandeln muss vor dem Badezimmerspiegel.

Es gab auch den zweiten und dritten Blick auf die Geschenke und auf die nebenan, verbunden mit der unaussprechlichen Frage, ob es gerecht zuging, die anderen nicht mehr, nicht Besseres bekommen haben. Es gab ein Gefühl von Scham, wenn man sich selbst nicht genug Mühe gegeben hatte beim Basteln, wenn man spürte, dass das eine oder andere Stück doch nicht mit letzter Überzeugung, sondern mehr aus Pflichtgefühl entstanden oder, besonders unangenehm, gar nicht fertig geworden war.

All dies gab es auch, aber es verschwand schneller als die Freude am Gelungenen, an der trubeligen Gemeinschaft, die für die älteren Kinder und die Eltern in der erhabenen Feierlichkeit des nächtlichen Kirchgangs gipfelte, der Christmette.

18

Ich stehe am Marterpfahl. Es hat lange gedauert, bis Matthias die alte Wäscheleine um die Birke und mich getütelt hat. Leicht hätte ich fliehen können, aber ich bin stehen geblieben. Matthias will, dass ich der weiße Mann bin, der die Indianer überfallen hat, aber ich bin eine Missionarin, die von den Eingeborenen gequält wird. Sie haben kein Mitleid, weil sie Götzen anbeten und die Erbsünde noch nicht losgeworden sind. *O Haupt voll Blut und Wunden, voll Schmerz bedeckt mit Hohn.* Die Eingeborenen sprechen eine andere Sprache, so wie die Erwachsenen, wenn wir sie nicht verstehen sollen. »Not now«, sagen sie dann oder »Later!«. Auch wenn die Eingeborenen die Worte nicht verstehen, muss die schöne Melodie ihnen zeigen, wie gut ich es mit ihnen meine. *Jetzt aber frech verhöhnet, gegrüßet seist du mir!*

»Sing was anderes!«, sagt Matthias. »Sing was Lustiges!«

***

Die Verknüpfung von Liebe und Leid soll eine frohe Botschaft sein. Aus Liebe leiden macht froh. Es erlöst. Selbstlose Hingabe an ein höheres Ziel, danach sehnen wir uns. Marter, Martyrium, Märtyrer. Leid adelt. Wer leidet, wird schuldlos. *Vergib uns unsere Schuld. Wie auch wir vergeben unsern Schuldigern.* Wer leidet, will wissen, warum. Wer leidet, widersteht der Versuchung. Leid ist eine Versuchung. Wer das Leiden überhöht, erlöst uns von dem Übel. Wer Leid und Liebe gleichsetzt, verknüpft das Leid mit Lust, macht uns zu Leibeigenen, zu Leidtragenden, zu Leidensgefährten in Gedanken, Worten und Taten. *Allein oder mit anderen.* Wer Lust nur mit Leid verknüpft, macht uns zerstörerisch.

Wer die Leidenschaft negiert, schafft Leiden. Wer die Lust verteufelt, gewinnt teuflische Macht.

Und erlöse uns von dem Übel. Das Übel ist der Mangel an Zuversicht. Das Übel sind Gedanken, die sich nicht frei machen können. Das Übel ist das Beharren auf Eindeutigkeit. Das Übel ist die Freude am Gehorchen. Das Übel ist die Angst.

Großartig, grandios und größenwahnsinnig ist das katholische Gedankengebäude. Für jede Befindlichkeit gibt es eine Kammer. Jede menschliche Regung wird beantwortet mit »Du sollst« und »Du darfst« und »Du wirst«. Von Kammer zu Kammer führen Geländer, die Halt geben in der Finsternis, an Abgründen. Sie führen in feierliche Gemeinschaft. Dorthin, wo alle eines Glaubens sind, Zweifel verwehen in Gesang, Gebet und einer Choreographie, die alle gleichzeitig aufstehen und knien, beten und das Kreuz schlagen lässt. Exerzitien nennt man das Exerzieren der Katholiken.

Oremus. Lasset uns beten.
Flectamus genua. Beugen wir die Knie.
Levate. Erhebet euch.

***

Ich war ungezogen, sehr ungezogen. Ich habe Elisabeth gehauen und gebissen. Ich habe auf ihre kranke Haut geschlagen, ich habe in ihren kranken Arm gebissen. Deshalb muss Mutti mich bestrafen.

»Es tut mir weh, wenn ich dich verhauen muss«, sagt sie und holt den Kochlöffel aus der Küche.

Sie setzt sich auf den Stuhl im Kinderzimmer. Ich rufe »Bitte, bitte nicht!« und weine.

Sie legt mich übers Knie. Ich strample und stoße mich mit der Hand ab. Da ist ihr Bauch. In ihrem Bauch ist das Baby. Ich darf mich nicht wehren, sonst stirbt das Baby. Sie schlägt mit dem Kochlöffel auf meinen Po. Ich halte still. Wenn ich still halte, kann ich auch nicht schreien. Ich halte still und bin still. Sie bewegt sich nicht. Wir sind eine große Stille. Die steigt mir in den Kopf, der nach unten baumelt. *Lamm Gottes, du nimmst hinweg die Sünden der Welt, erbarme dich unser.* Sie legt den Holzlöffel aufs Bett und sagt: »Steh auf!« *Lamm Gottes, du nimmst hinweg die Sünden der Welt, erbarme dich unser.*

»Du bleibst den Rest des Tages im Kinderzimmer«, sagt sie, und ich sehe, dass ihr der Schlag mit dem Löffel wirklich wehgetan hat, so weh, dass sie zu keinem zweiten, keinem dritten ausholen kann.

Sie geht hinaus und schließt mich ein. Ich lege mich in mein Bett. Jetzt kann ich wieder weinen. *Lamm Gottes, du nimmst hinweg die Sünden der Welt, gib uns deinen Frieden.*

***

Diese Szene lag fast fünfundzwanzig Jahre im Vergessen. Sie fiel mir ein in einer warmen Julinacht auf einer kleinen griechischen Insel, auf der ich einige Tage als einziger Gast der einzigen Familie in dem einzigen Gästezimmer lebte. Es gab keinen Strom. Wasser kam aus der Zisterne. Das Abwasser floss den karstigen Hang hinab ins Meer. Vom Anleger führte ein steiler Weg hinauf zum Haus und zur kleinen Kirche. Ein Esel trug Lebensmittel und Gepäck, geführt von Papusch, dem Großvater. Ich war dreißig und zum ersten Mal in meinem Leben für mehrere Wochen allein auf Reisen.

Um halb elf gingen meine Wirtsleute schlafen und ließen mich allein mit den ewigen Geräuschen der Wellen, raschelnder Kleintiere, dem Grillenzirpen, den Ziegenglocken und meinen Gedanken in der Dunkelheit unter Sternen. Ich saß vor der weiß gekalkten Wand meines Zimmers auf einem Stuhl, dessen breite, bunte Plastikstreifen meine Oberschenkel zeichneten, und fühlte mich geborgen im sommernächtlichen Nichtstun, im Pinienduft.

Plötzlich stand das kleine Mädchen vor mir, das sich schlagen lässt ohne Gegenwehr, ohne Geschrei. Meine innere Ruhe wich einem Gefühl tiefer Pein. Einen Moment lang fühlte ich mich einer Ohnmacht nahe angesichts dieses Kindes, das wehrlos ist aus Liebe, das aus Angst vor dem Verlust der Mutter, aus Schuldangst seine Kraft, seine Wehrhaftigkeit verliert. Dieser Akt der Selbstaufgabe, der klaglosen Unterordnung verstörte mich für viele Tage.

Es war kein Trost, dass meine Mutter die Unerträglichkeit der Szene gespürt hatte, mich nicht weiter und danach nie wieder schlug. Es war kein Trost, dass sie mir zeigte, dass sie ein solches Opfer nicht wollte. Es war furchtbar, dass ich dazu bereit gewesen war, dazu bereit sein musste. Es war furchtbar, weil es zeigte, wie bedroht ich mich fühlte und wie unfrei mich die Angst machte. Die Angst vor dem Nichts, in das wir beide zu fallen drohten.

Wahrscheinlich habe ich damals nicht an das Lamm Gottes gedacht, aber dass Gebete und Lieder mich begleiteten und das eigene Erleben aufs Stichwort hin kommentierten und orchestrierten, das weiß ich. Sie waren Ohrwürmer, die in passenden und unpassenden Momenten auftauchten, Mantren einer religiösen Kindheit.

Das masochistische Erleben imitierte die leidende Mutter und ließ die Geschichte des Schmerzensmannes und seines Opfers aufscheinen. Sein Schmerz verknüpfte sich mit dem eigenen, und wenn ich *O Haupt voll Blut und Wunden* sang, wurden vor allem die eigenen Wunden besungen und mit der ergreifenden Traurigkeit der Melodie verbunden, im doppelten Wortsinn.

Eine beeindruckende Verwechslung von Ursache und Wirkung setzt ein, eine Umkehrung der Werte. Gutsein und Liebe werden gebunden an Leid und Schmerz und Opfergang, an Unterordnung unter die Gebote Gottes und dessen Stellvertreter auf Erden, Papst, Priester, Eltern, Obrigkeit. Der sadistisch Gequälte hängt als Vorbild und Erlöser über Kinder- und Ehebetten, in Schulklassen und Kirchen. Auch in der Diaspora. Sein Bild ist allgegenwärtig. *Gott lässt Leid über uns kommen, um uns dadurch zum Heile zu führen. Bei allem hat Gott eine heilige Absicht, auch wenn wir sie nicht verstehen.*

Gnade, Barmherzigkeit, Nächstenliebe – das sind Geschenke, auf die man keinen Anspruch hat. Mein Geschenk war, dass meine Mutter sich darauf allein nicht verließ, sondern nach außen unsere Rechte vertrat, sich für ihre Kinder verwandeln konnte in eine Kämpferin. Als ein Musiklehrer meinen Bruder am Hemd gepackt und ihm dabei die Brust zerkratzt hatte, machte sie sich schnurstracks auf den Weg zur Schule, marschierte ins Schulleiterbüro, forderte eine Entschuldigung des Lehrers bei ihrem Sohn und stellte eine Strafanzeige in Aussicht für den Fall einer weiteren Körperverletzung.

Sie lehrte die Schreckenslehrerin, deren freudloser, gewalttätiger Pädagogik ich als Teenager vier lange Jahre ausgesetzt war, wenn nicht das Fürchten, so doch Respekt. Obwohl diese verbitterte Frau mich wohl wissend ausnahm, wenn sie mit Büchern auf Köpfe schlug, Schlüsselbunde warf, kniff und geschminkte Mädchen keifend und geifernd in den Waschraum zerrte und ihnen das sündige Make-up abwusch, beschwerte sich meine Mutter an Elternabenden über die rüde Art von Fräulein Block, die ein paar Jahre später vom Dienst suspendiert wurde, weil die Zeiten auch an katholischen Schulen endgültig vorbei waren, in denen Lehrer Kinder ungestraft züchtigen konnten.

Meine Mutter liebte es, davon zu erzählen, wie kleinlaut andere Eltern auf den Schulstühlen saßen und sich widerspruchslos anhörten, wie verkommen, faul und frech ihre Brut sei. Ja, wie sie sich sogar zu Komplizen machen ließen und Dankbarkeit äußerten für die schwere Erziehungsarbeit der Klassenlehrerin und sich einverstanden erklärten mit vermeintlich notwendigen Strafaktionen.

Die Texte, die diese überaus fromme Katholikin in meine Zeugnisse tippte, herablassend und höhnisch, halten fest, worum es ihr ging, und erinnern mich daran, wo und warum ich einen aufrechten Gang üben konnte.

Meine Mutter, die für sich selbst weder ausreichend Respekt, Geld noch Freiheit einfordern konnte, blühte für uns in der Rolle einer kämpferischen Heldin, die Recht forderte und bekam. Ich war stolz auf sie. Unter dem Patronat meiner ungeschminkten, gläubigen Mutter konnte ich ein stolzer Backfisch sein, die Lidstrichkönigin meiner Schule, mit toupierten Haaren, Stöckelschuhen und Minirock, eine Provokateurin, weit entfernt von katholischer Schulsittlichkeit, ein skandalöser Fall von Frühreife, eine Fleisch gewordene, eine unschamhafte Aufforderung zur Unkeuschheit.

Das Kind, das sich ihren Schlägen ergab, verschwand für lange Zeit aus meinem Bewusstsein. Als es mich in einer Sommernacht traf, wäre ich fast zu Boden gegangen, weil ich wusste, dass es immer Teil von mir geblieben war.

Mir wird übel, wenn ich daran denke, welche Misshandlungen aus Jungen Männer machen, die es zu einer Domina treibt, Puffgänger aus ihnen werden lässt, Liebhaber, die diese Bezeichnung nicht verdienen, und Väter, die ihre Kinder quälen. Welche Zurichtungen aus Mädchen Frauen machen, deren Leben von Demütigungen und Gewalttätigkeiten bestimmt bleibt für immer.

Es ist sonnenklar, dass viele Eltern den Schutz des vierten christlichen Gebotes brauchen, um die Gefahr der Rache zu mindern. Von Liebe sprechen sie wohlweislich nicht, Ehre reicht ihnen.

Genug der Ehre, haben wir gesagt. Unsere Attacken gegen die selbstherrliche Obrigkeit, unser Bemühen um einen klaren Blick zurück und mehr Gerechtigkeit auf Erden, um eine Gesellschaft freier Bürger und Bürgerinnen soll mir niemand klein reden. Ich bin stolz darauf. Natürlich ist es kein Zufall, dass wir fast alle unsere Kirchen verließen, die sich so lange gemein machten mit den Herrschern dieser Welt und sich selbst erhoben mit Macht. *Macht euch die Erde untertan.*

Untertanen wollten wir nicht mehr sein. Unsere christlichen Wurzeln haben wir nicht vergessen. Im Gegenteil. Wir haben sie freigelegt und betrachtet. Indem wir die Religion hinter uns ließen, uns für ausgleichenden Lohn im Himmel bedankten, forderten wir ein menschenwürdiges Leben bei Zeiten. Das Recht der Kinder auf gewaltfreie Erziehung, das Recht der Männer, nicht in den Krieg zu ziehen und Männer zu lieben, für Frauen gleiche Rechte überhaupt. Verdammt noch mal!

Meine Generation hat mit Nachdruck aus der verordneten Demokratie eine gewollte gemacht. Nicht nur Willy Brandt galt das als Wagnis, ihm und seinen Wählern und Wählerinnen allerdings als ein viel versprechendes, ein notwendiges.

In den siebziger Jahren habe ich die Protestanten gelegentlich ein wenig beneidet. Etliche ihrer Pastoren waren wesentlicher Teil der gesellschaftlichen Avantgarde. Das war ermutigend, ließ aber die katholische Kirche noch reaktionärer wirken.

Die findet keine Priester mehr, aber der Gesundheitszustand des Papstes ist wieder Aufmacher der Tagesschau. Der Reporter spricht seinen Text anteilnehmend und ehrerbietig.

Die Berichterstattung aus dem Vatikan ist Hofberichterstattung aus einer Theokratie, aus einer absolutistischen Männerwelt. Der Papst im Papamobil, der Papst auf Reisen, der Papst, der den Boden seines Gastlandes küsst, der Papst bei Stimme, aber nicht bei Kräften, bei Kräften, aber nicht bei Stimme. Der Papst am Fenster. Der Papst im Krankenhaus. Die Beiträge in der Tagesschau wirken wie von Kardinälen selbst gemacht. *Flectamus genua. Beugen wir die Knie* – zum Offenbarungseid des kritischen Journalismus.

19

Mutti hat uns »Heidi« vorgelesen. Den ganzen Nachmittag. Zwischendurch hat sie uns von den Alpen und vom Bodensee erzählt. Dort wohnt Tante Inge. Dort ist Mutti zur Schule gegangen, als Krieg war und hier Bomben fielen. Am Bodensee hat sie sich gern in eine Kirche gesetzt, wenn sie traurig war. Sie war oft traurig. »Nur die katholischen Kirchen hatten eine Seele«, sagte sie. Wir haben zugehört und gemalt. Thea saß auf ihrem Schoß, und wenn Mutti umgeblättert hat, haben wir geguckt, ob auf der neuen Seite ein Bild ist. Irgendwann hat Mutti gesagt: »Jetzt müssen wir uns aber beeilen, damit wir mit allem fertig sind, wenn Vati nach Hause kommt.«

Wir haben unsere Spielsachen weggeräumt und den Tisch gedeckt. Wir haben Abendbrot gegessen, und Mutti hat Franziska gestillt. Wir haben den Tisch wieder abgedeckt.

Jetzt macht sich Mutti Sorgen, weil Vati nicht nach Hause kommt. Sie hat das Baby auf dem Arm und steht schon lange am Fenster.

»Ihr seid ja immer noch nicht fertig. Diese Trödelei. Das ist ja zum Verrücktwerden«, schreit sie und stampft mit dem Fuß auf.

Wir flitzen ins Kinderzimmer und ziehen uns aus. Matthias hat sich schon die Zähne geputzt und gurgelt laut im Badezimmer. Das kann keiner so gut wie er.

Mutti legt Franziska auf ihr Bett und guckt aus dem Schlafzimmerfenster. Aber auch von hier aus sieht sie Vati noch nicht. Ich knöpfe die Strampelhose auf beiden Schultern auf. Franziska macht ganz goldige Geräusche. Ich schnüffle so gern an ihrem Kopf. Sie strampelt und rudert mit den Armen.

»Sie lacht«, sage ich, und Mutti kommt vom Fenster und zieht Franziska die Strampelhose und die Gummihose aus, dann die nasse Windel. Von der Kommode hole ich eine neue Windel und falte sie zum Dreieck. Zum Glück ist die alte Windel nur nass und muss nicht lange ausgespült werden.

»Marsch ins Bett«, sagt Mutti und legt Franziska in die Wiege, für die sie fast schon zu groß ist. Sie guckt wieder aus dem Fenster, aber nur kurz. Sie zieht die Vorhänge zusammen. Sie guckt im Kinderzimmer aus dem Fenster und zieht das Rollo runter. Sie knöpft Dorothea die Schlafanzugjacke zu. Sie cremt Elisabeths Arme ein und umwickelt sie mit Mullbinden. »Stillhalten«, sagt sie und macht einen Knoten in die Binde am Handgelenk. Es sieht aus, als hätte Elisabeths Nachthemd lange weiße Ärmel.

»Lieber Gott«, sagt Mutti, und wir falten die Hände und knien uns hin, »wir danken dir für diesen schönen Tag. Wir bitten dich, lass Elisabeths Haut morgen wieder besser sein. Beschütze alle, die wir lieb haben. Beschütze auch uns in dieser Nacht und gib uns deinen Segen. Amen.«

»Singen!«, sagt Dorothea.

»Nein«, sagt Mutti. »Jetzt wird geschlafen.« Sie gibt jedem von uns ein Küsschen. Sie macht das Licht aus und lehnt die Tür an.

Ich will nicht schlafen. Ich will Vati noch gute Nacht sagen. Hoffentlich kommt er bald. Ich lausche und lausche. Auf bloßen Füßen schleiche ich aus dem Kinderzimmer, durchs Schlafzimmer, über den Flur. Im Esszimmer steht Mutti am Fenster und wartet auf Vati.

»Ich kann nicht schlafen«, sage ich, laufe zu ihr und greife nach ihrer Hand. Ihre Hand ist kalt. Ich drücke sie und rubbel ihre Hand mit meinen Händen.

»Ach, meine Große«, sagt sie und nimmt mich auf den Arm, obwohl ich dafür schon zu schwer bin.

»Er kommt bestimmt gleich«, sage ich. Und sie sagt: »Ja. Bestimmt.«

***

Im Warten ist der Andere schon bei einem, von Minute zu Minute mehr. Es stellt sich heraus, der Andere ist im Warten sogar mehr bei einem, als wenn er schließlich kommt, guten Tag sagt und tut, was er will, weil er selbst gar nicht gewartet hat, sondern unterwegs war ohne Sehnsucht nach zu Hause. Wenn der, auf den man wartet, mit einem schlechten Gewissen ankommt, dann ist es noch schlimmer: Er ist länger ausgeblieben, weil es anderswo schöner ist als zu Hause. Deshalb hat er die Zeit ausgekostet und überzogen. Für sein Vergnügen hat er in Kauf genommen, dass man seinetwegen beunruhigt ist und lange nichts anderes tun kann als warten. So hat er das Zuhausesein verdorben. Wenn man sich begegnet, bleibt die erwartete Freude aus. Man sieht einander endlich, möchte sich aber voreinander verstecken. Der Heimkehrer will nicht zeigen, dass er ohne Antwort ist auf das Warten. Die Wartende möchte nicht erkennen, dass die schlimme Zeit sich nicht auflöst in gemeinsamem Glück. Sie müsste schimpfen oder sich schämen. Sie wendet sich ab.

So sieht sie ein, das Warten selbst ist die schönere Zeit, denn dann kann noch alles gut werden. Aber beim nächsten Warten ist das schon wieder vergessen, und wieder denkt sie kaum an etwas Schönes, sondern fast ununterbrochen an etwas Schlimmes.

Die Mutter war fast immer zu Hause. Der Vater war am liebsten fort. Als Kind habe ich mit der Mutter auf den Vater gewartet. Als ich größer war, habe ich versucht, sie abzulenken vom Warten. Irgendwann bin ich selbst fortgegangen. Aber ich hatte mich so gewöhnt ans Warten und daran, mir Sorgen zu machen, dass ich nicht aufhören konnte damit. Es dauerte Jahre, bis ich keine Kopfschmerzen mehr bekam, sondern wütend wurde über die Macht desjenigen, der mich warten ließ. Erst als ich verstand, dass das Denken an das Schlimmste auch ein Hoffen auf das Schlimmste enthält, die Hoffnung, der andere möge tatsächlich nicht wiederkommen, einen für immer befreien vom Warten, ist mein Warten selten geworden.

Unser Zuhause war nur am Sonnabendnachmittag und am Sonntag das Zuhause des Vaters. Von Montag bis Freitag war es sein Schlafplatz, und er frühstückte dort. Er sollte weder beim Schlafen noch beim Frühstücken gestört werden. Seine herbeigesehnte Anwesenheit war ein Glück, das nicht immer froh machte, aber immer vorsichtig. Die Mutter nahm sich in Acht, die Kinder nahmen sich in Acht, wir wichen alle zurück.

Montags und donnerstags ging der Vater zum Skatspielen und kam erst nachts nach Hause. Nicht einmal seine Frau wusste, wo und mit wem er sich traf. Auch im Notfall hätte sie ihn nicht erreichen können. Nie lernten wir die Leute kennen, mit denen er wochentags weit mehr Zeit verbrachte als mit uns.

Der Vater führte ein eigenes Leben, mit dem wir nichts zu tun hatten. Es war geheimnisumwittert, und niemand durfte es durchschaubar machen. Hier wie auch sonst reichte die Vermutung, man könnte ihn kränken oder verärgern, um sich jede Frage zu verbeißen. Als Teenager konnte ich nicht glauben, dass er nur Kartenspielen ging, malte mir aus, was er tat, wenn ihn niemand von uns beobachtete, und als ich mit neunzehn meinen Führerschein gemacht hatte, spielte ich mit dem Gedanken, ihm heimlich zu folgen. Fragen konnte ich ihn genauso wenig wie die Mutter. Noch als junge Erwachsene bekam ich Herzklopfen und eine diffuse Angst, es könnte etwas Schreckliches geschehen, wenn jemand dieses Tabu brechen würde.

Der Vater unterbrach sein unbekanntes Leben nicht gern, um zu uns zu kommen, das ließ er uns spüren auf eine Art, die uns denken ließ, es liege an uns. Wenn er nach Hause kam, schimpfte er über unsere Unordnung. Beim Treppensteigen stöhnte er. Und nach dem Schimpfen stöhnte er wieder und ließ sich aufs Sofa fallen dabei. So zeigte er uns, wie anstrengend alles für ihn war und dass er sich bei uns erholen musste und keinesfalls für neue Anstrengungen zur Verfügung stand.

Hatte er sich erst einmal daran gewöhnt, für ein paar Stunden bei uns zu sein, gefiel es ihm nicht schlecht. Er liebte uns, aber man musste ihn beruhigen, damit er es uns zeigen konnte. Er stürzte uns in Ungewissheit. Er ließ uns warten. Bitten ließ er sich gar nicht gern. Er ließ uns im Stich, aber nur so weit, dass wir die Hoffnung nicht aufgaben. Er lehrte uns, Rücksicht zu nehmen. Er machte uns bescheiden.

Er war ein schöner Mann und träumte von der Freiheit, von Amerika. »Der Zug ist abgefahren«, sagte er enttäuscht und fuhr jeden Winter in seinem schicken Auto ohne uns in Urlaub. Er war ein leichtfüßiger Junggeselle mit einer Frau und vielen Kindern. Er sah immer aus wie aus dem Ei gepellt; niemand sonst in der Familie hatte so viel anzuziehen. Er achtete darauf, dass seine Hemden tadellos gebügelt wurden und seine Schuhe blitzblank geputzt. Er ging so oft zum Friseur, dass es gar nicht auffiel, wenn er dort gewesen war. Er war verantwortungslos, aber da er ein Mann war, sah man es ihm nach. Da er der einzige Mann im Haus war, setzte man weiter Hoffnung in ihn. Damit ließ man ihn so allein, wie er uns allein ließ. Er spielte eine Rolle. Es spielte keine Rolle, dass es doch nicht geklappt hatte mit der Arbeit beim Film oder mit Amerika. Dass er auf die Schnelle Schneider geworden war mit dem Vater als Lehrmeister, dass er Kaufmann wurde, ohne das Nötige gelernt zu haben. Dass er das Lernen hatte aufgeben und Kindersoldat werden müssen und sich danach zu alt für die Schule fühlte und zu hungrig war. Bei Kriegsende war er ein Siebzehnjähriger gewesen, bewaffnet mit einer Pistole und ganz auf sich allein gestellt. Ein Deserteur, der unbedingt leben wollte.

Er war ein Sohn, der wenig Respekt genoss von seinem Vater und verwöhnt worden war von seiner Mutter. Er war ein Sohn, der seine Eltern nie verließ und in langwieriges Unglück geriet, als sie ihn verließen. Er war ein Mann, dem es zugute kam und zum Fluch geriet, dass allein sein Geschlecht ihm Wichtigkeit verlieh. Er war ein König ohne Land, der gern von seinen Latifundien sprach.

Die Liebe ist langmütig, gütig ist die Liebe, die Liebe ist nicht eifersüchtig, sie prahlt nicht, ist nicht aufgeblasen. Sie handelt nicht taktlos, sie sucht nicht den eigenen Vorteil, sie lässt sich nicht erbittern, sie trägt das Böse nicht nach. Alles deckt sie zu, alles glaubt sie, alles hofft sie, alles erträgt sie.

Es kam mir vollkommen schlüssig vor, dass eine Frau nicht Klage führt dem Mann gegenüber, dass meine Mutter in Liebe an meinem Vater hing, auch wenn sie unglücklich war durch ihn. Sie war treu für zwei, wollte gütig, taktvoll und bescheiden sein für zwei. Ja, sie ertrug alles und deckte alles zu.

Nun aber bleiben Glaube, Hoffnung, Liebe, diese drei; am größten jedoch unter ihnen ist die Liebe. Auch dieser Satz passte zu dem Verhalten meiner Mutter. Als Kind habe ich sie oft weinen sehen, das Schimpfen meines Vaters erlebt. Aber auch dies: Die Eltern haben sich geliebt, küssten und umarmten sich, stritten nie. Die Mutter war glücklich in seinen Armen. Seine Zärtlichkeit war eine Freude auch für ihn. Als ich hörte, dass andere Eltern sich zankten, war ich stolz darauf, dass es das bei uns nicht gab. Es hat lange gedauert, bis ich verstand, dass es daran lag, dass sie sich nicht als Gleiche erachteten.

Der Vater war von Gott gesandtes Oberhaupt der Familie. »Mein Herr und Gebieter«, sagte meine Mutter manchmal halb im Scherz, halb im Ernst, oder »mein Göttergatte«. Sie hatte Gott und ihrem Mann zu gehorchen. Wir Kinder hatten allen zu gehorchen. Dass der Text des Hohelieds der Liebe auch für Männer Gültigkeit haben könnte, darauf wäre ich nicht gekommen. Er beschrieb ohne jeden Zweifel die Liebe der Frauen.

Lieb sein, artig sein – das waren Alltagsbegriffe für uns Kinder, die für meinen Bruder ein klein wenig weniger galten als für uns Mädchen. Matthias hatte gelegentlich beeindruckende Wutanfälle, die mit dem Wort Jähzorn beschrieben wurden, mir Angst machten und als eine Art Krankheit erschienen, die man zu heilen versuchte wie die Neurodermitis der Schwester, aber gegen die auf Dauer ebenso wenig ein Kraut gewachsen war. Allerdings war der Jähzorn meines Bruders ein weitaus kleineres Unglück als das Ekzem der Schwester. Genau genommen war er gar kein Unglück, sondern ein früher Ausdruck von Männlichkeit, und es kam nur darauf an, ihn durch Selbstbeherrschung in akzeptable Bahnen zu lenken. Die Gewalttätigkeit, die im Zorn des Vaters auf den Sohn lauerte und Antwort fand in dessen Wutanfällen, entsetzte mich.

Die Eltern wollten den Sohn nicht vorziehen, die Mädchen nicht abwerten, aber es war deutlich, dass der Junge irgendwann ein Mann werden würde, ein Privilegierter einerseits, ein Hoffnungsträger andererseits. Der Vater zeigte das durch besondere Strenge, die Großmutter durch besondere Verwöhnung und lebhafte Vorfreude auf sein Erwachsensein. Sie sagte aber auch: »Männer sind arm, denn sie nehmen nur. Wir Frauen, wir sind die Glücklichen, wir geben.«

Die Kehrseite der Frauenliebe wurde verleugnet. Sie musste belohnt werden, nicht erst im Himmel, sondern schon auf Erden. Und so wie der Vater im Himmel der Erlöser von allem Übel war, waren Ehemänner und Söhne auf Erden Erlöser vom Alltagsübel des Erwerbslebens und Glücksbringer, die der liebenden Frau die Welt zu Füßen legen sollten oder doch wenigsten ausreichend Haushaltsgeld. Dass schon seit Jahrzehnten kein Mann in der Familie diese Erwartung auch nur annähernd erfüllt hatte, stellte die Hoffnung nicht in Frage, sondern ließ sie nur noch dringlicher werden.

Die Frauen in meiner Familie halfen sich selbst und einander. Sie waren Erbinnen eines stattlichen Hauses, das ihnen das Überleben in Notzeiten erheblich erleichterte und das sie beliehen, um ihren Männern bei deren Geschäftsgründungen auf die Sprünge zu helfen. Unabhängigkeit verkörperte aber nur Tante Irene. Ihre Schwestern warteten auf Wohlfahrt durch einen Mann, dessen Liebe sie erlösen sollte, auch aus der Zwangsgemeinschaft der Frauen, gleichzeitig aber die gesamte Familie in eine gedeihliche Zukunft führen. Nun, da sie Witwen und über fünfzig waren, setzten sie auf die Männer der nächsten Generationen, auf meinen Vater, meinen Bruder.

Herr, erlöse mich! Christus, erlöse mich! Herr, erlöse mich! Meine Mutter suchte nach Erlösung von Schuld und Trauer, von Seelenpein, von Leere, von der Lieblosigkeit ihrer Mutter, die nie ein Hehl daraus gemacht hatte, dass sie ihr jüngstes Kind nicht hatte haben wollen. Sie fand sie im Herrn. Sie wollte eine Braut Christi werden, den Schleier nehmen, sich verhüllen, der Welt entrinnen und es Entsagung nennen, sich verbergen für alle Zeit in einem Kloster. Aber dann verliebte sie sich in den Mann, den »der liebe Gott ihr vor die Füße geworfen hatte«, und erwartete ein Kind, erwartete es so sehr, dass sie es kaum abwarten konnte. Sie stürzte sich ins Leben, indem sie Leben in sich selbst wachsen ließ, eines nach dem anderen, Mädchen, lauter Mädchen, sieben an der Zahl und einen Sohn. Eine Welt für sich. Der Sohn fragte sich lange, wie er seinem Leben Sinn geben sollte, wo er doch keine Mutter würde werden können. Dann nahm er die Rolle des Hoffnungsträgers an und erfüllte sie eigenwillig. Die Mädchen machten sich auf in eine andere Zeit und nahmen die Mutter weit mit.

Als ich heranwuchs, hatte die Schul- und Berufsbildung der Mädchen die gleichen Ziele wie ein halbes Jahrhundert zuvor: Frauen sollten etwas in petto haben, für alle Fälle, zur Sicherheit, und sie sollten ihren Männern taugen als Gesprächspartnerinnen, anregende Gesellschafterinnen, ihren Kindern als Erzieherinnen. Je höher der soziale Status des Mannes, umso gebildeter musste auch die Frau sein. Dummheit hielt man für einen Makel. Aber Bildung als Weg in unabhängiges Denken, als Voraussetzung für politische Urteilsfähigkeit und intellektuelles Vergnügen, beruflichen Erfolg – das stand für Mädchen nicht auf dem Programm. Erkenntnisinteresse kam im Familienwortschatz nicht vor.

Als Kind war ich umgeben von Frauen, die arbeiteten, aber überwiegend so taten, als handele es sich dabei um ein Versehen, als seien sie nur ersatzweise unterwegs, als Ersatz für die Männer, die gestorben waren, oder als Ausgleich dafür, dass sie keinen »abbekommen« hatten. Fräulein Kasten, die Mieterin im Dachgeschoss, die als Stenotypistin arbeitete, war ein klarer Fall von »hat keinen abbekommen«. Sie hatte ein Pferdegebiss, aber nicht deshalb hielten alle es für eine glückliche Fügung, dass sie ohne Mann und Nachwuchs lebte, sondern weil sie barsch zu uns Kindern war. Sie stand zwar fest im katholischen Glauben und hatte strikte Erziehungsmaximen, die sie gelegentlich an uns ausprobieren wollte, war aber nie liebevoll. Solange sie bei uns wohnte, suchte sie einen Mann und erzählte meiner Mutter, in der Küchentür lehnend und ihr bei der Arbeit zusehend, von gelegentlichen Verabredungen, die regelmäßig enttäuschend verliefen.

Tante Gertrud, die beim Roten Kreuz arbeitete, wenn ihre Gesundheit es zuließ, hatte zwar einen Mann gefunden, aber viel zu spät, um durch ihre Heirat Schwung in ihr Leben zu bringen. Schon als sie jung war, war sie meist »leidend« gewesen, und eine leidende junge Frau war nicht kräftig genug für die Ehe und blieb bei ihren Eltern. Meine Großmutter versuchte einige Jahre lang mit der Zucht exzentrischer Hunde Geld zu verdienen, und da das nicht sonderlich gut gelang, arbeitete sie kurze Zeit als Putzfrau, war aber natürlich nie und nimmer eine Putzfrau, sondern eher so etwas wie eine Gesellschafterin, die Freunden und Bekannten ein bisschen zur Hand ging. Hilde, die Freundin meiner Mutter, arbeitete bei der Bahn und hatte wahrscheinlich keinen abbekommen. Immerhin hatte sie einen ins Auge gefasst, ihren Schwager. Der wollte aber nach dem frühen Tod von Hildes Schwester einfach nicht anbeißen bei Hilde, sondern heiratete nach einiger Zeit eine vollkommen Fremde. Hilde blieb bei ihrer Mutter. Jahr um Jahr wurde sie böser auf ihren Schwager, der so gut zu ihr gepasst hätte als katholischer Mann und Witwer ohne Kinder, und dann begann sie Stimmen zu hören, obwohl niemand in der Wohnung war, denn die Mutter war inzwischen gestorben. In ihrer Angst bat sie die Polizei um Hilfe.

Aber die konnte ihr nicht helfen. Niemand konnte ihr helfen, auch meine Mutter nicht, die es gern getan hätte, aber nicht wusste, wie.

Berufstätige Mütter mit Ehemann machten sich oder ihren Mann vollkommen unmöglich. Entweder waren sie oberflächlich und materialistisch, oder ihre Männer verdienten nicht genug, wurden ihrer Aufgabe als Familienernährer nicht gerecht. Lehrerin, das war der einzige akzeptable Frauenberuf weit und breit, zur Not sogar vereinbar mit der Mutterrolle.

Geld? Über Geld spricht man nicht. Dieses Thema ist so intim, dass es nur hinter den für Kinder verschlossenen Türen erörtert wird und wenn es sich wirklich nicht vermeiden lässt. Die Mutter und die großen Kinder wissen auf den Pfennig genau, wie viel ein Pfund Tilsiter kostet und ein Feinbrot, aber nie erfahren sie, wie viel der Vater verdient, wie hoch die Schulden sind, ob das eine zum anderen passt. Wenn die Mutter etwas Geschäftliches unterschreiben muss, vergisst sie sofort wieder, um was es sich handelte. Sie hat kein Konto. Der Vater gibt ihr täglich Geld in die Hand. Damit wird sparsam umgegangen, trotzdem ist es immer knapp oder zu wenig.

Geld spielt keine Rolle. Es ist ein Tauschmittel. Geld gegen Milch und Haferflocken, Schulhefte und Bleistifte. Geld steht in keinem größeren Zusammenhang. »Die Wirtschaft« ist so etwas wie »der Staat«. Mal sind die Zeiten besser, mal schlechter. Man hat erlebt, dass alles den Bach runtergeht. Ob der Mann genug Geld verdient, hängt von der Wirtschaftslage ab, davon, ob die Zeiten gut sind oder schlecht. Wer soll darauf Einfluss nehmen? Ein Mann ist selbstständig, so wie die Großväter und der Vater. Kein kleiner Angestellter. Aber kaum hat man sich etwas aufgebaut, gibt's Krieg, kommt eine Inflation. Die Kriegsanleihen – vollkommen wertlos geworden. Tante Irene hat ihr Gehalt im Koffer nach Hause geschleppt. Ach, du liebe Zeit! Und Onkel Bruno hat am Schwarzen Freitag ein Vermögen verloren. Das einzig Sichere ist Grundbesitz, das Haus, das Familienhaus.

Hast 'n Taler, geh zum Markt, kaufste 'ne Kuh, Kälbchen dazu, Kälbchen hat 'n Schwänzchen. Diedeldiedeldänzchen.

Im Winter spielten wir Krämerladen. Die Erwachsenen kauften winzige Päckchen bei uns, Persil stand darauf, Ata und Mehl. Sie bezahlten mit Pfennigen und schenkten später die Waren zurück. Wir expandierten und gründeten neben dem Laden ein Restaurant.

Dort gab es auf Puppengeschirr Rosinen. Wir bekamen sie umsonst und verkauften sie stückweise mit enormem Gewinn. Wir waren so reich, dass wir Brausepulver kaufen konnten und eine Puppennuckelflasche mit Liebesperlen.

Geld für einen Ausflug, für den Schulverein, Geld für neue Turnsachen – darum bitten zu müssen, wurde vermieden, solange es ging. Die Mutter hätte uns alles gegeben, aber sie hatte ja nichts, musste erst den Vater fragen, und der machte ein Gesicht, als hätten wir wieder alles sinnlos vergeudet, hätten in Saus und Braus gelebt und nicht Acht gegeben auf sein schönes Geld. Aufs Geld achten, aufs Geld aufpassen. Die Münzen und Scheine waren wie kleine Kinder, ehe man sich's versah, waren sie weggelaufen. Futsch.

Leute, die nicht nur aufpassten auf ihr altes Geld, sondern sich gern um neues kümmerten, waren kein Umgang. Neureich. Oberflächlich. Nur aus auf schnöden Mammon. Geldgier war genau so schlimm wie Geiz. Und Gewerkschaften, die ja die Wirtschaft vollkommen kaputtmachten. Kaum ging es mal besser, kamen die Gewerkschaften und verdarben die Sache. Die Gewerkschaften wurden angetrieben von den Arbeitern. Ach Gott, diese armen Leute in den Fabriken! Am Fließband stehen, entsetzlich! Da muss man ja verdrehte Gedanken haben. Die Arbeiter sind rot, vaterlandslose Gesellen, die aber leider auch wählen dürfen, obwohl sie ja vollkommen unkultiviert sind. Wir hingegen kamen aus gutem Hause.

Jesus stammte aus einfachen Verhältnissen, aber Geld verdienen musste er offenkundig nicht. Er mochte die Armen und sagte: *Leichter kommt ein Kamel durch ein Nadelöhr hindurch als ein Reicher in das Reich Gottes hinein.* Er vertrieb die Händler und Geldwechsler aus dem Tempel. Und wenn nicht genug zu essen da war, bewirkte er ein Wunder. Meine Mutter sagte: »Wo drei satt werden, werden auch vier satt.« Sie sagte: »Wo sieben satt werden, ist auch für acht genug da.« *Schaut auf die Vögel des Himmels: Sie säen nicht, sie ernten nicht und sammeln nicht in die Scheunen, und euer himmlischer Vater ernährt sie.*

Die Sache war weitgehend klar: Geld ist unwichtig. Geld ist schmutzig, nicht nur, weil es von so vielen Leuten angefasst wird. Frauen halten sich rein. Sie waschen ihre Hände, wenn sie vom Einkaufen nach Hause kommen, weil sie Geld angefasst haben. Sie waschen ihre Hände in Unschuld. Sie verstehen nichts von Geld. Sie sind für die wichtigen Dinge des Lebens zuständig, für die Kinder, für Kultur. Das langweilige Geld, das der Mann ihnen gibt, verwandeln sie in das Notwendige, in Speis und Trank.

Ich aber wollte so schnell wie möglich erwachsen werden und in die Welt, dorthin, wo man Geld braucht, um sich Essen zu kaufen, Kinokarten und Kosmetik. Deshalb wurde ich ein schlechter Mensch. Mit zwölf Jahren – seit einiger Zeit besuchte ich das katholische Mädchengymnasium in der Nähe der Außenalster – bestahl ich Tante Irene und Tante Gertrud, und anstatt zur Schule zu gehen, bummelte ich durch die Innenstadt, in der nun keine Bettler mehr hockten, aß in einem der neuen Schnellrestaurants, kaufte Lippenstifte und verbotene Lektüre, schloss mich in mein Zimmer ein, malte mich an, legte mich aufs Bett, hörte Schlager, las Heftchenromane oder schlief.

Die Zeit war eine Last, die sich nicht abschütteln ließ. Was ich tun sollte, mochte ich nicht tun. Mir fiel nichts ein, was eine ehrliche Freude gewesen wäre. Die Zeit verging nicht. Am liebsten hätte ich sie vollständig verschlafen. Ich gefiel mir nicht. Ich gefiel niemandem. Eine glückliche Frau wollte ich werden, war aber eine unförmige Raupe mit fettigen Haaren und fremden Gerüchen. Keiner sollte mir nah kommen. Was mit mir geschah, war eine Zumutung. Ich war eine Zumutung. In jeder Sportstunde, in der ich mich in Turnhemd und -hose präsentieren musste, war ich vor Scham nahezu bewegungsunfähig.

Meine Geschwister spielten leicht bekleidet im Garten, als sei nichts geschehen. Sie vermissten mich nicht. Meine Freundin Juli las Karl May und interessierte sich für nichts anderes. Wenn sie nicht las, erzählte sie, was sie gelesen hatte. Winnetou und Old Shatterhand nahmen mir meine Freundin. Ich war der einsamste Mensch auf der Welt und wollte nicht gesehen werden in meinem Unglück. Ich schloss mich in meinem Zimmer ein und legte mich ins Bett. Dort blieb ich, solange es irgend ging. Morgens verabschiedete ich mich von meiner Mutter, fuhr aber nicht zur Schule, sondern schlich die Treppe hinauf, zog mich wieder aus, legte mich ins Bett und schlief bis mittags.

Abends betete ich so wie immer, aber es war nur noch eine Gewohnheit. Gott war da für Kinder, für Frauen und Männer. Für Raupen war er nicht zuständig.

Als das wochenlange Schwänzen aufgefallen war, ging ich wieder zur Schule, und Tante Irene übte englische Vokabeln mit mir. Ihre freundliche Konzentration war mir nur lästig. Sie erreichte mich nicht. Meine Mutter war eine nahezu fremde Frau mit kleinen Kindern, deren Lärm mir auf die Nerven ging. In der Schule saß ich schläfrig auf meinem Stuhl und wartete auf das Ende der Stunde, das Ende des Schultags. Im Herbst war klar, wenn es so weiterginge, würde ich nicht versetzt werden.

Als meine Diebstähle aufflogen, war schon eine erkleckliche Summe zusammengekommen, die nicht vom Taschengeld zurückzuzahlen war. Jetzt wurde die Raupe gerüttelt und geschüttelt, wurden die Fenster aufgerissen, ihr Bett gelüftet. Mit dem Ende der Nachsicht endete meine Fühllosigkeit. Ich schämte mich fürchterlich und war gleichzeitig froh, dass meine Mutter, dem Verdacht der Tanten folgend, ohne mich zu fragen und damit gegen ihre Prinzipien in mein Zimmer gegangen, es durchsucht hatte und mir auf die Schliche gekommen war. Die folgenden Gespräche waren überaus ernst. Dem Vater wurde berichtet. Seine Enttäuschung war das Schlimmste. Alle Erwachsenen sahen die Raupe genau an. Sie wand sich, aber verstecken konnte sie sich nicht mehr. Sie musste wieder lernen, ich zu sagen und sich zu bewegen.

Ich ging zur Beichte und bereute aus tiefstem Herzen. Das tat gut. Ich weinte, ich sprach, ich bestürmte meine Eltern, mich zum neuen Schuljahr in eine Realschule umzuschulen, damit ich nicht sitzen bliebe. Abitur wolle ich ohnehin nie und nimmer machen. Die Schule sei nur eine Qual, die ich so schnell wie möglich hinter mir lassen wollte, um zu arbeiten und Geld zu verdienen.

Geld verdienen musste ich aber sofort, denn dass ich den Schaden wieder gutzumachen, das gestohlene Geld zurückzuzahlen hatte, daran gab es keinen Zweifel. Ich wurde Zeitungszustellerin. An meinem ersten Arbeitstag war Schnee gefallen. Mein Rad geriet ins Schlittern, ich knallte hin. Meine Strümpfe waren zerrissen, ein Knie war aufgeschürft, mein Rock weit nach oben gerutscht. Zeitungen fielen aus der geöffneten Packtasche in Matsch und Schnee. Ich wollte heulen und grabbelte nach dem Papier. Ein älterer Mann half mir, stellte das Fahrrad hin, hielt die Packtaschen auf. Er bückte sich nach den letzten Zeitungen. Dabei strich er mir über den Po. Tränen kamen nun nicht mehr in Frage. Ich war verwirrt und empört, beschwerte mich aber nicht.

Montags bis freitags schob ich nach dem Mittagessen mit dem

Fahrrad los, am Samstagvormittag auch. Als ich meine Schulden abbezahlt hatte, holte meine Mutter die Vase, die ich von geklautem Geld gekauft und ihr geschenkt hatte, aus ihrer Verbannung ganz hinten im Schrank und nahm sie mit ausdrücklicher Freude in Gebrauch. Das neue Schuljahr begann ich als Realschülerin der siebten Klasse, in einer anderen, aber auch katholischen Schule, einer neu zusammengesetzten Klasse.

In all den Turbulenzen, beim täglichen Fahrradfahren mit schweren Zeitungstaschen, beim Laufen treppauf und -ab in fremden Häusern mit Druckerschwärze an den Händen hatte sich die Raupe verwandelt. Mit dreizehn war ich endlich ein junges Mädchen. Ich konnte wieder sprechen und denken, lachen auch. Ich verdiente wieder Vertrauen und weiterhin Geld, das nun mir gehörte, blieb Zeitungsmädchen bis zum Ende der Schulzeit. Auf eigenes Geld wollte ich nie wieder verzichten.

Mein Körper war nicht mehr so selbstverständlich wie vor der Verpuppung, aber er gefiel mir besser und besser und machte mir auf neue Art Vergnügen. Immerzu dachte ich an die Liebe, an eine Leidenschaft, die mich mit- und fortreißen würde. Die Erklärungen meiner Mutter zum Sakrament der Ehe verbanden sich mit zuvor ungekannten Gefühlen, mit Sehnsucht und Lust. Von der Sehnsucht hatte meine Mutter erzählt. Liebe und Sehnsucht. Lust haben Frauen erst, wenn sie von einem Mann »erweckt« worden sind, hatte sie gesagt. Ich war hellwach, erzählte ihr aber nichts davon. Was ein Orgasmus ist, zeigte mir mein Körper, kein Mann.

Gott war jetzt zwar wieder zuständig für mich, aber seine heilige Kirche hatte vor allem eine Antwort auf das, was mich beschäftigte: Unkeuschheit gefährdet das Seelenheil; Fleischeslust ohne Ehe ist eine schwere Sünde. Meine katholische Kindheit war vorbei.

Ich fühlte mich erwachsen und wünschte mir einen Mann. Natürlich sollte es nicht irgendeiner sein, sondern der richtige, der einzig richtige. Ich betete zu Gott: Wo immer er jetzt ist, was immer er jetzt tut, bitte beschütze ihn.

Mit meiner Mutter führte ich wieder vertrauliche Gespräche. Über Lust und Keuschheit sprach ich nicht mit ihr, aber über Kindererziehung, Liebe und Heirat, über Religion und die Großmutter. Ich war jetzt ihre wirklich große Tochter, wirklich vernünftig. Wir waren beide froh, weil alles wieder in Ordnung war. Ich war stolz darauf, dass sie mich wie eine Erwachsene behandelte, und nahm meine Pflichten ernst wie eh und je. Ich war die Hilfsmutter, die fast alles konnte: einkaufen, sauber machen, kochen, Kinder zu Bett bringen, Kinder erziehen, trösten, schimpfen, strafen, eine zupackende Vorarbeiterin, die wieder genau sah, wann die Kraft der Mutter knapp wurde, wann sie traurig war. Ich fühlte mich stark in dem Versuch, der Verzweiflung der Mutter zuvorzukommen, und schwach nicht einmal in meiner verzweifelten Wut, die nie die Mutter traf oder den abwesenden Vater, sondern den ungehorsamen Geschwistern galt, den faulen oder frechen Kindern.

Die Reserviertheit der Mutter gegenüber, die mir während meines Daseins als Raupe zugewachsen war, wurde mir nur im Körperlichen bewusst. Zärtlichkeiten ging ich aus dem Weg, und ich versuchte, sie zu überreden, sich schick zu machen. Ich drehte ihr die Haare ein und schenkte ihr Wimperntusche.

Ohne mir viel Mühe geben zu müssen, war ich wieder eine gute Schülerin. Ich übte, meine Augenlider mit perfekten Lidstrichen zu bemalen. Das Ergebnis trug mir die Anerkennung meiner Mitschülerinnen ein und die Ablehnung meiner Klassenlehrerin, war also ein voller Erfolg. Im Kino sah ich mir Filme an, die erst freigegeben waren für über Sechzehnjährige. Niemand fragte mich nach meinem Ausweis, wenn ich schwer geschminkt und mit toupierten Haaren an der Kasse stand.

Als meine Mutter ihr letztes Kind zur Welt brachte, war ich dreizehn Jahre alt. Meine vierzehnjährige Freundin Juli und ich wurden die Patinnen meiner jüngsten Schwester. Am Samstag vor der Taufe durfte ich mir beim Friseur eine Wasserwelle legen lassen, die allerdings über Nacht verschwand. Dennoch war ich unglaublich stolz. Ein Jahr später wurde ich gefragt, ob die Kleine in der Karre mein Kind sei. Das rührte an einen wunden Punkt: Es dauerte noch unendlich lange Jahre, bis ich selbst würde heiraten können. Und genau das wollte ich, lieber heute als morgen. Im Grunde genommen wollte ich nur weg, aber das wusste ich noch nicht.

Die Frauen in meiner Familie schminkten sich gar nicht oder nur ausnahmsweise. Meine Mutter besaß einen Lippen-, meine Großmutter einen Augenbrauenstift, von denen sie zu besonderen Anlässen ungeschickt Gebrauch machten. Tante Gertrud ging zur Maniküre und schätzte es sehr, wenn die Rede auf ihre schönen Hände kam. Meine Großmutter hatte bemerkenswert wohlgeformte Beine, und ihre Röcke waren etwas kürzer als die ihrer Schwestern. Tante Irene trug die Amethysthalskette ihrer Mutter und im Winter einen Persianermantel. Meine Mutter war eine Mutter.

»Du Äffchen«, sagte man zu einem Kind, das zu lange und zu selbstverliebt in den Spiegel schaute. Eitelkeit war verpönt. Frauen, die sich aufdonnerten, auftakelten, waren Kokotten, lose Weiber, Unterschicht, schlimmstenfalls Bordsteinschwalben. Männer drehten sich zwar um nach ihnen, aber geheiratet wurden nur anständige Frauen. Ehrbarkeit und Zurückhaltung gehörten zusammen wie Liebe und Ehe.

Zwischen katholischen und nicht katholischen Familienmitgliedern herrschte in dieser Frage völlige Übereinstimmung. Das Bild der Jungfrau Maria als Inbegriff holder Weiblichkeit war konkurrenzlos, und das Lied von Maria, die durch den Dornwald ging, wurde bei unserem adventlichen Familiensingen nie ausgelassen.

Meine Großmutter flirtete noch an ihrem hundertsten Geburtstag mit etlichen ihrer männlichen Gäste, aber diese Aussage hätte sie niemals akzeptiert. »Mein Gott, ich bin eben temperamentvoll und mache gern ein bisschen Spaß«, sagte sie, wenn irgendjemand ihre Koketterie kritisierte.

Frau Hartwig, eine Nachbarin, hatte einen Ehemann, Kinder und einen Liebhaber, der sie vor aller Augen mit seinem Sportwagen abholte. In unserem Haus hatten selbst die Frauen, die unverheiratet oder verwitwet waren, keinen Liebhaber. Sie schienen sich auch keinen zu wünschen.

Bei meinem Vater entdeckte ich, dass ein Vater nicht nur ein Vater ist. Im Kino sah ich begehrenswerte Frauen mit eigenem Begehren. Wenn ich aus dem Kino kam, war ich Sophia Loren. Doris Day interessierte mich nicht. In den Augen meines Vaters sah ich Stolz und männliches Wohlgefallen, wenn er mich anschaute.

Meine Mutter war eine Mutter. *Gegrüßet seist du Maria, voll der Gnade, der Herr ist mit dir.*

Bei ihr ging es um Freude, nicht ums Vergnügen, um das Kind auf dem Schoß und das Kind unter dem Herzen. *Gebenedeit bist du unter den Weibern, und gebenedeit ist die Frucht deines Leibes.* Lieblich ist Maria, die Himmelskönigin. Alles an ihr ist hell. Ihr Kleid ist blau, ihr Heiligenschein golden. Sie lächelt. Sie lächelt immer. Nur unter dem Kreuz weint sie. Aber ihr Sohn steht ja auf von den Toten, nimmt sie mit in den Himmel.

Wo ist eigentlich Josef geblieben? Josef, dieser freundliche Zimmermann, ein Mann, der am Rand steht und keine Ansprüche stellt, nicht nimmt, nur gibt, als wäre er kein Mann. Eine Frau kann durch die Tatkraft ihres Mannes oder ihres Sohnes erlöst werden. *Heilige Maria, Mutter Gottes, bitte für uns Sünder.* Die Mutter ist Mittlerin zwischen Kind und Vater. Der Vater hört sie an, die Frau, die immer Jungfrau bleibt, die rein ist und kindlich. Er ist ihr gnädig.

Der Vater ist streng und nicht so vertraut wie die Mutter. Deshalb bittet sie für die Kinder bei ihm. Meine Mutter ist eine Mutter, eine gute Mutter. Deshalb stellt sie uns den Vater vor als gut und liebevoll. Mütter, die den Vater schlecht machen als strafenden Vater, die ihm abends erzählen, was die Kinder tags ausgefressen haben, damit der Vater sie anschnauzt oder gar schlägt, sind schlechte Mütter.

Die Mutter liegt dem Vater nicht mit Kleinigkeiten in den Ohren. Was wirklich wichtig ist, das erfährt er: wenn es eine besondere Freude gab, wenn ein Kind ernstlich krank oder zur Diebin geworden ist. Über die Freude freut sich der Vater, ein krankes Kind macht ihn besorgt, ein ungezogenes Kind lässt ihn schimpfen, ein böses Kind enttäuscht ihn und macht ihn traurig. Das ist schrecklich, geschieht aber nicht oft, denn eine gute Mutter kommt ja selbst zurecht mit den Kindern, der wachsen sie nicht über den Kopf mit ihrem Ungehorsam, mit Masern und Windpocken, mit Bettnässen und Nägelkauen, damit, dass sie dauernd die Buchstaben verwechseln beim Schreiben und Lesen, damit, dass es so viele sind und immer mehr werden. Und wenn sie schreit: »Ich halt es nicht mehr aus«, dann erzählt das niemand dem Vater, sondern alle geben sich besondere Mühe, dass alles in Ordnung kommt und die Mutter sich beruhigt, bevor er das Haus betritt am Abend.

Die Kinder spielen zusammen, und in der Dunkelheit besuchen sie sich gegenseitig in ihren Betten, flüstern, kichern, kuscheln und kraulen sich den Rücken. Sie sind wie kleine Tiere, die sich gegenseitig wärmen, weil die Eltern fort sind zum Jagen.

Die Tagesschau hält den Gesundheitszustand des Papstes Tag für Tag für die wichtigste Nachricht. Es fragt sich wieder mal, ob das

Fernsehen von einem wichtigen Ereignis berichtet oder ob ein Ereignis durch das Fernsehen wichtig wird. In der renommiertesten deutschen Nachrichtensendung nimmt man sich sogar wiederholt die Zeit, darüber zu spekulieren, ob der Papst den Ostersegen wird spenden können. Bewegt das das Land? Wer will das Land mit solchen Nachrichten bewegen und wohin?

Der Papst kann kaum noch sprechen, kaum die Hand heben, ein moribunder Greis, der nicht im Bett bleiben will. Jesus sei auch nicht vom Kreuz gestiegen, hat er gesagt. Stellvertreter zu sein, reicht ihm nicht mehr. Pure Blasphemie. Verrückt. Und alle verneigen sich. Es ist schaurig und erhellend zugleich. Sicher ist: Der Papst stirbt, und im Fernsehen wird seine Auferstehung gefeiert werden.

20

Am Anfang erschuf Gott den Himmel und die Erde. Es ist dunkel. Durch die angelehnte Tür ist ein klitzekleiner Rest von Licht zu sehen. Meine Augen haben sich gewöhnt, ich kann die Lampe mit den Holzvögeln an der Zimmerdecke erkennen. Wenn ich die Augen zumache, erkenne ich nichts. Ich stelle mir das Nichts vor. Ich stelle mir vor, wie es ist, nicht auf der Welt zu sein, nicht zu sein. Mich gibt es nicht. Keiner kennt mich. Keiner sieht mich. Alles ist so, wie es ist, aber ohne mich. Ich weiß von nichts. Ich sehe die Erde nie und kann auch nicht in den Himmel kommen. Wenn es mich nicht gibt, weiß ich nicht mal, dass es mich nicht gibt. Ich will an etwas anderes denken.

Jeden Abend fällt mir das Nichts ein. Außer mir denkt wahrscheinlich keiner daran. Niemand spricht darüber. Als ich Mutti gefragt habe, hat sie vom Himmel erzählt.

Als Gott die Welt schuf, brauchte er dazu keinen Baustoff, kein Werkzeug und keinen Gehilfen. Er hat sie aus nichts hervorgebracht. Da wo die Welt aufhört, fängt der Himmel an. Was ist hinter dem Himmel? Die Unendlichkeit, die Ewigkeit kann ich mir auch nicht vorstellen. Das, was ist und bleibt und bleibt und bleibt und bleibt, ohne aufzuhören. Wo ist die Unendlichkeit zu Ende? Ich stehe auf und schiebe das Rollo zur Seite. Die Straßenlaterne vorm Haus scheint wie immer. Nichts hilft, das Nichts zu vergessen oder mir so gut vorzustellen, dass ich nicht mehr dauernd daran denken muss.

Matthias interessiert sich nicht für das Nichts. Abends guckt er sich den Mond an, die Sterne und denkt an die Traumfee. Für sie macht er sich schön, kämmt sich die Haare und achtet darauf, dass der Kragen seines Schlafanzugs richtig sitzt. Dann hockt er auf der Fensterbank, um sich der Traumfee zu zeigen. Er winkt ihr, damit sie ihn nicht vergisst beim Verteilen schöner Träume.

Ich tappe durchs Schlafzimmer, über den Flur und lausche an der Esszimmertür. Mutti hört Radio und bügelt. Ich schiebe mich durch den Türspalt und reibe meine Augen. Es ist so hell.

»Jetzt ist aber endlich Feierabend«, sagt Mutti. Sie möchte nicht mehr gestört werden beim Radiohören. Ich kann ihr nicht sagen, dass ich ans Nichts denke. Deshalb sage ich: »Ich kann nicht schlafen.«

»Dann liegst du eben im Bett, ohne zu schlafen«, sagt sie, und ich sehe ihr an, dass sie nicht noch einmal mitkommen wird ins Kinderzimmer.

Auf dem Weg zurück fange ich an zu weinen. Ich bin ein Kind, das niemand versteht, ein Kind, das allein im Dunkeln liegt und weint. Ich wiege mich selbst in den Schlaf. Ich bin traurig, aber ich habe keine Angst mehr vor dem Nichts. Wenn ich weine, verschwindet das Nichts.

***

Das majestätische *Fürchtet euch nicht* erreichte mich nicht angesichts des unvorstellbaren Nichts. War ich in Wirklichkeit ein ungläubiges Kind? Warum quälten mich unbotmäßige Gedanken? Sie haben mich an den Rand der Kindheit und in Verzweiflung geführt, später auch mit Stolz erfüllt. Eigene Gedanken zu fassen und für sich behalten zu können, machte mich einzigartig, machte mich zu mir selbst, trennte mich von meiner Mutter. Das war mir auf kindliche Weise bewusst. Die Angst zu ertragen, war jedoch kaum möglich.

Der liebe Gott im Himmel und sein Versprechen auf ewiges Leben waren weit entfernt. Gegen die nächtliche Angst, den Horror vacui vermochte er nichts auszurichten. Es war die Angst eines Kindes, die Mutter zu verlieren und allein im Nichts zu versinken. Es war die Angst vor dem Tod. Machtvoll stieg das eigene Bewusstsein auf, bildeten sich vernünftige Fragen, auf die es nur unvernünftige Antworten gab. Die Angst quittierte den vorzeitigen Verlust zuverlässiger Geborgenheit.

In der Angst offenbarte sich eine deutliche Differenz zwischen Gott und mir. Bei weltlichen Bedrohungen traute ich ihm nicht viel zu. Für existenzielle Fragen war er keine glaubwürdige Erklärung. Wären sie ohne ihn vollkommen unerträglich gewesen? Wäre es erträglicher gewesen zu wissen, dass niemand Antwort weiß auf letzte Fragen?

Wenn die Angst nicht aufgehoben werden konnte, musste sie ausgedrückt werden. Dazu dienten Tränen und Träume. Weinen löste die starre Angst und erschöpfte, führte in Schlaf, aber nicht immer in Vergessen. Jahrelang, bis weit in die Pubertät, träumte ich zu fallen, ins Nichts zu fallen, zu fallen, zu fallen, im Dunkeln. Nie schlug ich auf, nie zerschellte ich. Bevor das geschehen konnte, wachte ich verschwitzt und mit Herzklopfen auf. Nach einer Weile wusste ich im Traum, dass ich nur im Traum fiel, und war in der Lage, mich mit diesem Gedanken zu wecken. Nie wäre ich auf die Idee gekommen, in diesem nächtlichen Schrecken etwas anderes als einen Angsttraum zu sehen. Jetzt denke ich, der Traum hat mir auch gezeigt, dass mich das Nichts nicht verletzte oder zerstörte und dass ich mein Befinden in ihm sogar selbst beeinflussen konnte.

Über die Angst war auch deshalb nicht zu sprechen, weil eine logische Antwort der Vorwurf mangelnden Gottvertrauens hätte sein müssen, mangelnder Demut angesichts der Gnade und Weisheit des Herrn. Dass Demut darin bestehen könnte, die eigene Endlichkeit zu akzeptieren, sich nicht für auserwählt und unsterblich zu erklären, von diesem Gedanken war ich Jahrzehnte weit entfernt. Aber sehr früh hatte ich das starke Empfinden, wie wichtig es ist, das eigene Leben bewusst zu gestalten. Diese Botschaft teilte sich bei der Beobachtung der Erwachsenen von selbst mit, und da sie voller Zutrauen in meine Fähigkeiten waren, hielt ich es für selbstverständlich, dass ich nicht nur tatkräftig, sondern auch glücklich sein würde. Die Angst war zwar groß, aber die Zuversicht war es auch.

21

Sonja Bauer hat Geburtstag. Ich bin eingeladen zur Kindergesellschaft und habe mich beeilt mit meinen Schularbeiten. Mein Perlonkleid ist schon ein bisschen zu kurz, aber alles andere kommt nicht in Frage. Mutti kämmt mir die Haare. Das mag ich sehr, obwohl es manchmal ziept. Ich habe neue Zopfspangen und ein Geschenk für Sonja. Lieber würde ich Angelika Schacht besuchen. Ihr Vater ist Bäcker, und wenn man an ihrem Haus vorbeigeht, duftet es nach Hefeteig.

Mutti gibt mir ein Küsschen, dann einen kleinen Klaps. »Nun lauf, mein Spätzchen«, sagt sie. »Grüß Mami Bauer. Und sei schön lieb.«

Ich brauche nur über die Straße zu gehen. Wenn Mutti aus dem Küchenfenster sieht, kann sie beobachten, wie gegenüber im ersten Stock die Wohnungstür geöffnet wird. Bauers haben nur ein Kind und viel Platz. Sonja hat ein Kinderzimmer für sich allein. Es ist so groß wie unser Wohnzimmer. In den Borden an der Wand liegt lauter neues Spielzeug – ganz ordentlich. Fast so wie bei Spielzeug-Rasch in der Stadt, wo ich vor Weihnachten mit Tante Irene war.

Wahrscheinlich braucht Sonja so viele Spielsachen, weil sie keine Geschwister hat und in ihrem Garten nur die Kinder spielen, die im Erdgeschoss wohnen. Manchmal kommt sie zu uns. Aber ich spiele nicht oft mit ihr. Sie mag nicht toben. Sie mag nicht zuhören, wenn wir uns Geschichten erzählen. Sie darf sich nicht dreckig machen. Immer nur Puppen an- und auszuziehen finde ich langweilig.

Mami Bauer ist sehr schick und malt sich jeden Tag die Lippen an. Ihre Augenbrauen sind dünne, dunkle Striche. Papi Bauer ist fast nie zu Hause.

Ich sage »Guten Tag« und mache einen Knicks. Frau Bauer möchte, dass wir Mami Bauer zu ihr sagen. Alle sagen es, ich auch, aber nicht gern.

Im Wohnzimmer ist der Tisch gedeckt wie für Erwachsene, mit Tassen und Teelöffeln, mit Tellern und Kuchengabeln. Sonja hat viele Kinder eingeladen, nur Mädchen. Es gibt Kakao, Negerküsse und zwei Torten, die sehr kostbar aussehen. Wir setzen uns alle an den Tisch, nur Mami Bauer nicht. Sie schenkt uns ein, fragt, welche

Torte wir möchten, und balanciert die Stücke auf einem schmalen Tortenheber auf unsere Teller, von denen wir vorher die Papierservietten genommen haben, die so schön gefaltet und zusammengesteckt sind, dass man sie gar nicht auseinander nehmen möchte. Dann sagt sie »Guten Appetit« und geht raus.

»Mami!«, schreit Sonja, und ihre Mutter kommt sofort.

Bei uns rufen die Erwachsenen die Kinder, und wenn wir nicht schnell genug darauf hören, sagen sie: »Komm gefälligst, wenn man dich ruft.« Wenn wir etwas von den Erwachsenen wollen, dann müssen wir zu ihnen gehen und können nicht einfach rufen, das geht nur, wenn wir uns furchtbar wehgetan haben.

Alles ist schrecklich süß, die Torte, der Kakao. Ich sitze still wie in der Schule, damit ich nicht kleckere. Die Stühle haben einen glatten, glänzenden rosa Bezug. Auch die Vorhänge sind rosa. Sonja erzählt, was sie geschenkt bekommen hat. Dabei können wir das selbst sehen. Der Tisch vorm Fenster ist voll mit Puppen, Puppenkleidern, Spielen, einer Puppenküche und unseren Geschenken, die Sonja noch nicht ausgepackt hat. Daneben steht ein roter Roller.

»Mami!«, ruft Sonja und hält ihrer Mutter die leere Tasse hin. Mami Bauer sagt nichts und schenkt Sonja Kakao ein. Meine Tasse ist noch fast voll, und ich mag gar nicht daran denken, dass ich sie austrinken muss.

Ich glaube, Mami und Papi Bauer sind ziemlich reich, sonst hätten sie wohl nicht für acht Mädchen zwei Torten gekauft.

»Familie Neureich, aber er ist ja ein netter Kerl«, hat Tante Gertrud zu Tante Irene gesagt, nachdem Papi Bauer neulich einen Brief für Tante Irene abgegeben hat, den der Postbote aus Versehen in den Briefkasten von Bauers geworfen hatte. Wenn Kinder Mami und Papi statt Mutti und Vati oder Mutter und Vater sagen, dann ist das schon ein deutliches Zeichen dafür, dass sie ein bisschen merkwürdig sind. Mama und Papa ist zwar nicht so schön wie Mutti und Vati, aber nicht so primitiv wie Mami und Papi, findet Mutti.

»Jetzt gehen wir in mein Zimmer«, sagt Sonja und steht auf. Ich habe immer noch schrecklich viel Kakao in der Tasse. Am liebsten würde ich mir beim Trinken die Nase zuhalten. Ich versuche, die Luft anzuhalten und gleichzeitig zu trinken. Das klappt einigermaßen. Jetzt ist es nur noch ein Schluck, dann kann ich auch aufstehen.

Sonja ist einfach weggelaufen. Wer soll denn nun den Tisch abdecken? Ich stelle die Teller zusammen. »Nein, nein. Das mache ich«, sagt Mami Bauer. »Sonst gibt's womöglich noch Scherben.«

Offenbar hält sie mich für ein Baby. Ich habe Bauchweh und finde es nicht nett von Sonja, dass sie mein Päckchen immer noch nicht auspacken will. In ihrem Zimmer zeigt sie uns ihr größtes Geschenk: ein Puppenhaus mit Licht, das in jeder Etage einzeln angeknipst werden kann, und mit lauter neuen Möbeln.

Die untere Reihe in Sonjas Spielregal ist leer. Dort sitzen sonst ihre Puppen. Ich kann sie nirgendwo entdecken. »Wo sind deine Puppen?«, frage ich.

»Die hat Mami an arme Kinder verschenkt, damit ich Platz habe für die neuen«, sagt sie und knipst das Licht in der Küche ihres Puppenhauses aus.

Mir ist schrecklich übel. Gleich muss ich spucken. Zum Glück weiß ich, wo das Badezimmer ist, und laufe los. Der Kakao und der Kuchen sehen sehr unappetitlich aus im Klo, aber ich fühle mich besser und mache mit der Klobürste alles ordentlich sauber. Dann wische ich mit Klopapier die Spritzer von der Klobrille und vom Fußboden, spüle noch einmal.

In meinem Mund schmeckt alles nach Kotze. Ich setze mich auf die Fliesen und lehne den Kopf an die Badewanne. Ich muss mich sehr zusammennehmen, damit ich nicht weine. Mutti kann mich nicht sehen, selbst wenn sie noch so lange aus dem Küchenfenster guckt.

»Was ist denn mit dir los?«, fragt Mami Bauer.

»Ich musste mich übergeben.«

»Du hast wohl zu viel Kuchen gegessen, du kleines Ferkel«, sagt sie.

»Ich bin kein Ferkel«, denke ich und sage: »Bitte rufen Sie meine Mutter an.«

Mutti kommt sofort. Ich bin so glücklich, als hätten wir uns tagelang nicht gesehen.

Auf dem Weg nach Hause sagt sie: »Mir wurde auch oft schlecht auf Kindergesellschaften.«

Obwohl noch längst nicht Abendbrotzeit ist, darf ich ein Stück Brot mit Käse essen. Das macht mich wieder gesund. Ich erzähle Mutti, dass Mami Bauer mich Ferkel genannt hat, als ich ganz erschöpft im Badezimmer saß, obwohl ich alles sauber gemacht habe, das Klo und den Fußboden, und sogar als Einzige beim Tischabdecken helfen wollte.

»Mami Bauer mag Kinder wohl nicht besonders«, sagt Mutti. »Wahrscheinlich hat sie sich deshalb nur ein Kind gewünscht. Die arme Sonja.«

Ich erzähle, wie gemein Mami Bauer ist, dass sie die Puppenkinder von Sonja aus dem Kinderzimmer holt und an Fremde verschenkt, nur weil sie nicht mehr neu sind. »Du gibst Elisabeth doch auch nicht weg, weil sie Ekzem hat«, sage ich.

»Ich würde niemals einen von euch weggeben«, sagt sie.

Ich möchte, dass sie nie wieder aufhört, mich lieb zu halten. Aber sie tut es doch, weil das Baby weint.

Unser Kinderzimmer kommt mir besonders schön vor, obwohl es klein ist und ziemlich rummelig. Ich knie mich vor mein Bett, falte die Hände und bete: »Lieber Gott, ich danke dir von ganzem Herzen, dass du mich meinen Eltern und nicht Mami und Papi Bauer geschenkt hast. Amen.«

***

Was ist geschehen, wenn ein Kind von sieben Jahren sich beklommen fühlt, sobald es allein die Familie verlässt? Wenn Angst die Neugier verstellt auf die Welt und das Kind sich begnügt und flüchtet in Geschichten? Meine Kinderwelt war von einem rostigen alten Zaun umgeben, den ich über die Zeit hinaus als Schutz empfand, vor Erwachsenen, denen ich nicht widersprechen durfte, weil ich ein Kind war, und vor Kindern, die anderen Regeln gehorchten, vor Familien, die freitags Fleisch aßen, die nicht oder anders beteten vor dem Essen. Andere Familien waren vollkommen anders: Sie waren übersichtlich und behielten ihre Kinder ständig im Blick. Ihre Haushalte waren geordneter, und ich hatte Angst, mich falsch zu benehmen oder etwas essen zu müssen, was ich nicht mochte. Die beliebten Mädchen in meiner Klasse hatten keine Hornhaut an den Füßen vom Barfußlaufen, stattdessen Ohrringe, Lackschuhe und moderne Spielsachen. Von den unbeliebten Kindern waren einige gemein und mitleidlos, einige mitleiderregend.

Ich war eine gute Schülerin. Aber ich gehörte nicht dazu. »Johanna ist ein ernstes Kind«, stand in meinem ersten Zeugnis. Die

Beschreibung war richtig. Ich war stolz auf sie und posierte bewusst mit meinem ersten Füllfederhalter, strengem Seitenzopf und ohne das kleinste Lächeln am schweren Schreibtisch meiner Mutter für ein Foto.

Unser Katholischsein war die einfachste Erklärung für unsere Andersartigkeit. Der Widerspruch, dass die Diaspora ja schon unten im Haus begann, dort aber nicht nur vertrautes, sondern verlockendes Terrain war, fiel lange nicht auf.

Wir lebten in einer Welt, in der die Eltern die Spielgefährten ihrer Kinder aussuchten nach denselben Regeln, die ihr eigenes gesellschaftliches Leben bestimmten. Man schaute auf Gleichheit in Erziehung, Bildung, Vermögen, Konfession. War man ungleich, galt man selbst oder die anderen als unpassender Umgang.

Wir lebten in einer Welt, in der Angst auf der Tagesordnung stand. Die Erwachsenen hatten Angst vor einem neuen Krieg, vor einer neuen Geldentwertung, vor einer neuen Hungersnot und steckten tief im Gestern, dessen Schrecken sie vergessen wollten und durch ihr Schweigen ebenso an uns weitergaben wie durch ihr Sprechen. Wir lebten in einer Zeit, in der niemand etwas Besonderes daran finden konnte, wenn ein Kind besonders ängstlich, ein Bangbüx war.

Unser Haus war ein Mikrokosmos mit Menschen unterschiedlicher Herkunft und Weltanschauung, mit Büchern und Musik, mit Liebe und Streit, einem Dachboden mit gut verpacktem Spielzeug früherer Generationen und Zimmern für viele, umgeben von einem weitläufigen Garten. Lange fehlte uns nichts ohne die übrige Welt. Als sie zu uns kam, merkte ich es nicht.

22

»Ein Schlüsselkind. Die Eltern müssen arbeiten«, sagt Tante Gertrud, als sie vom Roten Kreuz nach Hause kommt. Dort sucht man Leute, die im Krieg verloren gegangen sind, und sammelt Kleidung für Arme, die nichts anzuziehen haben. »Minderbemittelte«, sagt Tante Gertrud. Nun sucht sie eine Spielgefährtin für ein Mädchen aus Ungarn, ein Kind, das mit seinen Eltern vor den Kommunisten geflohen ist. Die Mutter ist eine neue Kollegin.

»Juli ist zwar Halbjüdin, aber katholisch«, sagt Tante Gertrud.

Mutti erklärt mir, dass eine Halbjüdin entweder einen jüdischen Vater oder eine jüdische Mutter hat. Was Juden sind, weiß ich aus dem Religionsunterricht und dem Neuen Testament. Wer nicht getauft war, war entweder Jude, Römer oder Heide. Die Juden werden meistens zusammen mit den Schriftgelehrten genannt. Sie wollten nicht auf Jesus hören. Sie erkannten ihn nicht, obwohl sie ja schon lange auf den Messias warteten. Sie fragten ihn sogar: »Bist du der Messias?«, aber sie glaubten ihm nicht. Und dann schlugen sie ihn ans Kreuz.

Ich verstehe nicht, wie man halb jüdisch sein kann. Man kann doch auch nicht halb katholisch sein. Mutti erklärt mir, dass Juden nicht nur einen anderen Glauben haben, den Glauben des Alten Testaments, sondern dass sie auch zu einer anderen Rasse gehören und deshalb anders aussehen. Meistens haben sie sehr dunkle Haare und große Nasen. So wie ein Neger ein Neger bleibt, auch wenn er getauft wird, so bleibt ein Jude nach der Taufe ein Jude.

Mutti sagt, dass die Juden fast zweitausend Jahre lang überall auf der Welt verfolgt worden sind, weil sie Jesus getötet haben. »Dadurch haben die Christen schwere Schuld auf sich geladen«, sagt sie, »denn es waren ja nur einige wenige verantwortlich für Jesu Tod, und die sind schon längst gestorben. Man darf nie ein ganzes Volk bestrafen für die Sünden Einzelner, so wie man auch nicht eine ganze Familie bestrafen darf, weil einer aus der Familie etwas Böses getan hat.«

Juli Farkas hat braunes Haar wie wir, es ist nur viel dicker. Es glänzt in der Sonne. Ihre Nase sieht normal aus, ihr Mund ist groß, fast so breit wie der von Matthias. Sie ist ein kleines Stück länger als ich und hat dünne Beine. Das einzig Merkwürdige an ihr ist ihr karierter Hut. Ich habe noch nie ein Kind mit Hut gesehen.

Damit Juli kein Schlüsselkind ist, haben ihre Eltern sie in ein Internat im Emsland geschickt. Alles wird dort von Nonnen gemacht: der Unterricht, das Essen. Die Nonnen spielen mit den Kindern und bringen sie zu Bett. Sie geben ihnen Frühstück und turnen mit ihnen. Ich kann mir nicht vorstellen, wie Nonnen turnen sollen in ihren langen Kleidern und mit ihrem Schleier.

Ich glaube, Juli hat Heimweh, wenn sie im Internat ist. Sie möchte lieber bei ihren Eltern sein. Ich fange fast an zu weinen, wenn ich daran denke, wie allein sie ist, ohne Geschwister, ohne ihre Eltern.

Sie hat ihren Hut abgenommen und ihre Jacke ausgezogen. Ich zeige ihr meinen Kletterbaum, aber richtig klettern können wir nicht. Sie ist unpraktisch angezogen. Faltenrock, weiße Strümpfe, und ihre Bluse ist so gut gebügelt wie Vatis Hemden. Sie trägt eine goldene Kette mit einem kleinen goldenen Kreuz.

Vom Internat möchte ich alles ganz genau wissen. Sie erzählt, dass im Emsland alle katholisch sind, und ich stelle mir das Emsland sehr schön vor, obwohl ich solche Angst davor habe, in ein Kinderheim zu müssen. Ein Internat ist auch ein Kinderheim, ein Kinderheim mit Schule.

Jetzt darf Juli zu Hause sein, bis die Ferien zu Ende sind. Sie wohnt in der Parkstraße.

»Julicám«, ruft ihre Mutter, und dann etwas Ungarisches.

Frau Farkas hat auch eine normale Nase. Aber sie hat ein Muttermal im Gesicht und spricht komisch. Sie sagt »das Kaffee«, »der Haus«, »den Kinder«, und dann spricht sie wieder wahnsinnig schnell Ungarisch, und ich verstehe kein Wort.

»Du kommst zu uns«, sagt sie zu mir. »Morgen. Mit dein liebe Tante.«

Ich fürchte mich vor Frau Farkas. Ihre Stimme ist sehr laut, und sie fasst mir unters Kinn, ihre Finger drücken meinen Mund zusammen und schütteln meinen Kopf hin und her. Das mag ich nicht.

»Eine echte Ungarin«, sagt Tante Gertrud. »Sehr temperamentvoll.«

***

Nach Besuch und Gegenbesuch, nach Erkundigungen meiner Mutter, ob ich gern häufiger mit Juli spielen möchte, wurde sie nicht nur meine einzige und ausdrücklich so genannte beste Freundin, sondern ein Familienmitglied. Juli musste nicht zurück ins Internat, sondern besuchte die Schule unweit der elterlichen Wohnung.

Danach kam sie zu uns zum Mittagessen, machte Schularbeiten an unserem Esstisch und verbrachte den Nachmittag bei uns.

Die Familie Farkas war die erste fremde Familie, die ich regelmäßig besuchte, in deren Wohnung ich mich fast ungeniert bewegte, wenn Juli und ich allein dort waren. Das riesige Zimmer, in dem Juli schlief, war geheimnisvoll, dunkel getäfelt und nahezu ohne natürliches Licht. Man betrat es zuerst, wenn man vom Flur, einem an Beichtstühle erinnernden dunklen Kasten, hereinkam, und musste es durchqueren, um zur Küche zu gelangen. Dieses Zimmer war wie gemacht für Mädchengespräche, von denen niemand erfahren durfte, für phantastische Geschichten, die wir uns selbst ausdachten und ausschmückten, für Vertraulichkeiten jeder Art und Gelage mit Süßigkeiten. Unsere Träume vom Leben als schöne Frauen befeuerten wir mit wilden Verkleidungsaktionen, für die wir Wäsche und Kleider aus Frau Farkas' Schrank holten. Mit ihrer Schminke suchten wir uns in Wesen zu verwandeln, die wir lange noch nicht waren. Später blätterten wir erhitzt und gespannt in »Die Haut« von Malaparte, einem Buch, das Julis Vater gehörte. Juli hatte aufgeschnappt, es enthielte schreckliche Sauereien. Schon der Titel kam uns viel versprechend verrucht vor, aber wir hatten nicht genug Geduld und gaben die Suche nach einer Weile enttäuscht auf.

In der dusteren Erdgeschosswohnung genoss ich Freiräume, die ich zuvor nur gefürchtet hatte. An der Seite von Juli konnte ich mutig werden, denn sie war zwar ein dreiviertel Jahr älter, aber noch ängstlicher und braver als ich. Unsere Mutproben, unsere rückhaltlose Vertrautheit, die sofort Sehnsucht aufkommen ließ, konnten wir uns an einem Samstag oder Sonntag nicht treffen, unsere unbeobachteten Ausflüge in eigene Welten, sorgten für Zuversicht und Vergnügungen, die unabhängig waren von den Erwachsenen, an die ich mich so vehement geklammert hatte, ja, setzten sogar voraus, dass wir unter uns waren. Die Scheu, die ich vor Herrn und Frau Farkas hatte, verlor sich nie. Der Vater, ein langer, hagerer Mann, der mir sehr alt und ernst vorkam, ist mir vor allem in Erinnerung als jemand, der viel liest und wenig spricht. Er starb, als Juli zwölf Jahre alt war. Die »temperamentvolle« Art von Julis Mutter war mir unangenehm. Ich genierte mich, wenn sie in ihrer eleganten Unterwäsche mit einer Zigarette in der Hand durch die

Wohnung lief – bei uns besaß keine Frau Büstenhalter mit Spitze und seidene Unterkleider, und kein Erwachsener lief so spärlich bekleidet herum. Ihre heftigen Tätscheleien, ihre Knallküsse, ihre lauten Loblieder, die sie bei Tisch auf ihre ungarische Küche sang, schüchterten mich ein. Die unbekannten Speisen verunsicherten mich. Einmal hatte ich ein undefinierbares Stück Fleisch in grauer Panade auf dem Teller, und als ich fragte, was das sei, antwortete sie mit rollendem R: »Das ist Gehirn, mein Kind.« Das Gebot, den Teller leer zu essen, von dem ich als Gast unter keinen Umständen eine Ausnahme erbitten zu dürfen glaubte, unterwarf mich der Qual, gegen entsetzlichen Ekel das Stück Bregen aufzuessen.

Juli und ich waren beide Außenseiterinnen, und so wie ich für den Abstand von den anderen automatisch deren falschen Glauben verantwortlich machte, lag unsere grundsätzliche Gemeinsamkeit im richtigen Glauben, im Katholischsein, auch wenn keine äußeren Zeichen in der Parkstraßen-Wohnung darauf hindeuteten und zu meinem Erstaunen dort vor dem Essen nicht gebetet wurde. Juli und ich saßen nebeneinander in der Kirche. Wir waren uns so einig in unserer Zugehörigkeit zu Jesus, dass wir nicht darüber sprechen mussten, und unsere Freundschaft wurde nicht belastet durch den niederschmetternden Gedanken, der Anderen könnte das Paradies verschlossen bleiben.

Heute denke ich, dass die von meiner Großtante angebahnte und von allen freundlich unterstützte Freundschaft zwischen Juli und mir einer der unbewußten Versuche war, die Kinder beitragen zu lassen zur eigenen Heilung. Eine Familie, die ein jüdisches Kind täglich an ihren Tisch bittet, kann nicht antisemitisch sein, auch wenn fast alle ihre Mitglieder der Nationalsozialistischen Partei angehört hatten.

Dass Vater und Mutter Farkas Juden waren, Juli also keine »Halbjüdin« war, darüber haben wir erst gesprochen, als wir erwachsen waren. Was es bedeutete, dass meine Tante es für nötig hielt, die Sache nur »halb so schlimm« zu machen, zeigt genauer als jedes Bekenntnis, wo und wie wir lebten.

Auch sonst wurde die Geschichte der Farkas‘ bemäntelt, von uns und von ihnen. Ihre Flucht vor den Kommunisten adelte sie. Vor den Bolschewisten, vor der Zivilisten und Gefangenen gegenüber gnadenlosen Roten Armee waren auch mein Vater und seine

Familie geflohen, waren auseinander gerissen worden, waren fast verhungert, beinahe erschossen, in der Ostsee versenkt oder aufgehängt worden und hatten sich schließlich doch im Westen wiedergefunden. Das Leben hatten sie retten können, sonst aber alles verloren, Haus und Heimat, Geld und Gut.

Auch die Farkas‘ hatten fast alles zurückgelassen. Und wieder waren die Kommunisten schuld. Dass die Farkas‘ Reformen und Freiheit wollten, aber selbst Kommunisten waren und deshalb nicht nach Amerika konnten, sondern in Deutschland blieben, obwohl sie hier noch wenige Jahre zuvor umgebracht worden wären, das kam zwanzig Jahre lang nicht zur Sprache, davon hatte ich als Kind nicht die leiseste Ahnung.

Die Farkas‘ ließen ihre Tochter nur zur Sicherheit als Katholikin aufwachsen. Das hat Juli noch fremder gemacht in der Fremde, denn was sie von den Nonnen und in der Kirche hörte, nahm sie mit der gleichen Gläubigkeit auf wie ich, hatte zu Hause aber Eltern, denen die Kirchengebote unwichtig waren. Obwohl Herr und Frau Farkas sich auch selbst taufen ließen, aßen sie freitags Fleisch und gaben dem Kind Frühstück, bevor es sonntags zur Messe ging und sie sich wieder ins Bett legten.

Das Kind, das jahrelang meine engste Gefährtin war, wusste noch weniger von der Geschichte seiner Familie als ich von der meiner. Wir wussten lange nur dies: Wir waren Freundinnen und Schwestern im Glauben.

Juli ist ebenfalls aus der Kirche ausgetreten. »Aus Trotz«, sagt sie. »Ich konnte es einfach nicht schaffen, ein so guter Mensch zu sein, wie von mir erwartet wurde. Meine Eltern haben ja nie mit mir über Religion gesprochen. Es waren die Nonnen und Priester, die mir beibrachten, was ich glauben soll. Sie haben so viele Schuldgefühle in meine Seele gepflanzt, dass die Sehnsucht, ganz dazuzugehören, irgendwann unterging in Trotz.«

Juli sagt: »Ich konnte Gott nicht genügen.« Vor allem konnte sie ihrer Mutter nicht genügen, die heute noch sagt, dies sei nicht richtig und jenes falsch, und nur selbst Recht hat in allem. Ihr Gott war wie ihre Mutter. Er passte genau zum Gott der Ordensschwestern und Pastoren.

Ich hatte wenig Schuldgefühle. Ich hatte Angst. Wie eng beides beieinander lag, auch das wussten wir lange nicht.

Juli ist Therapeutin geworden. Sie sagt: »Ich sehe jeden Tag, wie religiöse Erziehung die Entstehung von Schuldgefühlen und Ängsten begünstigt, aber im Kollegenkreis ist das eigentlich nie ein Thema.«

Julis Sohn ist fortgegangen. Er lebte eine Weile in England, jetzt ist er in Amerika. Im Herbst haben Juli und ihr Mann ihn dort zum ersten Mal besucht. Juli hat mir geschrieben: »Wir sind einige Vorurteile losgeworden, nächstes Jahr suchen wir dann neue.«

Juli und ich waren nicht verschleiert, aber weit davon entfernt, gleiche Rechte oder gar gleiche Freiheiten zu haben wie Männer. Als wir junge Mädchen waren, durfte ein Ehemann den Arbeitsvertrag seiner Frau kündigen, auch ohne deren Einverständnis. Ohne die Einwilligung ihres Mannes gab man einer Ehefrau keinen Kredit. Aber Ehemänner konnten gegen den Willen ihrer Frauen mit ihnen »verkehren« – Vergewaltigung in der Ehe war nicht strafbar, denn die Frau hatte ihren ehelichen Pflichten nachzukommen, freiwillig oder unfreiwillig. Frauen, die sich schminkten, kurze Röcke und große Dekolletees trugen, Frauen, die nachts allein unterwegs waren, hatten selbst Schuld, wenn Männer sie belästigten oder vergewaltigten.

Eine Frau wurde genommen. Sie nahm sich nichts und nahm sich nichts heraus. Sie blieb im sicheren Haus. Wurde sie trotz aller Zurückhaltung und Vorsicht vergewaltigt, war sie dennoch entehrt und schwieg, um es vergessen zu machen. War sie schwanger geworden, gab es nicht einmal in diesen Fällen ein Recht auf Schwangerschaftsabbruch. Dafür machten die Kirchen sich stark, auch nach dem Krieg, und Frauen, die Massenvergewaltigungen durch marodierende sowjetische Soldaten knapp überlebt hatten, krepierten ein paar Wochen später nach illegalen Abtreibungen. Eine Frau war Besitz, wertvoll für den Bräutigam nur unbenutzt, mit intaktem Jungfernhäutchen. *Maria durch ein Dornwald ging.*

Heute heißt Maria Gülay, Hatun oder Semra und wird von Männern entrechtet, die sich auch auf Gott berufen. Das ist ein anderer Gott, sagen christliche Männer, und manche fordern uns auf, wieder mehr zu beten, zum guten Gott, zum Christengott, und setzen auf Amnesie. Wie sollten wir vergessen, was uns im Namen Gottes geschah, und übersehen, wie klein die Unterschiede sind zwischen Maria und Gülay? Wie sollten wir darüber hinwegsehen, dass jede Religion sich instrumentalisieren und verharmlosen lässt und dass wir längst in Zeiten leben, in denen das Recht auf Religionsfreiheit in bitterer Konkurrenz steht zu dem Recht auf Freiheit von Religion.

Als Juli und ich Schulmädchen waren, in den fünfziger und sechziger Jahren, sahen wir keine Frauen, die allein ausgingen, aus sich herausgingen, aus sich heraus lebten mit Erfolg, Freude und selbstbestimmter Sexualität. Carola Stern hat wunderbar erzählt, wie ihr die Herren ihre Mäntel in die Hand drücken wollten, wenn sie damals als einzige Journalistin im kleinen Schwarzen zu einem Empfang ging. Es war unvorstellbar, dass sie eine Kollegin und keine Serviererin war. Als Wibke Bruhns 1971 als erste Frau die Nachrichten im ZDF sprach, toste es im Blätterwald, als ginge das christliche Abendland unter.

Überall dort, wo es ernst wurde, waren die Männer so lange unter sich, dass es in unserer Generation fast keine Vorbilder gab außerhalb von Familie und Schule. Ich habe sie gesucht schon vor der Pubertät, habe fremde Frauen auf der Straße angesprochen, aus der Nachbarschaft, aus der Kirchengemeinde. Es war keine dabei, die etwas anderes sagte als das, was ich schon kannte: Verliebt, verlobt, verheiratet. Vom Fräulein zur Frau durch einen Mann, einen Ehemann.

Ich habe die Liebe der Frauen gelernt. Sie führte mich in ein Hindernisrennen. Mit vierzehn hatte ich meinen ersten Freund und setzte einen schon lang gehegten Vorsatz um in die Tat: Ich schrieb eine Geschichte mit der Hoffnung, sie veröffentlichen zu können. Kein Wunder, dass das nicht klappte. Die Erzählung habe ich nicht wiedergefunden, aber die Einträge in meinem Tagebuch aus jener Zeit zeigen, dass ich weder eigene Worte noch eigene Gedanken hatte: katholisches Geschwurbel, für das ich mich noch schämte, als ich schon doppelt so alt war. Ich schrieb nicht, dass ich trotz heftiger sexueller Wünsche mit meinem Freund nicht schlafen wollte, weil ich ihn nicht genug liebte oder mich zu jung fühlte oder keine Schwangerschaft riskieren wollte, sondern ich begründete diese Entscheidung so: »Ich will meinen Leib, den Tempel des Heiligen Geistes, in Ehren halten.«

Mit fünfzehn verliebte ich mich ernsthaft, so wie ich es mir erträumt hatte. Stefan war der Richtige, der einzig Richtige. Zur Beichte ging ich nicht mehr, denn das, was ich mit meinem Liebsten vorsätzlich, mit Freuden und ohne die geringste Reue tat, wurde nur von meiner Kirche als sündig angesehen, nicht von mir. Ich legte meine erste anständige Recherche hin: Empfängnisverhütung war das Thema. Diszipliniert maß ich jeden Morgen meine Körpertemperatur, führte Buch über die Ergebnisse und plante penibel, wann das große Fest, auf das Stefan und ich uns so sehr freuten, stattfinden würde. Als ich sechzehn war, ging ich eines Samstags aus dem Haus, und nur ich wusste: Heute wird Stefan mein Mann. Ich fühlte mich verheiratet und verlobte mich, heimlich, weil mein Vater gesagt hatte: »Verloben darfst du dich erst, wenn du mit der Schule fertig bist.«

Meine Eltern mochten Stefan sehr, und ich war stolz auf sie, denn sie ließen uns unbeobachtet allein sein. Sehr ungewöhnlich war das damals – und rechtswidrig. Etwas später amüsierte ich mich mit meiner Mutter darüber, dass sie sich nach geltendem Recht der Kuppelei schuldig machte, weil sie der Erfüllung unserer Wünsche Vorschub leistete.

Meine Mutter sagte: »Ein Kind ist nie ein Unglück.« Klar war aber auch, dass sie es für besser hielt, Schule und Lehre zu beenden vor der ersten Schwangerschaft. Ich schimpfte auf den Papst und ging heimlich zu einer Gynäkologin und ließ mir die Pille verschreiben. Frau Farkas sagte zu Juli: »Wenn du schwanger wirst, schmeiß ich dich raus.«

Kurz vor Abschluss der Schule verbrachte meine Klasse eine Woche mit einem katholischen Priester in einem Jugendheim. Wir beteten, wir sangen, wir diskutierten mit ihm. Da er sich für fortschrittlich hielt, sprach er mit den Jungs darüber, wie sie sich ablenken könnten von sexuellen Gelüsten. Wir Mädchen mussten ohne derartige Tipps auskommen, uns traute er vermutlich nicht einmal Wünsche zu. Aufklärung im eigentlichen Sinn ließ man uns in der Schule nicht zuteil werden.

Mit achtzehn beschloss ich, nicht zu heiraten. Weder Staat noch Kirche wollte ich Mitsprache in privaten Dingen einräumen. Vor allem aber wollte ich mich aufmachen in ein Berufsleben mit Büchern, möglichst mit selbst geschriebenen. Das würde dauern, das war klar, denn ich saß als Banklehrling an Büroschreibtischen und lernte, was Ein- und Ausgangsbücher sind, Kassenbücher, Buchführung. Ich aber wollte mit ganz anderen Büchern arbeiten, hätte es jedoch für absurd gehalten, das dem Berufsberater anzuvertrauen oder irgendjemandem sonst.

Im ersten Lehrhalbjahr hatten alle Lehrlinge einen Schreibmaschinenkurs zu absolvieren. Da war ich eifrig, denn natürlich muss nicht nur eine Bankangestellte, sondern auch eine Autorin tippen können. Im zweiten Lehrhalbjahr wurden die weiblichen Lehrlinge zu einem Stenokurs verdonnert. So machten die Herren ohne Worte klar, was wir werden sollten: gut ausgebildete Sekretärinnen unserer Lehrkollegen.

Der interne Lehrlingsunterricht wurde überwiegend von einem ehemaligen Börsenhändler von ungefähr sechzig Jahren erteilt. Dieser Mann hatte fast immer großflächige Urinflecke im Schritt seiner Hose. Er forderte uns Mädchen auf, nicht die Beine übereinander zu schlagen. Das gehöre sich nicht. Ich wusste kaum, wohin mit meiner Wut, und beschloss, nach der Lehre ein Studium anzupeilen.

Juli machte auch eine Banklehre, aber sie wurde schwanger und musste die Lehre kurz vor deren Ende abbrechen. Ein weiblicher Lehrling mit Kind war untragbar. Frau Farkas warf Juli nicht raus, aber noch in der Nacht vor der Hochzeit durfte Juli nicht mit ihrem Mann zusammen in einer Wohnung schlafen.

Als ich neunzehn war, wurde auch meine Schwester Elisabeth schwanger. Meine Mutter weinte und sagte: »Ein Kind ist nie ein Unglück.« Elisabeth war siebzehn, als ihre Tochter zur Welt kam.

Mit zwanzig trennte ich mich endgültig und traurig von meiner ersten großen Liebe. Ich wusste, dass ich nicht in einem Reihenhaus mit zwei Kindern, lauter aufgeräumten Schubladen und Fragen leben wollte, die auf der Stelle eine Antwort finden.

Mit einundzwanzig ging ich nach Amerika. Ich begleitete meinen neuen Freund an eine berühmte Universität. Er war zwölf Jahre älter als ich und nannte mich »Kleines«. Da wir als Unverheiratete nicht auf dem Campus hätten wohnen können, gaben wir uns als Ehepaar aus. Mit zweiundzwanzig kam ich zurück, trat aus der Kirche aus und bereitete mich auf die Begabtensonderprüfung einer Hochschule vor. Der Mann, dem ich in Amerika bei seinen Recherchen für seine Doktorarbeit geholfen und dessen Manuskripte ich getippt oder korrigiert hatte, rief meine Mutter an, um ihr zu sagen, dass mich ein Studium intellektuell überfordern würde. »Ich möchte nicht, dass sie sich unglücklich macht«, sagte er. Dann verließ er mich.

Mit dreiundzwanzig zog ich mit Kai zusammen. Ein Jahr später fing ich an zu studieren. Ich war enttäuscht, dass meine Mutter sich nicht darüber freute, und wütend, weil mein Vater zu Kai sagte, er verstehe mich nicht. Ich hätte einen netten Mann, eine tolle Wohnung und einen guten Beruf. Heiraten wäre jetzt doch viel richtiger. Ich saß dabei, während die Männer über mich redeten, ohne mich zu fragen. Wie ich es kommentierte, weiß ich nicht mehr. Kai sagte: Entweder du heiratest mich, oder ich trenne mich von dir. Kai wollte ein Kind. Ich wusste: Liebe ist das nicht; Kai will mich festnageln.

Sorgen machte ich mir um meine Eltern. Das Geschäft meines Vaters lief schlecht, denn in der Nähe hatte ein modernes Einkaufszentrum eröffnet. Dort gingen die Leute nun einkaufen. Mein Vater sagte: »Wenn ich mit dem Auto gegen einen Baum fahre, werden die Lebensversicherungen fällig.« Meine Mutter weinte. Ich hatte Angst um meine Eltern, ich hatte Angst um Kai, der rasant Auto fuhr und sich oft verspätete. Dann stand ich am Fenster und wartete, nervös, manchmal auch panisch. Die Angst um Kai und meine Eltern ließ wenig Raum für andere Gefühle. Fast jeden Tag hatte ich Kopfschmerzen. Das liegt an der Pille, sagte ich. Das liegt an Kai, sagte eine Freundin.

Matthias baute den Laden um; ich machte die Buchhaltung für meinen Vater. Matthias und ich versuchten uns als Unternehmensberater der Eltern und scheiterten kläglich. Der Vater verursachte einen Verkehrsunfall. Die Sonne habe ihn geblendet, sagte er. Ich holte ihn vom Unfallort ab und brachte ihn ins Krankenhaus. Er war nur leicht verletzt.

In den Semesterferien arbeitete ich als Phonotypistin in einem Schreibsaal. Meine Kolleginnen wunderten sich, als ich sagte, ich sei nicht verheiratet. Warum ich mich dann Frau nennen lasse, wollten sie wissen. Manche fanden mich dumm und sagten, ich verdürbe meine Chancen; Männer müssten ja annehmen, ich sei schon vergeben. Andere fanden mich anmaßend; in ihren Augen schmückte ich mich mit einem Titel, der mir nicht zustand.

Nach der Arbeit beeilte ich mich, um vor Kai zu Hause zu sein. Meine Seminare wählte ich so aus, dass ich auch während der Semester vor Kai da war und er sich nicht über meine Abwesenheit beschweren konnte. Als ich ein Praktikum machen musste und drei Nächte fort war, schlief er mit einer anderen Frau.

Mit siebenundzwanzig machte ich Examen und löste mich zum dritten Mal aus einer langjährigen Liebesbeziehung, versuchte, mich zu lösen. Als ich Kai während unseres letzten gemeinsamen Urlaubs sagte, dass ich mich vom ihm trennen wolle, drohte er, uns mit dem Auto in eine Schlucht zu stürzen. Es war ein Wagen mit Automatikgetriebe; ich stellte den Hebel auf Leerlauf, zog die Handbremse und stieg aus. Zu Hause suchte ich mir eine eigene Wohnung. Aber innerlich kam ich nicht los von Kai, wurde nicht frei, fiel immer wieder zurück in eine Abhängigkeit, die ich nicht verstand und die mich zutiefst beschämte.

Als ich achtundzwanzig war, besuchte mich Tante Gertrud. Sie sah sich um in meiner Wohnung und sagte, dass sie mich beneide um meine Freiheit, um meinen Beruf, meine eigenen vier Wände. Sie habe in meinem Alter nicht einmal allein zu ihrer Schwester am Bodensee reisen dürfen. Ihr Vater habe sie die halbe Strecke begleitet, bis Frankfurt, dort hatte er zu tun. Bevor er ausstieg, habe er sie der Obhut des Schaffners anvertraut.

Gertrud war achtundachtzig Jahre alt. Ein Jahr zuvor war ihre Schwester Irene gestorben, und meine Großmutter hatte im Erdgeschoss das Regiment vollständig übernommen. Ohne die Respektsperson Irene ließ meine Großmutter ihren Emotionen freien Lauf: Sie setzte Gertrud herab, machte ihr Vorwürfe, beschimpfte sie. Ohne Irenes Schutz hatte Gertrud all dem nicht genug entgegenzusetzen gehabt. »Ich halte es einfach nicht mehr aus«, hatte sie gesagt und in einem Akt später Selbstbehauptung ihr Elternhaus verlassen. Für eine eigene Wohnung sei es zu spät, sagte sie, und zog in ein Altersheim.

Tante Gertrud aß meinen Apfelkuchen und demaskierte in klaren Sätzen, bedauernd, aber ohne Weinerlichkeit, all den Anstand, all die Sittlichkeit, in der sie und ihre Schwestern gelebt hatten, als falschen Verzicht. Die schönste Zeit ihres Lebens sei die gewesen, in der sie unterwegs war, sagte sie, unterwegs mit Verwundeten, mit Flüchtlingen, als Rotkreuzschwester in Zügen von Ost nach West, im Krieg und kurz danach. Ich konnte nächtelang nicht schlafen.

Nicht Tante Gertrud brachte mich um den Schlaf, sondern meine Angst. Ich war zu weit gegangen, allein. Ich hatte all das getan, was mir richtig und nötig erschien, war fortgegangen aus dem Elternhaus, aus Liebesbeziehungen, zuletzt aus einer wirklich quälenden, war aus der

Kirche ausgetreten, hatte ein Studium absolviert und eine Stelle als Lehrerin ergattert. Meine Eltern hatten mein Bemühen, mich immer weiter zu entfernen aus ihrer Welt, mit Unbehagen begleitet, aber keine Vorwürfe erhoben. Als ich ihnen krank und vollständig erschöpft die Rolle der diensteifrigen Tochter aufkündigte, wurde ich körperlich rasch wieder gesund, aber nicht seelisch. Als ich mich endlich nicht mehr um andere ängstigen wollte, bekam ich Angst um mich. Da war sie wieder, die Angst vor dem Nichts, vor dem Tod.

Ich war zu weit gegangen, hatte gedacht, ich könne mich allein auf meinen Verstand und meine Kraft verlassen. Mein Gefühl rebellierte. Es war nicht mitgekommen, hinkte hinterher. Janis Joplin sang *Freedom's just another word for nothing left to lose,* und ich lebte zum ersten Mal längere Zeit allein und besuchte ein halbes Jahr lang eine Therapeutin. Als ich Kai fortschicken konnte, wenn er vor meiner Tür stand, als ich keine Kopfschmerzen mehr hatte, fühlte ich mich befreit. Tags war ich eine strahlende, kämpferische junge Frau, die die Forderungen der Feministinnen begrüßte, aber für sich persönlich für erfüllt hielt. Nachts schrieb ich Gedichte über Liebe und Sehnsucht, über den Tod und die Angst. Sie hatte ihren Griff gelockert. Fertig war ich längst noch nicht mit ihr.

Dass die biblischen Texte mit ihrer Poesie und Wucht meine frühe Schule gewesen waren, war mir beim Schreiben sehr bewusst. Wie sehr mich das christliche, das katholische Familien-, Frauen- und Männerbild bestimmt hatte, sah ich nicht. Für mich waren meine Ängste ein individuelles psychisches Problem.

Es hört nie auf mit dem Wunsch nach Zugehörigkeit, nach Gemeinschaft. Ob er bekömmlich wird im Lauf der Zeit oder uns ins Unglück stürzt, liegt nicht bei uns allein. Hätte ich es ertragen, den Gott, die Kirche meiner Mutter zu verlassen, wenn ich dadurch auch sie verloren hätte, den Vater, den anerkannten und durch alle Zeiten bis heute zuverlässig wärmenden Platz in der Geschwisterhorde? Wenn ich angesehen worden wäre als Sünderin, die keiner zur Frau will? Der Gewalt droht vom eigenen Bruder, weil es für ihn eine Frage der Ehre ist, was die Schwester tut? Die sich verstecken muss oder außer Landes fliehen und verdammt ist zur Einsamkeit? Bei diesen Fragen schnurrt der Stolz auf die errungene Unabhängigkeit zusammen.

Wohin ich auch ging, wie lang ich auch ausblieb, wenn ich die Familie besuchte, wurde ich festlich begrüßt. Meine Eltern waren traurig, wenn ich lange nichts von mir hören und mich nicht sehen ließ, aber ihre Tür blieb offen. Sie hielten mir zugute, dass ich es mir selbst nicht leicht machte. Sie wünschten mir Glück und hielten ihr Unglück aus ohne mich.

Zwei Jahre sprach ich mit der Mutter nur am Telefon, mit dem Vater kein Wort. Als ich ihm zufällig über den Weg lief, fielen wir uns in die Arme, bevor ein Gedanke dazwischenkommen konnte. Ich verabredete mich mit ihm, zum ersten Mal mit dem Vater allein. Er ließ sich Vorwürfe gefallen. Auf meine Fragen antwortete er nachdenklich, bekümmert und aufrichtig, auch auf unangenehme.

Ich ging so lange und so weit fort, bis ich keine Angst mehr hatte, weder um meine Eltern noch um mich. Als ich vierunddreißig Jahre alt war, verließ ich die Schule und stürzte mich in das Wagnis, endlich das Schreiben ganz zum Beruf zu machen. Ich wurde von einem Mann verlassen, den ich sehr liebte. Unheimlich geworden bin ich ihm, dachte ich, aber genau erfahren habe ich nie, was ihn zum Schluss bewegte. Er habe sich in eine andere Frau verliebt, mehr konnte er mir nicht sagen. Mir fiel damals auf, dass mit jedem neuen Anfang in meinem Arbeitsleben eine Liebe zu Ende gegangen war.

Es gab noch einen anderen Anfang damals. Um Janis Joplin zu widerlegen, wollte ich mich vertraut machen mit all dem, was mein Freiheitsstreben attackiert und mich festgehalten hatte. Ich fand einen klugen, humorvollen Begleiter für eine gründliche, eine psychoanalytische Reise in meine Gefühlswelt. Als ich mich von ihm verabschiedete, hatte ich meine ersten beiden Bücher veröffentlicht. Ohne die Jahre mit ihm hätte ich sie nicht schreiben können. Ich denke gern an ihn, aber von Jahr zu Jahr seltener. Nie habe ich ihn angerufen, nie habe ich ihm geschrieben. Was hätte ich ihm sagen sollen? Dass ich normale Probleme habe, mit mir und meinen Liebsten und Nächsten, mit der Arbeit, so langsam auch mit dem Älterwerden?

Meine katholische Erziehung hat keine große Rolle gespielt in der Analyse. Ich hielt sie für vergleichsweise unwichtig, fühlte mich durch sie geprägt, aber nicht auf negative Weise dauerhaft bestimmt. Die Welt der Gebete und Heiligengeschichten hatte ich ja verlassen wie die Welt der Märchen, rechtzeitig und entschieden, darauf war ich stolz, und außerdem dachte ich an diese Welt durchaus auch mit Dankbarkeit, nicht nur mit Wut.

Wenn ich jetzt in meinen alten Gebetbüchern lese, womit man unsere Kinderseelen gefüttert hat, bin ich fassungslos. Zur Vorbereitung auf die Erstkommunion schrieb man: *Seht den Heiland, der sich am Kreuz für euch wie ein Lamm schlachten ließ! Seht den Heiland, der uns seinen geopferten Leib zu (sic!) Speise gibt.*

Ich denke daran, dass ich meiner Mutter regelmäßig mit der Frage auf die Nerven ging, von welchem Tier das Fleisch sei, das sie aufgetischt hatte. Das Zitat »Das ist Gehirn, mein Kind« erwähnen Juli und ich immer mal wieder – lachend. Jetzt fällt mir ein, dass mein entsetzlicher Ekel womöglich daher rührte, dass ich Gehirn damals vermutlich nur als Inhalt des Menschenkopfes kannte und dass sich die Information womöglich verband mit all den kannibalischen Christussätzen. *Wahrlich, wahrlich, ich sage euch, wenn ihr das Fleisch des Menschensohnes nicht essen und sein Blut nicht trinken werdet, so werdet ihr das Leben nicht in euch haben.*

Letzte Nacht habe ich von Kai geträumt. Er war kein Bär, kein verwunschener Königssohn, sah aus wie damals, aber rief mir zu über einen Bach: »Schneeweißchen, Rosenrot, schlägst dir den Freier tot.«

23

Elisabeth tut schon wieder nicht, was sie tun soll. Sie soll abtrocknen. Sie trocknet nicht ab, spielt weiter mit ihrer blöden Puppe.

»Hier«, sage ich und drücke ihr das Handtuch in die Hand.

»Viel zu nass«, sagt sie frech und legt es auf die Heizung.

»Dann nimm dir ein trockenes«, sage ich.

Sie zieht ihre Puppe aus.

»Jetzt mach schon«, zische ich. Gleich kann ich meine Wut nicht mehr beherrschen.

»Du hast mir gar nichts zu sagen«, sagt sie. Mit ihrer Puppe macht sie absichtlich alles ganz langsam, und jetzt summt sie auch noch vor sich hin, als wäre ich Luft.

Ich reiße ihr die Puppe weg, renne ins Schlafzimmer, sperre die Puppe in den Schrank, stecke den Schlüssel ein.

Elisabeth schreit. Sie schreit. Sie schreit und hört nicht wieder auf.

»Wenn du abgetrocknet hast, bekommst du sie wieder«, rufe ich zwischen ihr Gebrüll. Aber sie hört nicht zu.

»Was ist hier los?«, fragt Tante Gertrud.

Elisabeths Kopf ist knallrot vom Brüllen. Sie hört immer noch nicht auf, wird nur ein bisschen leiser.

Tante Gertrud hockt sich vor Elisabeth: »Nun beruhige dich erst mal«, sagt sie, streichelt sie und wundert sich nicht, dass Elisabeth anfängt zu weinen, obwohl ihr niemand etwas tut.

»Sie will nicht abtrocknen«, sage ich schnell, aber Tante Gertrud guckt mich gar nicht an.

»Johanna hat mir Petra weggenommen und ist immer so gemein zu mir«, heult Elisabeth und ist jetzt nicht nur rot, sondern auch nass im Gesicht. Sie kratzt an ihrem Arm.

»Nicht kratzen«, sagt Tante Gertrud und nimmt ihre Hand.

»Du weißt genau, dass Elisabeth sich nicht aufregen darf«, sagt Tante Gertrud, und nun ist auch Großmutti die Treppe raufgelaufen gekommen. »Gib ihr die Puppe zurück.«

Ich hole Petra aus dem Schrank. Mein Herz klopft bis zum Hals. Es ist so ungerecht. Es ist so wahnsinnig ungerecht.

Ich höre wie Großmutti sagt: »Du kommst jetzt mit deinem Püppchen erst mal mit zu uns.«

Die Tür steht offen. Ich pfeffere Petra die Treppe runter. Elisabeth heult wieder wie eine Sirene. Wieso fallen die Erwachsenen darauf rein?

»Wie kann man so hässlich zur eigenen Schwester sein«, sagt Großmutti. »Du gehst jetzt in dein Zimmer und bleibst dort, bis deine Mutter wieder da ist. Dann sprechen wir darüber, wie unausstehlich du warst.«

Ich will etwas kaputtmachen. Ich will Elisabeth verhauen. Ich will, dass sie wieder ins Kinderheim muss. Ich will allein sein. Ich schmeiße mich in mein Bett und haue mit den Armen auf die Matratze und mit den Beinen auf die Decke. Dann weine ich.

Dorothea fragt: »Soll ich abtrocknen? Ich kann das schon.«

Wer hat angefangen, fragen die Erwachsenen, wenn wir uns streiten. Man darf keinen Streit anfangen. Egal, wer angefangen hat, irgendwann muss man sich wieder vertragen, möglichst bald. Man muss sich ein Küsschen geben und so beweisen, dass man sich wieder gut ist.

Streit soll es in der ganzen Familie nicht geben. Streit ist böse. Kinder, die sich streiten, sind böse Kinder und machen die Eltern böse. Böse und böse und böse. Dieses dreifache Teekesselchen ist schwer zu erklären.

Ich streite mich nicht mit Elisabeth. Sie will nur dauernd ihre Arbeit nicht machen. Sie drückt sich so, dass die Erwachsenen es nicht merken. Wenn ich verantwortlich bin, weil Mutti nicht da ist, tut sie nie, was ich sage. Das ist kein Streit, das ist Ungehorsam. Vater und Mutter sind die Stellvertreter Gottes auf Erden. Ich bin die Stellvertreterin der Eltern. Elisabeth will keine Stellvertreterin. Sie will nur tun, was sie möchte, nicht was sie muss.

Wenn ich mich mit Matthias streite, können wir uns leicht wieder vertragen. Wenn Mutti sagt: »So, nun besinnt euch mal«, wissen wir gleich, wer angefangen hat und wer böse war, manchmal ist es mir auch egal, weil ich mich sowieso nicht lange mit ihm zanken mag. Elisabeth ist böse und sagt, die anderen sind böse. Ich verstehe das nicht. Und wenn ich Mutti alles in Ruhe erkläre, sagt sie: »Elisabeth ist so krank, immer juckt ihre Haut, das macht sie schrecklich kribbelig, da müssen wir alle viel Rücksicht nehmen.«

Wenn Mutti sagen würde, Elisabeth muss nicht abtrocknen oder aufräumen, weil sie krank ist, dann wäre alles viel einfacher. Das Baby kann ja auch noch nicht helfen. Aber das sagt Mutti nicht. Und deswegen kann ich mich nie lange mit Elisabeth vertragen. Wenn sie abends aufbleiben möchte oder mitspielen will, ist sie gesund genug, aber wehe, sie soll etwas tun, was keinen Spaß macht. Sie nutzt ihre Krankheit aus und lässt uns für sich springen. Ich wünsche mir, dass Vati endlich mal zu ihr sagt: »Mach gefälligst nicht dauernd so ein Theater.«

***

Für die Verzweiflung meiner Mutter hatte ich als Kind keine Begriffe. Die Verzweiflung meiner Großmutter erkannte ich nicht. Meine eigene habe ich nie vergessen. Sie hatte gute Gründe, mit anderen

Worten, mein Gewissen war rein, denn Elisabeth verstieß ja gegen die Regeln. Wie fragwürdig es war, dass ich schon als Kind die Rolle der Elternstellvertreterin übernahm, fiel mir nie auf und auch den Erwachsenen nicht. Ich reihte mich ein in die Hierarchie und war stolz auf meinen Vorzugsplatz. Nach dem lieben Gott, den Eltern, der Großmutter und den Tanten kam ich, die Erstgeborene, die Vernünftige, die Große. Ich fühlte mich im Recht, fühlte mich gerecht. Dass meine Schwester das Recht nicht anerkannte, ja mich sogar verhöhnte und dafür nicht bestraft, sondern getröstet, in Schutz genommen wurde, trieb mich in heillose Wut, in Verzweiflung.

Nicht im Traum wäre ich darauf gekommen, dass ich mich genau so fühlte und verhielt wie meine Großmutter, die sich nicht einen Tag lang damit abfinden konnte, dass ihre Töchter nicht gehorsam gewesen, nicht ihre Sicht der Dinge, ihre Weltanschauung übernommen hatten, sondern anders fühlten, anders dachten, anders handelten, als sie es sich wünschte, wobei es sich natürlich nicht um Wünsche handelte, sondern um Ansprüche, um Machtansprüche. Einen Wunsch nicht erfüllt zu bekommen wäre bloß traurig gewesen, aber da das eigene Glück vollständig davon abhing, dass die anderen sich unterwarfen, so wie man selbst es angeblich auch zu tun bereit war, hieß die Konsequenz Bitterkeit oder Wut, Kapitulation oder Kampf. An Flucht dachten alle, aber sie war vollkommen ausgeschlossen, nutzlos zudem, wusste man doch, dass man Wut, Angst und Trauer mitnehmen würde bis ans Ende der Welt.

Die Familie ist heilig, die Ehe unauflöslich. Die Familie hält zusammen durch dick und dünn. Nach außen spricht sie mit einer Stimme. Eltern lieben ihre Kinder über alles. Kinder lieben und ehren ihre Eltern bis ans Ende ihrer Tage. Diese Glaubenssätze galten für alle Familienmitglieder, gleichgültig ob sie katholisch oder konfessionslos waren. Gegen sie zu verstoßen, hieß, sich ins ewige Unglück zu katapultieren, seines Lebens nicht mehr froh werden zu können und die Ewigkeit zu verspielen.

Die Verzweiflung meiner Mutter fußte auf den gleichen Glaubenssätzen, nur neigte sie zur Defensive, während ich meiner Großmutter in die verlockendere Offensive folgte. Meine Mutter ertrug, duldete. Wie viel Stärke in ihrem Standhalten lag, wie viel Schwäche im erschöpfenden Kampf, konnte ich nicht erkennen. Aber eines war klar, es gab nur Zeiten des Waffenstillstands, Erschöpfungspausen, kurze Fluchten, aber keine Kompromisse, keine Gewinner, keinen dauerhaften Seelenfrieden. Alle gemeinsamen Freuden wurden überschattet vom großen Ungenügen.

Es gab jedoch auch erste Hinweise auf etwas anderes: Henny, die Schwester meiner Mutter, hatte die Familie im Streit verlassen und den Kontakt zu ihrer Mutter und damit auch zu ihren Tanten – »Wer nicht mit seiner Mutter spricht, mit dem reden wir auch kein Wort« – abgebrochen. Henny hatte einen Mann geheiratet, den meine Großmutter für einen Ausbund an Schlechtigkeit hielt, und war Anthroposophin geworden. Im Gegensatz zu meiner Mutter verbat sich Henny Angriffe und Vorwürfe, und als sie dennoch nicht endeten, sprach sie sieben Jahre lang nicht ein Wort mit ihrer Mutter, setzte sieben Jahre lang keinen Fuß in ihr Elternhaus. Nur ihre Schwester traf Henny gelegentlich. Das trug meiner Mutter den Vorwurf ein, sie würde ihrer ohnehin schwer geschlagenen Mutter in den Rücken fallen.

Meine Großmutter, deren Sohn 1942 mit einundzwanzig Jahren durch einen Verkehrsunfall ums Leben gekommen war, genierte sich nicht, auch ihrer Tochter Henny den Tod zu wünschen. »Es ist erträglicher, ein Kind durch den Tod zu verlieren als durchs Leben«, sagte sie gelegentlich und erwartete, dass man sie nach diesem Satz für ihr tragisches Schicksal bedauerte.

Meine Großmutter schimpfte über ihre verlorene Tochter und deren Mann, dessen Name nicht erwähnt werden durfte, den sie umbenannt hatte in »dieser Mensch«. Meine Mutter sprach voller Zuneigung und Respekt von ihrer Schwester, die zwar abwesend war, aber gerade deshalb außerordentlich interessant, und ich war glücklich über jede der seltenen Gelegenheiten, mit ihr zusammen zu sein. Sie repräsentierte einen Ausweg, der tatsächlich einer zu sein schien, denn es war nichts davon zu hören oder zu merken, dass es ihr schlecht ging. Im Gegenteil, sie war begeistert von ihrer Arbeit als Lehrerin und hatte eine behagliche Wohnung. Sie war lachfreudig, herzlich, schwungvoll und hübsch. Was sie beschwerte, war für mich nicht zu erkennen. Mein Herz flog ihr zu. Kurz bevor ich zur Schule kam, durfte ich sie ins Schullandheim begleiten. Im Gegensatz zu ihren Schülern genoss ich als viel jüngeres Kind und als ihre Nichte große Privilegien. Ich durfte mit in ihrem Zimmer schlafen und von dem Teller mit Pfefferminzbrocken und

Schokolade nehmen. Abends vorm Einschlafen sagte Tante Henny: »Das Tolle am Erwachsensein ist, dass man sich jederzeit Naschkram kaufen kann.«

Das Ziel, groß und unabhängig zu werden, stand so klar vor mir, dass ich am nächsten Tag krank wurde. Ich hatte hohes Fieber und war nur noch ein kleines Kind, das sich nach seiner Mutter sehnte, und wenn es nicht schlief, betete, sie möge endlich kommen.

Am späten Abend standen meine Eltern vor meinem Bett. »Wir wollen nur mal nach dir sehen«, sagte mein Vater. Aber da hatte meine Mutter mich schon in ihren Armen und sagte: »Natürlich nehmen wir dich mit nach Hause.«

Konflikt, dieses Wort tauchte erst spät auf und fast ausschließlich in politischen Zusammenhängen. Konflikte gab es zwischen Amerika und Russland oder im Nahen Osten, aber nicht in der Familie, nicht bei einem Ehepaar. Wenn alle sich Mühe geben, wenn alle gut sind, dann ist auch alles gut und bleibt so. Kindern fehlt im Gutsein noch die Übung, deshalb muss man sie erziehen. Gute Erwachsene sind immer gut.

Die Religion kannte innere Konflikte, den Widerstreit zwischen dem Wunsch, etwas Böses zu tun, und der Fähigkeit, gut zu sein. Entschied man sich richtig, konnte man selbst froh sein und die anderen auch, denn der Familienfrieden wurde nicht gestört. Gutsein bürgt für beständige Harmonie, lautete ein zentraler Glaubenssatz sowohl in der Kirche als auch zu Hause. Er entpuppte sich erst als fatale Last, dann als falsch.

Nirgends gab es eine Idee davon, dass Entwicklung ohne Auseinandersetzungen nicht möglich ist, dass es gegensätzliche, aber gleichermaßen berechtigte Interessen geben kann. Die statische Sicht, das ausweglose Entweder-Oder, verbunden mit Regeln und Geboten bis ins Kleinste, straft die Zusicherung, ein freier Mensch mit einem freien Willen zu sein, Lügen. Sie stärkt nicht das Gutsein und die viel beschworene Nächstenliebe, sondern die Hierarchie, in der oben bestimmt wird, was unten gefälligst zu tun und zur Not mit Gewalt durchzusetzen ist. In der man sich oben möglichst nicht in die Karten schauen lässt, damit unten nicht auffällt, dass man die Regeln, die man gegen die Komplexität und Konflikthaftigkeit menschlichen Lebens verteidigt, selbst nicht einhalten kann.

Der Geist ist willig, aber das Fleisch ist schwach. Umgekehrt wird ein Schuh draus: Das Fleisch ist stark, aber der Geist ist schwach. Er verkümmert durch Denkverbote und mit ihm eine Menschlichkeit, die diesen Namen verdient, weil sie verstehen will, wissen möchte und nach fairem Ausgleich sucht.

Dafür ist die katholische Kirche nach wie vor beispielhaft: Priester haben ehelos zu leben. Die Frauen und Männer, mit denen sie sexuelle Beziehungen haben, dürfen nicht in Erscheinung treten, die Kinder, die sie zeugen, auch nicht. Solange sich Liebespartner und Kinder daran halten, darf der Priester sein Amt weiter versehen. Das Wohlergehen der Kinder interessiert die Kirchenoberen nicht. Geschiedene und neu verheiratete Gläubige werden nach wie vor ohne Ansehen ihrer Gründe von der Kommunion ausgeschlossen, aber wenn ein Geistlicher ihm anvertraute Kinder sexuell missbraucht, dann ignorieren seine Vorgesetzten das, bis öffentlicher Druck sie zum Handeln zwingt.

Gestern war ich wütend auf Franziska, habe sie angerufen und ihr gesagt, was mich geärgert hat. Das war richtig und wichtig. Ihre Antworten haben mich so in Rage gebracht, dass ich sie weit stärker angegriffen habe, als zur Wahrung meiner Interessen nötig gewesen ist. Das war schäbig.

Ich habe mich geschämt und geärgert über mich selbst, habe aber auch gedacht, es ist wohltuend, dass wir uns selbst und den anderen Vorwürfe machen können, ohne Gott, die Familienehre oder das Wohl von Führer, Volk und Vaterland ins Spiel zu bringen. Wir kommen aus ohne Verstärkung, hilflos macht uns das nicht, nur kleiner und gleicher.

24

Das Schöne an Büchern sind die Geschichten und die Bilder. Warum Erwachsene Bücher lesen, in denen kein einziges Bild vorkommt, verstehe ich nicht.

»Was soll ich vorlesen?«, fragt Mutti.

Ich muss nicht überlegen: »Der glückliche Löwe«.

»Och, nö«, sagt Matthias. Aber Mutti holt doch das Löwenbuch aus dem Schrank, weil Matthias gestern aussuchen durfte.

Der Tisch liegt voller Kastanien. Sie glänzen. Wir haben auch Eicheln, Bucheckern und bunte Blätter gesammelt und können basteln beim Vorlesen. Wir müssen nur aufpassen, dass wir mit dem Uhu auf der Zeitung bleiben und nicht den Tisch voll schmieren.

Der glückliche Löwe wohnt im Tierpark. Ich finde es sehr traurig, dass er nicht in Afrika in der Freiheit bleiben konnte, weil dort die Jäger hinter ihm her waren. Aber der Löwe war glücklich im Zoo, obwohl er dort eingesperrt war. Er bekam nämlich jeden Tag viel Besuch, und am Sonntag spielte eine Kapelle. Eines Tages hatte der Wärter vergessen, die Tür abzuschließen, und der Löwe machte einen Spaziergang in die Stadt.

Ich schraube die Uhutube zu, damit ich mir meine Lieblingsbilder ansehen kann: Herr Dupont, der in Ohnmacht fällt, als der Löwe beim Feinkostgeschäft um die Ecke biegt, und auf der anderen Seite die drei Frauen, die kreischend wegrennen vor dem Löwen, der das natürlich nicht versteht und dumm aus der Wäsche guckt.

»Er suchte einen Freund, der nicht in Ohnmacht fallen oder schreien oder fortlaufen würde.«

Wir dürfen jeder fünf Bucheckern essen, mehr nicht, sonst bekommen wir Bauchweh. Ich pule eine Buchecker für Dorothea auf, und der glückliche Löwe wird von der Feuerwehr umzingelt. Aber bevor die Feuerwehrleute dem Löwen etwas tun können, kommt Franz und legt dem nun überglücklichen Löwen die Hand auf die Mähne und fragt: »Wollen wir miteinander in den Park zurückgehen?«

Eigentlich muss mir niemand das Buch vorlesen. Ich kann es so gut auswendig, dass ich es mir manchmal selbst erzähle, wenn ich nicht einschlafen kann.

Franz bringt den Löwen zurück in den Zoo. Dort bleibt er und versucht nie wieder, seine Freunde in der Stadt zu besuchen, sondern wartet, bis sie zu ihm kommen. Franz kommt jeden Nachmittag. »Dann wedelte der Löwe vor Freude mit dem Schwanz, denn Franz war und blieb sein bester Freund.«

Ich finde die Geschichte sehr traurig. Deswegen mögen die anderen sie wahrscheinlich nicht so gern.

Die Geschichte vom glücklichen Löwen ist fast so traurig wie meine Lieblingsplatte. Eine kleine Nachtmusik. Wenn ich artig war und Mutti nicht nervös ist, dann darf ich sie abends ganz allein im Wohnzimmer hören. Ich drücke den Knopf am Radio, sehe zu, wie das grüne Licht langsam richtig grün wird, nehme die Obstschale von der Truhe und die kleine Decke. Ich klappe den Deckel hoch und suche die Schallplatte raus. Mutti holt sie aus der Hülle, legt sie auf den Gummiteller, zieht den Tonarm zurück, bis sich der Teller dreht, und setzt vorsichtig die Nadel auf die blanke Außenkante der Platte.

Ich knipse die Stehlampe aus, damit es schön dunkel ist, lege mich auf den Fußboden und den Kopf vor den braunen Stoff unter dem Radio, da, wo der Lautsprecher ist. Eine kleine Nachtmusik. Ich würde sie am liebsten gleich noch mal hören. Aber dann sagt Mutti: »Husch, husch ins Körbchen.«

In Afrika leben Löwen, Neger und Missionare. In China wird Kontrabass gespielt – »Drei Chinesen mit dem Kontrabass« –, und von dort kommt die »gelbe Gefahr«. Die Ostzone wurde von Kommunisten besetzt. Die »rote Gefahr« ist näher und stärker als die »gelbe Gefahr«.

Dänemark ist klein, flach und unser Nachbarland. Dänemark ist gut, weil dort sogar der König Rad fährt und die schöne Insel Römö dazugehört, die wir für ein paar Tage besuchten. Frankreich ist auch unser Nachbarland, aber mit dem hat man nur schlechte Erfahrungen gemacht. Wenn Krieg war, wurde der Großvater als Soldat nach Frankreich geschickt. Den Ersten Weltkrieg hätte er mit seinen Kameraden gewonnen, wenn ihm die Heimat nicht in den Rücken gefallen wäre. Im Zweiten Weltkrieg hatte er aus Frankreich Seife und Champagnergläser mitgebracht. Wenn Deutschland nicht auch gegen die Russen hätte kämpfen müssen, wäre alles gut gegangen. Aber den Kampf an so vielen Fronten konnte auch das stärkste Land nicht gewinnen. Als die Amerikaner kamen, fiel mein Großvater in Frankreich und meine Großmutter wurde erst Offizierswitwe, dann Kriegerwitwe.

England ist eine große Insel, und Tante Irene war als junges Mädchen dort, um die Sprache so gut zu lernen, dass sie sie in der Schule Kindern beibringen kann. Im Krieg haben die Engländer und Amerikaner Nacht für Nacht aus Flugzeugen Bomben auf

Deutschland geworfen. »Feige Terrorbomber«, sagt Großmutti. »Hier waren doch nur Frauen, Kinder, Alte und Verwundete.«

Wenn wir mit der S-Bahn in die Stadt fahren, können wir sehen, wie viele Häuser immer noch kaputt sind. Bei uns blieb alles heil. Deshalb zogen die Engländer in unsere Straße, als der Krieg zu Ende war, quartierten sich ein im Haus gegenüber und »hausten dort wie die Wandalen«. Herr und Frau Fritsche, die damals gegenüber wohnten, hatten nur eine Stunde Zeit, um Sachen aus ihrem Haus zu holen, bevor sich die Engländer dort breit machten. Alle halfen, und Herr und Frau Fritsche kamen zu uns. Sie kriegten ein Bett in unserem Wohnzimmer. Am nächsten Morgen standen sie nicht auf. Sie hatten Gift genommen. Herr Fritsche war tot, Frau Fritsche hatte das Gift ausgespuckt und kam ins Krankenhaus. Die Engländer störte das nicht. Sie trugen ein Sofa in den Garten, fläzten sich darauf rum, legten die Füße auf den Gartenzaun, rauchten und warteten den ganzen Sommer in der Sonne darauf, wieder nach Hause zu fahren. Dass ausgerechnet die Engländer gewonnen haben, ist sehr erstaunlich.

Die Amerikaner sprechen schlechtes Englisch, haben wenig Kultur, aber verdienen viel Geld und halten die Russen in Schach. Deshalb sind sie unsere Freunde.

Italien ist das Land, in dem die Zitronen blühen, und wurde von Goethe sehr geliebt. Die Hauptstadt von Italien heißt Rom. Dort wohnt der Papst im Vatikan. Manchmal spricht Gott aus dem Papst. Er merkt das und sagt den Gläubigen, dass er gerade Gottes Wort verkündet hat. Daran ist dann nicht zu rütteln.

Wenn man etwas nicht weiß, kann man in der Bibliothek im Lexikon nachsehen. In der Bibliothek arbeitete der Urgroßvater. Zuerst war er Lehrer und hat sich darüber aufgeregt, wie falsch die Kinder erzogen wurden. Deshalb hat er aufgeschrieben, dass sie Güte brauchen, Kultur und Humor und nicht nur dauernd Religionsunterricht und Schläge.

***

Wir machten uns ein Bild von der Welt. Aber Politik war nichts für Kinder. Tante Gertrud fand Politik langweilig. Tante Irene sagte gar nichts über Politik. Die Großmutter schimpfte ununterbrochen über die Politik, und deshalb erhielten wir die meisten Informationen von ihr. Ein guter Politiker war fast wie der liebe Gott. Er bestimmte und konnte alles und machte keine Fehler. Aber die meisten Politiker waren schlecht und verrieten ihre Ideale und die Ideale des Volkes. Deshalb war Politik ein dreckiges Geschäft. Die Mutter mochte das nicht hören und kümmerte sich lieber um die Kinder.

Dazu gehörte auch die Auswahl der richtigen Lektüre. Die Erwachsenen schützten sich selbst und die Kinder vor negativen Einflüssen. Ein Buch musste gut sein, nicht »zersetzend«. Als die »Blechtrommel« erschien, las man darüber in der Zeitung und war zutiefst empört über diesen »Dreck«. Man musste das Werk nicht lesen, um sich ein Urteil zu bilden. Sicherheitshalber und im Konsens mit der gutbürgerlichen, konservativen Kundschaft wurde es in der Buchhandlung in der Waitzstraße nicht einmal verkauft: »So etwas führen wir nicht!«, sagte man dort pikiert, so kolportierte Tante Irene sehr zufrieden. Im Katechismus von 1956 las ich: *Schlechte Schriften, Bücher und Bilder gehören in den Ofen.*

Man las nur Bücher, die schon lange als gut galten. Bücher, die als Beleg deutscher Kultur taugten, las man sogar immer wieder gern. »Faust« war das Meisterwerk schlechthin. Gründgens als Mephisto – himmlisch, großartig! Der Literaturkanon meiner Großmutter und ihrer Schwestern war der ihrer Jugend. Die Bibliothek ihres Vaters war der Maßstab und gut gefüllt mit Klassikern. Goethe, Kleist, Schiller, Schopenhauer, ja, auch Heine, aber man griff doch lieber zu Lessing und Storm, Hebbel, Droste-Hülshoff und Liliencron. Die Damen waren entzückt von »Effi Briest« und den »Buddenbrooks«, aber Heinrich Mann, Alfred Döblin, Hans Henny Jahnn, Kurt Tucholsky wurden mit dem Prädikat »nicht mal mit der Kneifzange anzufassen« belegt. Ausländische Autoren kamen fast gar nicht in Frage. Nicht die geringste Neugierde kam den Frauen in die Quere.

Moderne Kunst? Geschmacklos! Nacktheit machte die Klassik klassisch, aber die Moderne verderbt, widerwärtig. Entartete Kunst blieb entartete Kunst, auch wenn nahezu alle Gegenwartskunst als solche angesehen werden musste.

Alles, was die eigene Weltanschauung hätte verändern oder erweitern können, wurde abgelehnt. Dieser Kunst- und Kulturbegriff führte zu einer peinlichen Mischung aus Klassik und Kitsch. Süßliche Blümchenbilder stachen jeden Picasso aus, Ephraim Kishon siegte, ohne je wirklich verglichen zu werden, gegen Bertolt Brecht. Zu reinem Jugendstil gesellten sich im einst geschmackssicher und modern eingerichteten Haus Plüsch und Plunder.

Bei der Musik waren die Gegensätze weniger krass, da die Neutöner es ohnehin schwer hatten auf arrivierten Bühnen. Aber als es losging mit Opernhelden in Straßenanzügen, war das Gezeter riesig und ein solcher Opernabend komplett verdorben.

Kultur war wichtig, aber nur aus der Vergangenheit zu beziehen. Die Gegenwart bot hauptsächlich Mist und Schund, mit dem man sich keinesfalls besudeln wollte. Bildung und Kultur waren Chimären. Das Interesse reine Attitüde, Prestige. Man ging in die Oper, ins Theater, man las ein Buch, um sich in seiner freien Zeit zu erbauen und um sich zu unterscheiden von weniger »kultivierten« Leuten.

Eines blieb modern: die Erziehungsmaximen meines Urgroßvaters, eines bekannten Reformpädagogen seiner Zeit. Kinder nicht durch dogmatischen religiösen Drill zu verblöden und durch Hartherzigkeit zu verletzen, sie liebevoll zu erziehen durch Vorbild, Erklärungen und einleuchtende Regeln, auch das gehörte zur Familientradition, unterschied sich auch nach fünfzig Jahren noch wohltuend von der üblichen pädagogischen Praxis. Musik, Geschichten, frische Luft und freies Spiel galten schon seit zwei Generationen als unverzichtbar. Beim Spielen im Garten konnten wir uns alltags so dreckig machen, wie wir wollten. Wenn uns heiß war, durften wir uns ausziehen. Innerhalb der Familie gab es Fragen der Schamhaftigkeit, der Schicklichkeit nur für Erwachsene, nicht für Kinder. Man wusste, sie würden von selbst aufhören, als »Nackedeis« rumtoben zu wollen. Wenn Passanten oder Nachbarn die Nase rümpften über die Horde kleiner Kinder, die splitterfasernackt oder schwarz wie die Kohlenträger im Garten unterwegs war, dann amüsierten sich die Erwachsenen über die »dummen Leute«. Nie wurden wir bei Doktorspielen oder anderen intimen Lustbarkeiten gestört. Unsere Wortverdrehungen und Phantasiegeschichten wurden begierig aufgenommen und hinter vorgehaltener Hand weitererzählt, unsere Fragen beantwortet. Wir wurden geliebt und ernst genommen. Wenn meine Mutter versuchte, gerade heftig propagierte gegenläufige Erziehungsempfehlungen umzusetzen, scheiterte sie häufig. Säuglinge nicht zu »verwöhnen« und schreien zu lassen, wenn sie satt und sauber in ihrer Wiege lagen, hielt sie nicht lange aus, obwohl sie ein schlechtes Gewissen bekam, hatte sie doch gelesen, dass die Lungen der Säuglinge sich durchs Brüllen erst richtig prächtig entwickeln würden.

Nicht von gestern, sondern von heute war die Filmkunst. Sie galt als gut verträglich: »Don Camillo und Peppone«, alle neuen Filme mit Heinz Rühmann, die »allerliebsten« Sissi-Streifen mit Romy Schneider, der »reizenden« Tochter von Magda Schneider, »Ben Hur« und der »Förster aus dem Silberwald«, überhaupt Heimatfilme, das alles war genehm und angenehm, Unterhaltung zwar, aber doch nicht »niveaulos«. Ins Kino gingen alle gern, mein Bruder und ich auch schon früh allein, in die Kindervorstellungen am Nachmittag. Von einem Film, den wir mochten, zehrten wir lange, denn wir erzählten uns und denen, die nicht mit waren, die Geschichte wieder und wieder, wobei der Reiz auch darin lag, dass nicht nur die Handlung referiert, sondern auch die Bilder möglichst naturgetreu geschildert werden mussten. Die langen, fiesen Fingernägel der Hexe, der undurchdringliche dunkle Wald, dessen Grün langsam überging in ein graues Schwarz.

Einer meiner Lieblingsfilme war »Ein Mann geht durch die Wand«, in dem Heinz Rühmann durch jede Wand spazieren konnte, als handele es sich nicht um Mauerwerk, sondern um einen lockeren Vorhang.

Das Fernsehen, das uns die Augen öffnete, verschloss sie den inzwischen wirklich alten Frauen im Erdgeschoss nach und nach völlig. Man ging zwar immer noch regelmäßig ins Theater, empfing Gäste und machte Besuche, aber an den übrigen Abenden saß man »kultiviert«, nämlich mit einem Glas Grog oder Wein und ordentlich bekleidet, vor dem Fernsehgerät und sah begeistert sämtliche Karnevalssendungen, Tierfilme aller Art, Volksmusik- und Rateshows. Gab es nichts »Hübsches«, schalteten die Damen aus, widmeten sich ihren Puzzle- und Kartenspielen und redeten darüber, wie schrecklich es sei, dass ihre Großnichten und Enkeltöchter selbst auf dem Gymnasium nichts mitbekamen vom Guten, Wahren und Schönen, stattdessen aber verdorben wurden für alle Zeit durch Entgleisungen wie »Die Dreigroschenoper«, in der meine jüngste Schwester bei einer Schulaufführung als Polly brillierte und ihre unschuldigen Backfischlippen missbraucht wurden für vulgäre Verse. Schauderhaft! Schändlich!

Der Kulturbegriff meiner Großmutter und ihrer Schwestern war meine ganze Kindheit hindurch selbstverständlich. Meine Mutter teilte ihn. Sie verteidigte ihn bei Nachfragen zwar nicht so vehement, aber sie festigte ihn auf andere Weise, indem sie uns religiöse Klassiker vorlas. Wie alt die biblischen Geschichten waren, meinten wir an der Jahreszahl ablesen zu können. Der Katechismus war zwar fünf Jahre nach meiner Geburt gedruckt worden, führte aber mindestens ins Mittelalter zurück, und die katholischen Kinder- und Jugendbücher aus dem Herder Verlag, dessen Name für die Unbedenklichkeit seiner Druckerzeugnisse bürgte, waren ebenfalls weit davon entfernt, modern zu sein. Da ging es beispielsweise um einen tapferen Priester und noch tapferere Ministranten, die während der »Schreckenszeit der großen Französischen Revolution« unter Lebensgefahr das heilige Messopfer feierten, oder um eine Heilige, die nicht einmal dann ihren Glauben verleugnete, als man ihr die Brüste abschnitt.

In meinem ersten Heft »Jesus kommt – Blätter für Erstkommunionkinder« stand: *Kinder lesen gerne spannende Geschichten von tapferen Menschen. Da glühen die Wangen. Das Herz schlägt schneller, und im Inneren erwacht der Wunsch: So möchte ich auch sein.*

Dass die richtigen Wünsche in einem erwachten, darauf galt es zu achten, und Mutter, Lehrerinnen und die Kirche taten ihr Bestes: Sie kosteten vor, erlaubten oder indizierten. Im Katechismus lasen wir: *Um keusch zu bleiben, müssen wir alles meiden, was zur Unkeuschheit führen kann: schlechte Schriften und Bilder, schlechte Filme, Schaustellungen und Tänze, schlechte Kameraden und schlechte Gesellschaft, unehrbare Kleidung, Müßiggang und Verweichlichung.*

Ein gutes Buch ließ uns gut bleiben oder werden, weil es uns gute Menschen zeigte, die im Kampf gegen das Böse siegten, selbst wenn sie dabei ihr Leben ließen. Ein schlechtes Buch, ein schlechter Film zeigten uns Menschen, die schlecht waren, Freude daran hatten und nicht von einem guten Menschen besiegt wurden.

Es klappte nicht. Die guten Bücher waren auf Dauer zu langweilig, meist auch einfach zu schlecht. Und irgendwann dämmerte uns, dass es keineswegs nur um Fragen der Unkeuschheit ging, die bei uns ohnehin vernachlässigt wurden. Es ging darum, seine Anschauungen der Welt und der eigenen Person nicht verändern zu müssen. Es ging um Bestätigung statt Verunsicherung, um Illusion statt Wirklichkeit, um Schonung.

Der Vater mischte hier nicht mit. Er las nicht. Er teilte den Kulturbegriff der Frauen nicht, ja, sie sagten es zwar nicht offen, aber meinten, er habe gar keine Kultur. Er hatte eine andere. Er war kein Nazi gewesen und auch keineswegs bereit, sich von den Nazis verheizen zu lassen. Kurz vor Kriegsende, er war wenige Tage zuvor siebzehn geworden, schnitt er sich die Hosen ab, schmiss seine Papiere weg bis auf seine Impfkarte, auf der sein Geburtsjahr versehentlich mit 1929 statt mit 1928 angegeben war, und desertierte mit einer Pistole in der Hosentasche vom Flak-Einsatz und lief auf eigene Faust nach Westen, wild entschlossen, jeden niederzuschießen, der ihn hätte aufhalten und erhängen wollen wie andere Jungs, die sich unerlaubt von der Truppe entfernt hatten. Er lief und lief, gewitzt und kräftig genug, bis er sich, die Rote Armee im Rücken, wie erhofft bei Schwerin den Amerikanern ergeben konnte. Mein Vater brauchte keine Kultur der Beschönigung.

Ihn verlangte allerdings auch nicht erkennbar nach dem Gegenteil, obwohl er durchaus empfänglich war für Modernes, ein Ästhet und schon von Berufs wegen mit Mode beschäftigt. Ihn verlangte nach Genuss, nach Vergnügen, nach Unbeschwertheit. Er liebte Musik und tanzte gern und gut. Klassische Musik erfreute ihn, aber er mochte auch das Schräge und Neue, das Schnelle und Erotische, Swing und Jazz, Blues, Musicals. Er war fasziniert von »Porgy and Bess«, der »West Side Story«, und ich sah, dass seine fingerschnippende Begeisterung in andere Gefühlsschichten reichte als die Freude der anderen. Nach und nach sickerten durch ihn von den Frauen verpönte und verbotene Melodien ein. Und irgendwann war es selbstverständlich, dass im ersten und zweiten Stock des Hauses jede Art von Musik gehört werden durfte, vorausgesetzt, sie war nicht so laut, dass sie andere störte. Aber das war lange nur Zukunftsmusik, denn zunächst hielt der Vater auch in dieser Frage lieber den Mund, als ihn sich zu verbrennen. Keine der Frauen ließ es uns merken, aber er, der für uns der Vater, die mächtigste Respektsperson der Familie war, war für seine Schwiegermutter und deren Schwestern lange nur ein dahergelaufener Schneider, ein charmanter und attraktiver Bengel zwar, aber ein armer Schlucker, der froh sein durfte und musste, Unterkunft gefunden zu haben in ihrem einzigartigen Haus.

Wenn ich daran denke, wie wenig ich von Naturwissenschaften verstehe, wie schnell mein Interesse an technischen Details erlischt, schäme ich mich, allerdings erst seit wenigen Jahren. Bildung, Kultur? Das war Sprache, Literatur, Musik, Kunst. Physik, Chemie, höhere Mathematik, das brauchen manche Männer für ihre Arbeit. Aber in der eigentlichen Welt, in der Welt der Frauen, spielt all das keine Rolle. Mein Vater wusste, wie ein Radio funktioniert, eine Kamera, ein Auto, aber das galt nichts. Anstatt sich für die eigene Unwissenheit zu genieren, erhoben sich die Frauen über ihn, weil er keine »guten Bücher« las. Ich habe es verdammt lange auch so gehalten.

Als kleine Kinder, als Grundschulkinder schnappten wir allerlei auf über die weite Welt, waren aber beschäftigt mit Heimatkunde. Wir kennen die Elbe und folgen ihr an die Nordsee. Wir machen eine Hafenrundfahrt und lernen, was eine Schute, ein Schlepper, eine Fähre, ein Frachter, ein Poller ist. Wir kennen unterschiedliche Möwen und können Dompfaff von Buchfink unterscheiden, Blaumeise von Kohlmeise, Amsel, Drossel, Fink und Star. Wir kennen den Unterschied zwischen Zwetschen und Pflaumen, Rosen und Astern und lernen ganz von selbst die lateinische Liturgie. Wir wissen, wer unsere Freunde, wer unsere Feinde sind, und kommen nur selten in Zweifel. Wir hören klassische Musik und singen Volks- und Kirchenlieder. Als ich in die erste Klasse gehe, darf ich mit meiner Großmutter in die Oper: »Der Freischütz«. Silvester hören die Tanten leichte Musik. Dann legen sie eine Strauß-Operette auf.

Uns wird vorgelesen, sehr viel vorgelesen: Märchen und biblische Geschichten. Balladen und Kinderbücher. Wilhelm Busch und den Suppenkasper findet meine Mutter zu grausam. Sie achtet darauf, dass wir nicht geängstigt werden durch Geschichten.

Das Bild, das uns überall begegnet, das Bild vom Gequälten, vom Toten am Kreuz, kann sie uns nicht ersparen, auch nicht die vierzehn Stationen des Kreuzwegs, dargestellt durch dunkle Holzfiguren über den Bänken an der Nordwand unserer Kirche.

25

Das große Kreuz ist mit einem schwarzen Tuch verhüllt. Pastor Nieblich legt sich auf die Stufen vor dem Altar. Wenn er wieder aufsteht und die Stufen herunterkommt, um den Kreuzweg zu beginnen, sehe ich, wie traurig er ist, weil Jesus gleich sterben muss.

Eure Barmherzigkeit ist flüchtig wie ein Gewölk am Morgen und der Tau, der in der Frühe schon vorübergeht. Darum schlug ich drein durch die Propheten und tötete sie durch die Worte meines Mundes.

Wir sollen uns alles genau vorstellen, wir sollen mitleiden. Es ist kalt. Es gibt keine Musik. Jesus ist nicht da. Das ewige Licht leuchtet nicht. Alles ist anders. Nur die Kirche ist so voll wie immer.

Jetzt ließ Pilatus Jesus fortführen und geißeln. Die Soldaten setzten ihm eine Krone aufs Haupt, die sie aus Dornen flochten, und legten ihm einen Purpurmantel um. Dann traten sie vor ihn und riefen: Gruß dir, König der Juden!

Wir stehen. Pastor Nieblich und die anderen Männer sind schwarz gekleidet und gehen mit ihren Büchern auf dem Gang zwischen den Bänken ein Stück weiter, zum nächsten Bild des Kreuzwegs, zum nächsten, zum nächsten.

Er trug sein Kreuz und ging hinaus an den Ort, den man Schädelstätte nennt, auf hebräisch aber Golgatha. Dort kreuzigten sie ihn und mit ihm noch zwei andere.

Ich muss immerzu an das Wort Schädelstätte denken und kann nicht zuhören. Ich friere und schäme mich, weil ich nicht aufgepasst habe und nicht an Jesus denke. Auf dem schlimmsten Bild liegt Jesus am Boden auf dem Kreuz, und der Soldat hat den Arm mit dem Hammer hoch in die Luft gereckt, damit er mit voller Wucht auf den Nagel in Jesu Hand schlagen kann. Pastor Nieblich steht schon weit hinten im Gang.

Als Jesus den Essig genommen hatte, sprach er: »Es ist vollbracht!« Dann neigte er das Haupt und gab den Geist auf.

Wir knien uns hin. Jesus bleibt nicht lange tot. Aber auch wenn er aufersteht, die Schmerzen hat er erleiden müssen. Um seinem Vater zu gehorchen. Die Mutter steht unter dem Kreuz und sieht zu. Sie muss zusehen. Mutti könnte das nicht. Sie würde helfen oder selbst sterben. Ich auch.

So kamen denn die Soldaten und zerbrachen dem ersten die Gebeine und auch dem andern, der mit ihm gekreuzigt worden war. Als sie aber zu Jesus kamen, sahen sie, dass er schon gestorben war; sie zerbrachen ihm daher die Gebeine nicht, sondern einer der Soldaten stieß mit einer Lanze seine Seite auf, und sogleich kamen Blut und Wasser hervor.

Ich denke an etwas Schönes. Nur an etwas Schönes. Ans Osterbrot, an die blühenden Forsythienzweige auf dem Esstisch, die wir morgen mit den Eiern schmücken dürfen. Wir haben sie ausgeblasen und angemalt. Das Ausblasen war ziemlich anstrengend. Ich sündige in Gedanken. Ich habe Jesus fast so verleugnet wie Simon Petrus. Aber jetzt ist sein Leiden vorbei. Er ist tot. Ich kann wieder zuhören. *Joseph von Arimathäa* – das ist ein schöner Name.

Auch Nikodemus kam dazu. Sie nahmen den Leichnam Jesu und hüllten ihn samt den Spezereien in linnene Tücher.

Wir beten still. Wir stehen auf. Pastor Nieblich betet. Wir knien uns hin. Wir beten still. Wir stehen auf.

Levate. Lasset uns beten für alle Bischöfe, Priester, Diakone, Subdiakone, Skolythen, Exorzisten, Lektoren, Ostiarier, Bekenner, Jungfrauen und Witwen und für das ganze heilige Volk Gottes. Oremus.

Flectamus genua.

«Ganz schönes Geleier«, flüstert Matthias.

»Wenn du dich langweilst, darfst du nach draußen gehen«, flüstert Mutti zurück.

Levate. Lasset uns beten für alle Staatenlenker, für ihre Minister und Beauftragten, dass unser Gott und Herr ihren Sinn und ihr Herz nach seinem Willen lenke, damit wir Frieden haben allezeit. Oremus.

Flectamus genua.

Unser Staatenlenker ist Adenauer. Adenauer ist zum Glück katholisch.

Levate. Lasset uns beten für die Irrgläubigen und Abtrünnigen, dass unser Gott und Herr sie allen Irrtümern entreißen und zur heiligen Mutter, der katholischen und apostolischen Kirche, zurückrufen wolle. Oremus.

Flectamus genua.

Jetzt konzentriere ich mich, so doll ich kann. Ich bete für Großmutti, für Tante Irene und Tante Gertrud.

Allmächtiger, ewiger Gott, du schließest sogar die ungläubigen Juden von deiner Erbarmung nicht aus. Erhöre unsere Bitte, die wir ob der Verblendung jenes Volkes vor dich bringen, damit sie das Licht deiner Wahrheit, welches Christus ist, erkennen und ihrer Finsternis entrissen werden.

»Ich geh raus«, flüstert Matthias.

»Ich komme mit.«

Mutti nickt mit gefalteten Händen. Dann legt sie schnell einen Finger auf den Mund. Als ob wir nicht wüssten, dass wir leise sein müssen.

Zum Glück ist die Tür nur angelehnt. Zu zweit können wir sie aufdrücken. Draußen ist es viel wärmer. Die Nachmittagssonne scheint in den Schaukasten. Das Bild von dem Negerkind und dem Priester kennen wir schon.

Wir setzen uns auf die niedrige Mauer an der Straße.

»Hoffentlich kommt bald mal ein Auto vorbei«, sagt Matthias.

***

Wir machen uns ein Bild von der Welt und sollen und müssen wie alle Kinder mit klitzekleinen Ausschnitten anfangen. Die Welt ist wie eines der metergroßen Puzzlespiele, an denen Tante Gertrud und Tante Irene in späteren Jahren an Winterabenden unermüdlich werkelten. Kleinere Teile konnten wir früh und fast lückenlos zusammensetzen. Für die meisten Flächen aber bekamen wir lange überhaupt kein Material oder Teile, die einem anderen Spiel entnommen waren. Als uns das auffiel, fielen wir aus allen Wolken und waren keine Kinder mehr. Es ging uns auf, nachdem die Eltern sich zum ersten Mal offen vor uns gestritten hatten und der Grund des Streits gegen den Willen der Mutter ins Haus kam: ein Fernsehgerät.

Zuerst noch verschlossen wie für einen bestimmten Anlass gekaufte Süßigkeiten, das Gucken genau geplant und streng rationiert, revolutionierte das Gerät rasch das abendliche Familienleben. Wenn der Vater nach Hause kam, wurde der Fernseher angestellt. Es gab die Tagesschau, danach politische Magazine. Krisen und Kriege aus Gegenwart und Vergangenheit schlichen sich ein in unseren Alltag. Kaum etwas davon war uns bekannt gewesen. Plötzlich hörten wir Namen und Begriffe, die lange absichtsvoll nicht erwähnt wurden in unserer Gegenwart: Kriegsverbrechen, Hitler, SS, Endlösung.

Als wir das erste Mal Bilder ermordeter Juden sahen, veränderte sich alles. Auf den Anblick dieser Leiber, die nicht mit Spezereien in Linnen gehüllt, beweint und in ein leeres Grab gelegt, sondern von einem Schaufelbagger aufgenommen wie Steine im Straßenbau und am Rand einer Grube abgekippt wurden, in ihrer toten Nacktheit ein letztes Mal entwürdigt und geschunden, waren wir durch nichts vorbereitet.

An diesem Tag verlor meine Großmutter die letzten Reste meiner Liebe.

Die Tränen meiner Mutter, ihre Suche nach Vergebung, nach Erlösung wurden vollkommen plausibel. Die Kirche aber, die ihr das Weiterleben geboten, ihr das Leben vermutlich gerettet und damit unseres ermöglicht hatte, wurde durch ihr Schweigen zur Entrechtung und Vernichtung der europäischen Juden für mich zu einer Institution, mit der ich schon nichts mehr zu tun haben wollte, als ich noch halbwegs Christin war. Aber nun stand ich sonntags hinten in der Kirche, ging auch bei der Wandlung nicht mehr in die Knie.

Die Frage, ob jemand katholisch ist oder nicht, ob jemand getauft ist oder nicht, wurde obsolet. Die neue Frage lautete, wer war verantwortlich für den Krieg, wer war verantwortlich für sechs Millionen Juden, die planmäßig entrechtet, ausgestoßen und ausgerottet worden waren? Wer war verantwortlich für die sechzig Millionen Toten des Zweiten Weltkriegs? Angesichts der Gaskammern und Leichenberge, angesichts erfrorener und verhungerter Soldaten im Schneesturm vor Stalingrad wurde die Frage nach dem Seelenheil in der Ewigkeit obszön.

Nach 2000 Jahren Christentum hat der Papst um Vergebung gebeten für Vergehen, die Katholiken im Namen Gottes in zwei Jahrtausenden begangen haben. Diese Selbstkritik galt manchen als bemerkenswerter Fortschritt.

Wann wird sich ein Papst bei Millionen von Aids-Toten und -Waisen entschuldigen, bei jenen, deren Kinder hungers starben? Schon in fünfzig Jahren, in hundert? Wird sich je ein Papst bei jenen entschuldigen, die in ihrer Kindheit gequält wurden mit christlichen Folterbildern und -geschichten, verfolgt von ihnen bis in ihre Träume? Für die Angst vor dem Teufel, die Angst vor ewiger Verdammnis, für all die Lebensangst?

Wird je einer Abbitte tun für all die verdorbenen Lebensläufe, die stecken blieben in Schuldgefühlen, verunglückten durch Liebesverzicht oder Gebärzwang? Der Papst, dessen Stunden der Herrschaft gezählt zu sein scheinen, hat es vorgezogen, seine Kritiker und Kritikerinnen mundtot zu machen, wenn seine Macht es erlaubte. Er hat vor laufenden Kameras inbrünstig an Marienaltären gebetet und sich mit islamischen Gottesmännern verbündet gegen die Frauen der Welt.

Der Papst konnte den Ostersegen nicht sprechen. Er hat es versucht. Nur ein paar heisere Laute begleiteten seine fahrigen Gesten. Ein Bild des Jammers und des Trotzes. Es erlaubt viele Interpretationen.

Katholische Geistliche nehmen rund dreißigtausend Teufelsaustreibungen im Jahr vor. Der Vatikan hat kürzlich seine Ausbildungsrichtlinien für Exorzisten überarbeitet.

26

Sein Foto steht in Muttis Bücherschrank direkt hinter der Glasscheibe. Er trägt eine Soldatenuniform. Er sieht ernst aus und blickt zur Seite. Er heißt Karl-Heinz Terp.

»Bis dass der Tod euch scheidet«, sagt Mutti. Der Tod hat sie geschieden. Karl-Heinz ist in einem Panzer verbrannt. In Russland. Da war Mutti sechzehn und hatte den Menschen verloren, der ihr der liebste war. Von Vati und uns wusste sie noch nichts.

»Damals dachte ich, ich würde immer traurig bleiben«, sagt Mutti.

Immer und nie. Immer traurig, nie glücklich. Ich mag mich nicht erinnern an den Satz im Weihnachtsmärchen, aber er fällt mir dauernd ein: »Ernst heiß ich, ernst bin ich, ernst muss ich bleiben bis an mein Grab, weil ich das Lachen verloren hab.« Mutti hatte mit Karl-Heinz ihr Lachen verloren und dachte, dass es so bleibt für immer.

Bei Vati und uns hat sie ihr Lachen wiedergefunden, aber das Weinen nicht verloren. Sie lacht so schön. Sie sieht traurig aus, wenn sie von Karl-Heinz erzählt. Sie erzählt nur, wenn wir sie fragen.

Sie sagt: »Nein, ich bin jetzt nicht mehr traurig. Ihr seid ja bei mir. Aber vergessen werde ich Karl-Heinz nie, denn er war ein ganz besonderer Mensch, und wir haben uns so lieb gehabt, wie man sich nur lieb haben kann.«

Mutti war mit Karl-Heinz verlobt. Sie hat sich ein Kind gewünscht, damit sie etwas von ihm hat, wenn er stirbt. Sie hat ihn geküsst, so lang und so fest es ging, und hat darauf gewartet, dass sie in ihrem Bauch ein Baby spürt.

»Ich war eine dumme Trine«, sagt sie. »Ich dachte, dass man vom Küssen Kinder bekommt.«

»Und wenn du es gewusst hättest?«

»Dann wäre Karl-Heinz vielleicht dein Vater geworden.«

Wenn ich daran denke, wird mir richtig schwummerig. Aber zum Glück ist ja Vati mein Vater. Ich will mir nicht vorstellen, wie es ist, wenn jemand verbrennt. Weil ich immer daran denken muss, wenn Tante Irene die Ofenklappe im Heizungskeller aufmacht und Kohlen und Koks in die Flammen schaufelt, mag ich ihr dabei nicht mehr zusehen. Was ist von Karl-Heinz übrig geblieben? Nur das Foto. Und seine Verlobte. Seiner Schwester in der Ostzone schicken wir Pakete.

»Weißt du«, sagt Mutti, »wir haben Karl-Heinz viel zu verdanken, denn er war es, der mich dazu gebracht hat, über das Christentum nachzudenken. Der Krieg war so schrecklich mit dem vielen sinnlosen Leid, und er sagte: ›Wenn man Christ wäre, dann hätte wenigstens das Sterben einen Sinn.‹«

***

Unnatürliches Leiden ohne Sinn. Leid als Konsequenz eigener Schuld. Glaube, Liebe, Hoffnungslosigkeit. Wir wurden in ein Totenhaus geboren, in ein Haus, in dem man bis nach dem Krieg sagte, wenn nur alle Volksgenossen so eisern an den Endsieg geglaubt hätten, so opfer- und kampfbereit gewesen wären wie man selbst, dann hätte das Hitler-Reich das Himmelreich auf Erden werden können. In Ewigkeit.

So wie ich als Sechsjährige Gott liebte, liebte meine Mutter als Sechsjährige Hitler. Ihre Eltern kolportierten stolz lächelnd den Satz des jüngsten Töchterchens: »Ich habe meine Eltern sehr lieb, aber Adolf Hitler habe ich noch lieber, denn er macht Deutschland wieder groß.« Eigene Größe, geliehene Größe. *Ich bin klein, mein Herz ist rein.*

Wir wurden in ein Haus, in eine Gesellschaft, in eine Kirche geboren, die nichts anderes kannte als Totalitarismus. Der Führer als Heiland, der Messias als Führer. Die Juden sind unser Unglück. Die Endlösung erlöst uns von den Juden. *Und erlöse uns von dem Übel. Denn dein ist das Reich und die Kraft und die Herrlichkeit.*

Es war eine christliche Gesellschaft, die Hitler mit erhobenem Arm segnete: Heil Hitler. Der neue, der andere Messias wusste, welcher Worte, welcher Sprache er sich bedienen musste, um die Seelen und Herzen zu erreichen. Er kannte die Magie der Bilder von großen Prozessionen, von Aufmärschen mit Musik, die Kraft der Rituale. Er kannte sie von katholischer Kindheit an. Die Kirchenfürsten blieben bis auf wenige Ausnahmen stumm. Priester und Pastoren segneten Waffen und Soldaten. Kreuz und Hakenkreuz verschwisterten sich.

Es war eine christliche Gesellschaft, die nicht zwischen Gut und Böse, zwischen Leben und Tod unterscheiden konnte. Es war eine christliche Gesellschaft, die Hitler in den Untergang trug. Dort beginnen die christlichen Wurzeln meiner Biografie. Die katholische Kirche ist eine totalitäre Institution geblieben, die den Tod feiert und das ungeborene Leben schützt, aber das geborene schamlos missachtet.

***

Am 1. Mai 1945 stand ein Fremder vor der Tür. Es war ein Soldat von knapp fünfzig Jahren. Meine Mutter erkannte ihn sofort, so ähnlich sah er seinem Sohn. Es war der Vater von Karl-Heinz. Zwei Tage konnte er bleiben. Er kam aus Essen und hatte einen Marschbefehl nach Rendsburg. Die Freude des Kennenlernens war traurig. Meine Mutter mochte diesen Mann sehr, der seinem Sohn auch im Wesen ähnlich war, und er mochte sie.

Alle wussten, dass der Krieg fast vorbei war, aber nicht die Gefahr. Am 3. Mai brachte meine Mutter Vater Terp zur Bahn. Weit außerhalb der Stadt stieg er ein in einen Zug, nachdem sie ihn umarmt und geküsst hatte wie eine Tochter. Weit kam er nicht, der Zug stoppte bald schon wieder. Die Soldaten wurden mit Lastwagen weitertransportiert. Vier Tage vor der bedingungslosen Kapitulation starb Vater Terp zwischen Hamburg und Rendsburg auf der Ladefläche eines Lasters bei einem Tieffliegerangriff.

»Von der Ermordung der Juden wusste ich nichts«, sagt meine Mutter. »Und wenn ich davon gewusst hätte, hätte ich nichts dagegen tun können. Aber diesen einen Menschen hätte ich retten können, hätte ich retten müssen. Wenn ich gesagt hätte: ›Bleib bei uns‹, ich glaube, er wäre geblieben, gern geblieben.« Sie weint.

Bleibe bei uns, denn es will Abend werden, denke ich und sage: »Es klingt fast, als hättest du Karl-Heinz zum zweiten Mal in den Tod verabschiedet.«

»Ja«, sagt sie und legt das Telefon auf den Tisch, um sich ein Taschentuch zu holen.

Von Vater Terp und seinem Tod hat sie mir in einem Brief erzählt, als ich ungefähr dreißig Jahre alt war und wir wieder einmal darüber gesprochen hatten, warum sie katholisch geworden war bald nach dem Krieg. In meiner Kindheit hatte sie den Tod von Karl-Heinz' Vater nicht erwähnt.

Sie putzt sich die Nase, dann sagt sie: »Im September 1946 habe ich sein Grab besucht. In Rendsburg. Und da kein Zug mehr zurückfuhr, habe ich auf einer Bank auf dem Friedhof geschlafen.«

»Übermorgen hole ich dich ab«, sage ich. »So gegen zehn.«

Wir mögen beide noch nicht auflegen.

Ich frage: »Bist du noch traurig darüber, dass deine Kinder aus der Kirche ausgetreten und deine Enkel und Urenkel fast alle nicht getauft sind?«

»Nein«, sagt sie. »Schon lange nicht mehr. Ich glaube nicht, dass der liebe Gott kleinlich ist.«

Wer hat im Tausendjährigen Reich Verfolgte versteckt? Atheisten und Gottesfürchtige, Männer und Frauen aller Bildungsschichten und jeder politischen Couleur. Es waren Lebemänner und Nonnen, Akademikerinnen und ungebildete Leute, auch Mitglieder der NSDAP waren darunter. Sie brauchten weder Gottesgebote noch politische Maxime zur Begründung für ihr Tun. Sie handelten ihrem Verantwortungsgefühl, ihrem Gewissen gemäß.

Die Frage ist, wie wird man so.

Gottlos bin ich geworden. Keiner hat mich festhalten wollen. Die Zeit war danach. Danach war die Zeit eine andere, die Ewigkeit verloren und die Obrigkeit. Trotz aller Angst. Der Angst trotzend.

Eigensinnig. Stolz. Das ist nicht wenig. Genug ist es nicht. Nie. Auch weil Fragen nachwachsen und die alten bleiben, die nach unserem Woher und Wohin. Die nach der Ungeheuerlichkeit des Sterbens. Jede Antwort wirft eine neue Frage auf, bis wir vor der letzten stehen, die keiner beantworten kann, ohne Widerspruch dulden zu müssen.

Geblieben sind Gesänge, Gerüche, eine Vorliebe fürs Reden im Dunkeln, für den Himmel mit schnellen Wolken am Tag und Sternen nachts und für das Wort von Mann und Frau, die einander erkennen, ein Fleisch werden. In dieser Sprache werde ich immer zu Hause sein. Sie lädt ein zum Schwelgen, vor allem, wenn sie Erotisches benennt: Keuschheit und Wollust, allein oder mit anderen. Geblieben ist das ungläubige Staunen über das Wunder des Lebens und ein großes Interesse am Seelenleben, eigenem und fremdem. Geblieben ist die Freude am Geheimnis und ein Faible für den Begriff »Heiliger Geist«.

Widersprüche bleiben. Mit ihnen lässt sich redlicher leben als mit endgültigen Wahrheiten. Es bleibt das Glück der Gemeinschaft, gepaart mit Misstrauen gegen jede Art von Gemeinde. Gefühl und Verstand erkennen sich gegenseitig. Bis auf den Grund kommen sie nicht, auch wenn es schön wäre, wenigstens das glauben zu können. Sie wissen voneinander, und manchmal wünscht man sich eines von beiden stumm. Dann lebt man im Unglück oder sehnt es herbei.

Meine Mutter wird mich für drei Tage besuchen, auch um zu lesen, was ich geschrieben habe. Was wird sie sagen? Ach, ich kenne sie ja.

27

Der Papst ist gestorben. Auf allen Kanälen ist sein Leben und Sterben Dauerthema. Es ist wie nach dem Tod von Lady Di. Und es entbehrt nicht einer gewissen Komik, dass Prinz Charles seine für Freitag geplante zweite Hochzeit verschieben muss und statt mit Camilla Parker Bowles die Ringe zu wechseln, an der Trauerfeier in Rom teilnehmen wird.

Die Bilder aus Rom sind viel zu groß für meinen kleinen Bildschirm. Ein Heer von betagten Männern in Purpur wogt hin und her wie ein Tulpenfeld im Wind. Litaneien und Gesänge, schwarz, rot, violett – der märchenhafte Pomp ist unvorstellbar. Was dem Toten nachgerufen wird, ist es auch. Die Menge auf dem Petersplatz hatte den Papst vierundzwanzig Stunden in den Tod gebetet, gesungen und geklatscht. Jetzt wird seine Menschenfreundlichkeit gefeiert, als müsse man ihn in den Himmel loben. Ihm wird attestiert, er vor allen habe den Kommunismus besiegt und den eisernen Vorhang zerrissen. Kein Wort über seine Motive, über seine Schandtaten. Bescheiden und nahezu besitzlos sei er gewesen, wird todernst gesagt. Das könnte ich auch sein, wenn mein Arbeitgeber mir eine vergleichbare Dienstwohnung, eine Sommerresidenz mit Schwimmbad, freie Kost, einen hochwertigen Fuhrpark und jede Menge Bedienstete stellen würde. Schaurige Geschichtsklitterungen gehen einher mit berauschenden Bildern. *Wie es war im Anfang, so auch jetzt und allezeit und in Ewigkeit.*

Auch denen, die niemals etwas mit Katholizismus zu tun gehabt haben, dürfte durch die Fernsehbilder und Berichte in diesen Tagen klar werden, was das Verlockende und was das Entsetzliche an dieser Kirche ist. Was wird die durch kein kritisches Wort gestörte Mischung aus Mittelalter und Hollywood in den Wohnzimmern der Welt bewirken?

Bei laufendem Fernseher hocke ich mit meinem Laptop auf dem Sofa. Meine Mutter sitzt nebenan am Esstisch und liest mein Manuskript zum zweiten Mal, nun mit einem Stift in der Hand. Sie lässt sich überhaupt nicht ablenken und will meine Bitte erfüllen, anzustreichen, was ihr fragwürdig erscheint.

Das erste Lesen hat sie mitgenommen, hat sie bekümmert, erschreckt und gefreut. Sie hat mich umarmt und gesagt, es sei sehr schön geworden. Sie hat geweint. Ich habe geweint. Wir waren sehr bewegt, aber nicht unglücklich.

Gegen eine Veröffentlichung hat sie nichts.

»Das könnte auch an deiner Nachgiebigkeit liegen«, sagte ich.

»Nein«, antwortete sie. »Das liegt daran, dass ich schon lange nicht mehr die bin, die ich damals war.«

Vielleicht liegt es auch daran, dass sie nach all den vielen Gesprächen im Lauf der Jahre nichts wirklich Überraschendes gelesen hat und dass sie glücklich darüber ist, wie sehr wir uns verändert haben, aufrichtig und ohne uns zu verlieren. Das war erlösend. Traurig ist, wie lange alles gedauert und wie viel Kraft es gekostet hat.

Auch über meinen Vater haben wir gesprochen. Es geht ihm nicht gut. Seine Krankheiten plagen ihn. Trotzdem ist er wie jedes Jahr allein in Urlaub gefahren, nun zum ersten Mal im Frühling. Gestern Abend hat er angerufen. Er habe tolles Wetter, sagte er, und hat uns viel Vergnügen gewünscht. Da klang seine Stimme ein bisschen neidisch. Kinder sind Tonabnehmer ihrer Eltern, dachte ich.

Meine Mutter und ich haben gut gegessen und Rotwein getrunken. Wir haben geredet und geredet bis morgens um fünf, bis wir zu müde waren. Wir haben die Gläser in die Küche gestellt. Sie hat mich angesehen mit dem Blick, der schon meine Kinderseele wärmte, und hat sich bedankt, als hätte ich etwas für sie getan und nicht sie für mich. Wir haben uns umarmt und sind die Treppe hinaufgegangen, sie voran.

Es rührt mich, wie klein und krumm sie geworden ist. Ihr Körper ist krank, aber ihre Seele wurde gesünder von Jahr zu Jahr. Sie lacht viel und geht selten in die Kirche. Sie ist des Lebens froh, selbst wenn sie weint.